Zara Kavka

Love, crazy love

Welcher Verrückte hat eigentlich die Liebe erfunden?

*Weitere Bücher von Zara Kavka im Arena Verlag:*
Giftkuss
Höllenprinz
Blütensplitter

*Zara Kavka*

# Love, crazy love

## Welcher Verrückte hat eigentlich die Liebe erfunden?

Roman

Arena

FSC
www.fsc.org
MIX
Papier aus verantwortungsvollen Quellen
FSC® C110508

1. Auflage 2016

Einbandgestaltung: Frauke Schneider
Gesamtherstellung: Westermann Druck Zwickau GmbH
ISBN 978-3-401-60166-3

*www.arena-verlag.de*
*www.twitter.com/arenaverlag*
*www.facebook.com/arenaverlagfans*

Liebe hört auf keine Lehre,
weiß im Leben nicht ein noch aus.
Wenn's nicht eben die Liebe wäre,
sie sperrten sie ins Irrenhaus.

(Friedrich Halm)

Ich schreibe die Geschichte so, als würdest du sie nicht kennen. Es ist die Geschichte über unsere gemeinsame Zeit in der Psychiatrie.

Wenn dieser Sommer für eines gut war, dann für die Erkenntnis, wie dumm, wie verdammt dumm ich bin. Mein ganzes Leben lang habe ich so getan, als wäre ich frei von Fehlern, und habe mich mit mehr Glück als Verstand überall durchgemogelt. Tja, nun bin ich damit voll Karacho in die Sackgasse und gegen die Mauer gekracht. Aus! Schluss!

Ich wünsche mir nichts sehnlicher, als dir alles erklären zu können. Aber du willst mich nicht sehen. Und ich verstehe dich so gut. Am liebsten würde ich auch nichts mehr mit mir zu tun haben. Aber man wird sich selber nun mal leider nicht los. Darum sitze ich nun neben deinem Krankenzimmer im Gemeinschaftsraum und schreibe unseren Sommer auf, so wie ich ihn erlebt habe. Dabei werde ich schonungslos ehrlich sein und die Wahrheit sagen, was das Gleiche ist, in meinem Fall aber doppelt gesagt werden muss. Und ich werde nichts auslassen, selbst wenn ich damit das Risiko eingehe, dich für immer zu verlieren.

# 1

Am Anfang dieser Geschichte steht das Ende eines langen Martyriums. Denn leider habe ich meine Schulkarriere genauso engagiert beendet, wie ich sie immer schon vorangetrieben habe: nämlich gar nicht. Mit Pauken und Trompeten bin ich durchs Abi gerasselt. Und das war's dann für mich. Dumm gelaufen, Clara.

In Physik hatte ich immerhin zwei Punkte, weil ich aus Versehen einen Rechenweg richtig angefangen hatte, in Englisch drei Punkte und in Mathe gar keinen. Wahrscheinlich könnte ich mit dieser Glanzleistung sogar in die Schulgeschichte eingehen. Streng genommen hätte ich damit mein Ziel erreicht, das ich mir als kleines Mädchen erträumt hatte: Ruhm und Ehre, Glanz und Gloria für herausragende Leistungen. Dass es jetzt herausragend schlechte Leistungen geworden sind, ist ein Detail, das ich vielleicht damals nicht präzise genug formuliert hatte.

Ich hätte es natürlich voraussehen können, weil ich die Theaterproduktion und die Abizeitung wesentlich spannender fand als den Lernstoff, der sich vor mir aufgebaut hatte wie ein hungriges Monster. Logisch, dass ich da die Flucht ergreifen musste. Nicht logisch, dass ich bis zuletzt noch geglaubt hatte, dass es klappen könnte. Hatte ja immer irgendwie geklappt bisher.

Mal ehrlich: Gibt es einen Jugendlichen, der sich für Kurvendiskussionen interessiert oder für Erörterungen zum Thema »Neue, zeitsparende Verfahren zur Vernichtung von Plastikmüll«? Falls ja, gehört er in den Sondermüll. Ist doch wahr!

Meine Schulzeit war von folgenden Grundsätzen geprägt: 1. Betreibe keinen Arbeitsaufwand, der das Nachlesen bei Wikipedia übersteigt. 2. Die Freizeit ist zu wertvoll für Hausaufgaben und 3. Mitschüler sind bestechlich. Dann hatte ich auch noch den Trick, hier und da Fremdwörter einzustreuen. Das sicherte mir den Respekt der Klassenkameraden und sogar der Lehrer. Bis die gecheckt hatten, dass ich eigentlich nie was für die Schule gemacht habe, war die letzte Abiklausur längst geschrieben. Klassischer Fall von Selbstbetrug. Das habe ich aber erst in den acht Stunden kapiert, die ich zusammengezählt in den schriftlichen Physik- und Matheprüfungen gesessen habe. Was für eine Zeitverschwendung. Ich fühlte mich dumm wie ein Toastbrot. Nein, ich *war* dumm wie ein Toastbrot. Auf diese Erfahrung hätte ich echt verzichten können.

Na ja, was soll's. Nachdem ich ein bisschen geheult hatte, fand ich es gar nicht mehr so schlimm. Klar, meine Mutter hat ziemlich rumgestresst, aber meine Berufsvorstellungen waren auch am Ende der letzten Klasse noch genauso nebulös wie mein Schulwissen. Deshalb habe ich mich erstaunlich schnell mit dem Gedanken angefreundet, noch ein Jahr länger zur Schule zu gehen. Das bedeutete schließlich weiterhin freie Kost und Logis, viel Zeit für persönliche Vergnügungen am Nachmittag und Aufschub der leidigen Berufswahl.

Der Moment, als meine Freunde mit dem Bus Richtung Abipartyparadies losfuhren und mich winkend zurückließen, war allerdings bitter. Doch auch den habe ich überlebt. Natürlich!

Nun lag ein freunde- und terminloser Sommer vor mir. Eine völlig neue Erfahrung für mich, deren Terminkalender eher dem einer Bundeskanzlerin als dem einer achtzehnjährigen Möchtegernabiturientin glich. Mama stand kurz vor ihrer lang geplanten Honeymoon-USA-Reise mit ihrem neuen Freund und ich hatte Aussicht auf einen ganzen Sommer ALLEIN! Eine Masse Zeit, die wie ein See aus durchgekautem Kaugummi vor mir lag.

»Schatz«, sagte Mama irgendwann, als sie in mein Zimmer gekommen war, während ich auf meiner Matratze klebte. An ihrer Tonlage erkannte ich sofort, dass etwas nicht stimmte. Sie benutzte sie nur für das Überbringen richtig unangenehmer Nachrichten. Ich richtete mich auf, bereit, schreiend davonzulaufen, wenn sie mir eröffnen sollte, dass genau jetzt Zeit für etwas Sport sei. Oder zum Aufräumen. Oder den Müll runterzubringen. Sie ist diesbezüglich extrem einfallsreich.

Sie setzte sich auf meine Bettkante. »Was hältst du davon, den Sommer bei deinem Vater zu verbringen?«

Schock! Das übertraf alle Nachrichten, die sie mir jemals mit dieser Achtung-jetzt-kommt's-Stimme überbracht hatte. Ich war auf einen Schlag bewegungsunfähig. An Flucht war gar nicht mehr zu denken, geschweige denn daran, einen klaren Gedanken zu fassen. Ich starrte Mama nur mit offenem Mund an.

»Ich habe gestern mit ihm telefoniert und ...«

»Was? Du hast mit ihm telefoniert?« Dank dieser Sensation habe ich meine Sprache wiedergefunden. Ich konnte nicht glauben, was ich da gehört hatte.

»Ja. Ungewöhnliche Situationen erfordern ungewöhnliche Maßnahmen.«

»Wow, ich musste durchs Abi fallen, damit ihr mal miteinander sprecht. Cool.«

»Er fand die Idee gut, dass du den Sommer bei ihm verbringst«, sprach sie weiter, ohne auf meine Bemerkung einzugehen. »Er hat auch versprochen, dir beim Lernen zu helfen.«

»Soso. Ich soll also in die Klapse.«

»Clara. Du sollst nicht in die Klapse, sondern zu deinem Vater. Ich mache mir Sorgen um dich. Ich will dich hier nicht allein zurücklassen!«

Pause. Anscheinend wartete sie auf eine Reaktion. Ich ging im Kopf die Optionen durch: Entweder könnte ich den ganzen Sommer zu Hause auf dieser Matratze verbringen und im Rahmen eines Selbstexperimentes herausfinden, wie lange es dauert, bis sich auf meiner Haut fremde Organismen ansiedeln. Oder ich könnte meine Sachen packen und einen Mordsspaß mit meinem wortkargen Vater haben, der mit einem Haufen Irrer unter einem Dach lebt. Die Vorstellungen waren beide nicht mit einem Strandurlaub zu vergleichen, doch da ich es hasse, allein vor mich hinzugammeln, erschien mir Option zwei als das kleinere Übel. Ein Sommer unter Irren war immerhin besser als gar keine Gesellschaft.

»Clara. Sag was.«

»Mmmmhhh«, brummte ich.

»Hast du eine bessere Idee?«

»Mmmmhhh«, brummte ich wieder und schüttelte den Kopf. Ein Sommer mit meinem Vater und seinen durchgeknallten Patienten klang zumindest wie eine Formel mit mehreren Unbekannten. Schade, dass das jetzt nicht mein Mathelehrer liest.

»Okay«, stimmte ich zu.

# 2

Schon am nächsten Nachmittag fuhr Mama mich in die Klapse. Dass die Psychoklinik meines Vaters irgendwo im Nirgendwo, weit entfernt von jeglicher Zivilisation lag, fand ich schon immer unheimlich. Als ich ihn mit neun Jahren zum ersten Mal hier besucht hatte, war ich mir sicher, dass die vielen Irren gefährlich sein mussten. Weshalb sonst hatte man sie so weit raus aufs Land geschafft? Außerdem wäre das imposante Gebäude mit seinen fünf Stockwerken und der riesigen Eingangstreppe mit den Säulen und Löwen ein super Motiv für einen Horrorfilm.

»Sei mir nicht böse. Ich hab noch so viel zu tun vor dem Abflug«, sagte Mama, als ich mit meinen Sachen am Fuße der Treppe stand. Wir wussten beide, dass das eine Lüge war. Meine Eltern waren sich seit der Trennung außer im Gerichtssaal nie wieder begegnet. Die Aussicht auf ein entspanntes Treffen meiner Eltern war genauso unwahrscheinlich wie für mich eine Matheprofessur.

Wir verabschiedeten uns, dann fuhr sie zurück nach Köln. Ich blickte ihr nach, bis sie im Wald verschwunden war. Mir war plötzlich ganz komisch. Es fühlte sich an, als würde sich hinter ihrem kleinen roten Auto ein Reißverschluss zum Leben schließen. Schließlich drehte ich mich um und bewegte mich langsam auf die Psychoklinik zu. Der Kies knirschte unter meinen Füßen und die beiden Löwen blickten mich aus ihren versteinerten Augen an.

Jungs, glotzt nicht so. Ich wär jetzt auch lieber woanders.

Wie verabredet schrieb ich meinem Vater eine Nachricht und ging direkt zum Aufzug. Beim Eintippen des Geheimcodes wurde ich stutzig. An was erinnerte der mich bloß? Der Aufzug setzte sich gerade in Bewegung, als es mir einfiel: Es war sein Geburtsdatum. Das war so typisch für meinen Vater. Er hätte sich ja auch für meines entscheiden können, wie Mama, die vom Computer über ihr Handy bis zu ihrem Fahrradschloss immer meinen Geburtstag verwendet.

Neben diesem kleinen Egoproblem tat sich allerdings noch ein ganz anderes auf: Wie sollte ich mich inmitten dieser Hochburg psychisch angeschlagener Menschen, die aus Verzweiflung über die Sinnlosigkeit ihres Lebens womöglich zu allem in der Lage waren, mit einem nicht sehr schwer zu knackenden Code sicher fühlen?

Oben angekommen trat ich durch die Aufzugstür direkt in das Wohnzimmer. Diese Konstruktion fand ich schon als Kind genial, sie erschien mir jetzt aber in Anbetracht der Sicherheitslage äußerst bedenklich.

Ich blickte mich um. Nichts hatte sich verändert. Kein neues Möbelstück, kein Bild, nicht einmal den kaputten, dreibeinigen Abstelltisch hatte mein Vater repariert oder ausgetauscht. Daraus schloss ich, dass auch sein

Privatleben unverändert geblieben war. Nämlich nicht vorhanden. Ich schaute in sein Arbeitszimmer. Es roch nach kaltem Pfeifentabak und war vom Boden bis zur Decke an allen vier Wänden mit Büchern vollgestellt. Ein Wunder, dass er die zwei Fenster ausgespart hatte. Sie wirkten fehl am Platz, genau wie ich.

Gerade als ich mich im Wohnzimmer aufs Sofa setzen wollte, öffnete sich mit einem leisen Zischen die Aufzugstür und mein Vater trat heraus. Er war ein bisschen runder und ein bisschen grauer, als ich ihn in Erinnerung hatte. Alles an ihm war irritierend vertraut, sodass ich lediglich ein »Hallo« hervorbrachte. Ihm ging es wohl ähnlich, denn wir sagten es gleichzeitig, wie aus einem Mund.

Ich wedelte unsicher mit meinen Armen, weil ich nicht wusste, was ich sagen oder machen sollte. Handschlag? Umarmung? Warum lernt man in der Schule so unnützes Zeug wie Stochastik und nicht zum Beispiel, wie man einen Vater begrüßt, den man ewig nicht gesehen hat?

Er nahm mir die Entscheidung ab und streckte mir seine Hand entgegen. Ich schüttelte sie. Sein Händedruck war sanft und die Augen hinter dem großen, etwas schief sitzenden Brillengestell blickten mich müde, aber freundlich an.

»Hast du Hunger?«

»Nein.«

»Okay.«

Wir standen uns gegenüber und vergruben unsere Hände in unseren jeweiligen Hosentaschen. Normalerweise hätte ich jetzt einen flotten Spruch auf den Lippen gehabt, nach dem Motto *Hi, Sie müssen mein Vater sein.* Die hohe Kunst, brenzlige Situationen mit einem flapsigen Kommentar zu entschärfen, hatte ich schließlich im Laufe der letzten Schuljahre perfektioniert. Aber ich schien mich in der Gegenwart meines Vaters in das kleine Mädchen zurückzuverwandeln, das vor vielen Jahren einmal mit ihm zusammengelebt hatte und über jeden Moment der Zweisamkeit so glücklich war, dass es sich kaum bewegte, als wäre die Zweisamkeit eine Fliege, die bei der kleinsten Bewegung davonflog.

»Gut –«, »Ja also –«, brachen wir zur gleichen Zeit die Stille.

Auch jetzt nichts. Nicht einmal ein kleiner Lacher, der die Situation aufgelockert hätte.

»Du zuerst.«

»Nein, du.«

»Okay, also. Schön, dass du da bist.«

»Ja«, sagte ich.

Und das war auch schon das Ende unseres geistreichen Dialogs. Mein Vater nahm meinen Koffer und ich folgte ihm ins hinterste Zimmer. Es war ungefähr doppelt so groß wie mein Zimmer zu Hause. Dafür aber mindestens viermal so hässlich. Die Bezeichnung *Gästezimmer* war eigentlich ein Witz, denn außer mir war hier garantiert niemals ein Mensch zu Gast gewesen. Darauf würde ich mein Abizeugnis verwetten, wenn ich eins hätte. Alles war staubig und alt. Wenn ich mich hier einen ganzen Sommer aufhalten sollte, musste ich meinen Vater möglichst schnell zu einer Renovierungsaktion überreden. Mit ein wenig Farbe und Accessoires könnte man die triste Atmosphäre vielleicht sogar instagramtauglich machen.

»Ich muss leider gleich noch mal weg, weil ... also, ausgerechnet vor zehn Minuten ist ein schwieriger Fall reingekommen ... es ist ... ich ...«

»Ist okay. Mach dir keine Umstände«, unterbrach ich seinen Rechtfertigungsversuch.

»Wir essen aber zusammen zu Abend, ja?«

Ich nickte nur.

Ich öffnete das Fenster. Das Blau des Himmels strahlte eine Fröhlichkeit aus, von der ich hoffte, dass sie sowohl mich als auch das Zimmer anstecken könnte. Als ich den Blick schweifen ließ, entdeckte ich unten im Garten Bänke, auf denen Patienten saßen. Eine junge Frau lief an der hohen Steinmauer entlang, fünf Schritte vor und vier zurück, fünf vor, vier zurück, richtete ihren Kopf dabei auf ihre Füße und wirkte hoch konzentriert. Ein Mann machte professionell aussehende Tai-Chi-Übungen auf der Wiese. Lautes Lachen eines Pärchens unter der Trauerweide, ein Schrei aus einem unteren Stockwerk. Oder war das auch ein Lachen?

Das also wird mein Sommer, dachte ich. Ein Haufen Irrer, ein verstaubter Psychologieprofessor und ich. Ein Gutes hatte diese Situation: Wenn ich aus Langeweile verrückt werden sollte, hätte ich es wenigstens nicht weit.

Ich stellte fest, dass die Fröhlichkeit keinen Einzug gehalten hatte. Im Gegenteil. Das Zimmer sah jetzt noch trister und unfreundlicher aus, weil meine Augen geblendet waren. Halbherzig öffnete ich meinen Koffer und nahm die Schulbücher und den Stapel Schreibhefte raus, die Mama mir aufgezwungen hatte mitzunehmen. Der Gedanke an Mathe löste bei mir schlagartig schlechte Laune aus. Als drohte mir dieser Pythagoras mit seinem gleichschenkligen Dreieck aus dem Buch heraus Prügel an, stopfte ich das Schulzeug in Windeseile so tief wie möglich zurück in den Koffer. Sollte Pythagoras mit all seinen superschlauen Homies dort versauern bis in alle Ewigkeit, mir doch egal. Anschließend nahm ich einen Stapel T-Shirts und öffnete die Schranktür. Dort sprangen mich die quietschbunten Klamotten an, die ich vor vielen Jahren im Glauben, meinen Vater regelmäßig zu besuchen, hiergelassen hatte. Wie rührend! Vor langer Zeit war ich ein kleines Mädchen mit Mickymaus-T-Shirts und bunten Leggins gewesen.

»Ach, sieht man dich auch mal wieder?«, schienen sie mich anzuklagen. »Hast uns und deinen Vater wohl komplett vergessen, was?«

»Vergessen? Wer hat denn hier wen im Stich gelassen?!«, hätte ich fast geantwortet.

Stattdessen knallte ich die Schranktür zu und die T-Shirts zurück in den Koffer. Jetzt hätte ich fast schon mit Klamotten geredet. Ich hatte Level eins erreicht. Das ging schnell.

Der WhatsApp-Ton beendete den Spuk. Ich holte mein Handy aus der Hosentasche und las: »Du fehlst mir. Laff ja, Sonja.«

»Ich mir auch«, schrieb ich zurück.

Das war natürlich ungerecht. Sonja wollte nett sein, mir signalisieren, dass sie an mich dachte. Aber ich rutschte gerade in eine Stimmung, in der ich nicht gerecht sein konnte. Während die anderen ihre Astralkörper in der Sonne Kroatiens bräunten, schmorte ich in einem muffigen Zimmer einer Irrenanstalt. Meine Neidskala war am Anschlag.

Wieder das *Bling* von WhatsApp. Und wieder. Und wieder. Der Sperrbildschirm teilte mir mit, dass Fotos in unsere WhatsApp-Gruppe gestellt wurden. Es war 16 Uhr. Sie erlebten wahrscheinlich gerade die beste Zeit ihres Lebens. Hier ein bisschen durchfuttern am Büfett, da ein wenig brutzeln in der Sonne und dann eine Runde chillen am Pool. Und natürlich mussten alle Fotos immer sofort in die Gruppe gestellt werden, damit niemand auf diese traumhaften Erinnerungen verzichten musste. Aber wie dieses Gute-Laune-Bombardement für mich, die vom Schicksal Gebeutelte und ungerechterweise auf der Strecke Gebliebene, sein würde, daran dachte niemand. War es nun eine Ehre oder ein Fluch, noch immer Mitglied dieser WhatsApp-Gruppe zu sein? Keinen Schimmer. Ich stellte den Ton aus und steckte mein Handy zurück in die Hosentasche.

Anschließend legte ich mich auf die viel zu weiche Matratze und tauchte erneut ab in den klebrigen Kaugummisee. Macht, was ihr wollt, dachte ich und versuchte, das vibrierende Handy zu ignorieren. Mein Gott, hatten die einen Spaß. Irgendwann klopfte es an der Tür.

Endlich passierte hier mal etwas!

Mein Vater schob seinen Kopf durch den Türspalt.

Mir fiel jetzt erst auf, dass der Zahn der Zeit ordentlich an seinen Haaren genagt hatte, denn ich konnte seine Kopfhaut sehen.

»Darf ich reinkommen?«

»Ja.«

»Hast du Hunger?« Das war entweder seine Lieblingsfrage oder er hatte sich vorgenommen, sich erst mal auf die Primärbedürfnisse zu konzentrieren. Die waren schließlich wunderbar unverfänglich. Immerhin gab er sich sichtlich Mühe, Kontakt aufzunehmen. Und ein gemeinsames Abendessen mit meinem Vater war immer noch besser, als die Nichtfarbe der Decke über meinem Bett anzustarren. Vielleicht konnte es mich sogar über den auf mich niederprasselnden Fotohagel hinwegtrösten.

»Ja, eigentlich schon«, sagte ich, obwohl ich noch ziemlich satt war, weil Mama und ich unterwegs etwas gegessen hatten. Als ich aufstand und meinem Vater entgegenlief, wurde ich wie aus dem Nichts durch einen Zeittunnel zehn Jahre zurückkatapultiert. Wow. Plötzlich konnte ich sogar unsere alte Familienwohnung vor mir sehen. Erst Sekunden später wurde mir bewusst, dass der Auslöser für diesen Flashback sein Rasierwasser war. Das hatte ich schon damals so gern gerochen. Auch das war also gleich geblieben. Mein Vater kam mir vor wie ein Ausstellungsstück in einem Museum. Um ihn herum verändert sich die Welt. Nur er bleibt immer gleich.

»Ich ...« Er räusperte sich. »Es ist ... Clara, es tut mir so leid.« Er zog seine Schultern hoch bis zu den Ohren, wodurch sein Kopf wie der einer Schildkröte wirkte, die scheu aus ihrer Behausung hervorlugte.

Jetzt kommt endlich die Entschuldigung, schoss es mir durch den Kopf. Die große Generalentschuldigung, die ich mir so oft in den schillerndsten Farben herbeigesehnt hatte. Die Erklärung dafür, dass er mir kein Vater sein konnte. In meiner kindlichen Naivität hatte ich immer geglaubt, dass alles sofort besser werden würde, der Riss zwischen uns gekittet, die jahrelange Abwesenheit weggewischt, wenn er sich erst entschuldigt hatte. Nun also, da ich an der Schwelle zum Erwachsenwerden stand, kam der große Moment, an dem mein Vater seine Tochter entdeckte. Und ich war bereit und milde gestimmt, weil ich die kahlen Stellen auf seinem Kopf irgendwie rührend fand. »Wollen wir das nicht besser beim Essen besprechen?«, fragte ich in seine Schildkrötenaugen hinein.

»Das ist ja das Problem. Ich kann nicht mit dir essen.«

»Du kannst was nicht?« Ich glaubte, mich verhört zu haben.

»Mit dir essen. Wir haben in der Geschlossenen einen besonders schwierigen Fall. Stark suizidal. Und ich muss ...«

Blablabla, ich hörte ihm nicht mehr zu, weil ich mich viel zu sehr vor den Kopf gestoßen fühlte. Wieder einmal hatte er versagt. Hundert Punkte für den Kandidaten mit der beginnenden Glatze! Eigentlich total paradox. Er war ein Experte in seinem Job, wo er tagein, tagaus erfolgreich dafür sorgte, dass die Macken anderer Menschen verschwanden, aber seinen eigenen Macken blieb er treu wie seinem Rasierwasser und dem kaputten Abstelltisch.

Ich konzentrierte mich darauf, meine Freude über die Generalentschuldigung, die mir irgendwo in der Kehle stecken geblieben war, runterzuschlucken. Ist auch egal. Was hätte sie schon bewirkt? Ich bin schließlich kein kleines Mädchen mehr, das die Aufmerksamkeit seiner Eltern braucht. Und die des Vaters schon gar nicht, denn ich hatte mich eh schon lange daran gewöhnt, sie nicht zu bekommen.

»... Aber ich habe auf Station 2 in der PSA Bescheid gegeben«, fuhr mein Vater seinen Ausredenmonolog fort, »dort kannst du um 18 Uhr mit den Patienten essen.«

Super, ich würde schneller ins Irrenhaus kommen, als ich gedacht hatte! Eben noch Level eins, jetzt schon mittendrin. Ich hatte zwar keine Ahnung, was PSA bedeutete, aber ich war zu allem bereit, was irgendwie nach Abwechslung, Unterhaltung, Leben klang. Und wenn ich diese Dinge in einer Psychoklinik finden sollte – warum nicht?

»Soll ich dich hinbringen?«, fragte mein Vater.

»Nein, ist ja alles ausgeschildert.«

»Dann sehen wir uns spätestens morgen zum Frühstück, ja? Ich habe mir extra den Vormittag freigenommen.«

Blablabla. Ich nickte.

Es war schon halb sechs. Ich ging ins Bad, um zu schauen, ob ich so aussah, wie ich mich fühlte. Der Blick in den Spiegel offenbarte, dass es noch viel schlimmer war. Ich war leichenblass, meine Locken standen zu allen Seiten ab und meine Schminke hatte sich im Laufe des

Tages verselbstständigt. Ich startete einen halbherzigen Versuch, mich mithilfe meiner Kosmetiktasche in einen einigermaßen ansehnlichen Menschen zu verwandeln. Das Ergebnis war jedoch nicht sehr zufriedenstellend. Aber egal, dachte ich und schmiss das Schminkzeug zurück in die Tasche. Warum sollte ich Zeit in etwas investieren, das hier sowieso niemanden interessierte?

Und dann passierte etwas, das ich unter Einsatz all meiner motorischen Fähigkeiten bestimmt schon hundert Mal im letzten Moment verhindern konnte, diesmal allerdings nicht: Als ich die Jeans runterließ, um mich auf die Toilette zu setzen, rutschte mir das Handy aus der Tasche. Es gab ein erstaunlich dumpfes Geräusch, als es in die Kloschüssel plumpste. Eine Schocksekunde lang wünschte ich mir, einfach hinterherzuspringen und mit ihm unterzugehen. Denn mein Handy und ich, wir waren unzertrennlich. Doch beim Blick in die Kloschüssel verwarf ich den Gedanken schnell. Das Handy war vollkommen ins Spülwasser getaucht, das sich wiederum in einer Schüssel befand, die vermutlich zu einer Zeit zum letzten Mal gereinigt worden war, als sich die Menschen noch mit Rauchzeichen unterhielten. Die ganze Situation war im wahrsten Sinne des Wortes ziemlich scheiße. Mit spitzen Fingern fischte ich das Handy aus dem Wasser und trocknete es mit einem Handtuch ab. Auf ein Wunder hoffend, drückte ich den ON-Knopf, aber es ließ sich nicht mehr anstellen. Tot. Aus. Vorbei. RIP, du treuer Freund. Ich setzte mich auf den Badewannenrand und war tatsächlich den Tränen nahe. Das letzte Mal hatte ich mich so gefühlt, als Flecki, mein Hase, gestorben war.

Mein Abi, der gähnend lang vor mir liegende Sommer, das Gästezimmer, mein stets abwesender Vater ... mein ganzes Leben schien zurzeit ein Griff ins Klo zu sein. Deutlicher hätte es mir mein Handy nicht sagen können.

Ich aktivierte mein Gen, mich selbst aus dem Sumpf ziehen zu können, und sagte mir: Scheiß drauf, Clara. Du brauchst eh einen Cut. Und ohne Handy erreicht dich das pralle Leben der anderen wenigstens nicht mehr. Alles hat zwei Seiten.

In Ermangelung einer dramatischeren Bestattungsmöglichkeit schmiss ich mein Handy in den Mülleimer unter dem Waschbecken. Irgendwo gibt es ein Offline-Leben, auch für mich. Die Tatsache, dass ich es momentan nur unter Irren oder bei meinem verschrobenen Vater finden konnte, versuchte ich zu ignorieren. Betont optimistisch machte ich mich auf den Weg zu Station 2.

# 3

Die war leicht zu finden. Ein Schild im Aufzug erklärte, dass die Zahlen der Stationen den jeweiligen Etagen entsprachen. Und als ich im zweiten Stockwerk aus dem Aufzug trat, stand auf einem weiteren Schild, dass es rechts zur Abteilung Psychosomatik – Adoleszenz ging und links in die Geschlossene. Diese Tür war blickdicht und verriegelt. Adoleszenz klang irgendwie ansteckend. Aber weitaus gruseliger stellte ich mir ein Abendessen in der Geschlossenen vor. Ich weiß noch von früher, dass sich hinter dieser Tür Menschen verbargen, die wirklich total anders sind. Einmal hatte ich einen gesehen, der einen selbst gebastelten Helm aus Alufolie trug, um die Gedankenleser abzuwehren. Und von meinem Vater weiß ich, dass er schon welche behandelt hatte, die sich für Jesus oder gar Adolf Hitler hielten. Ein Abendessen mit dieser Sorte Verrückter würde mich definitiv überfordern. Da steckte ich mich doch lieber mit Adoleszenz an. Also öffnete ich die rechte Tür und trat in einen Gang. Er war von vielen in die Decke eingelassenen Halogenlampen erleuchtet und an seinen Seiten gingen geschlossene Türen ab. Weiter hinten, ungefähr in der Mitte des Gangs, herrschte jedoch Trubel. Ich ging langsam darauf zu und merkte, wie mit jedem Schritt meine

Anspannung wuchs. Ein Abendessen in der Klapse. Eigentlich war es gerade der Reiz des Speziellen, der mich neugierig machte, doch langsam bekam ich Sorge, dass es zu speziell werden könnte. Ich drosselte mein Tempo und lauschte. Hier gleich links war scheinbar der Speiseraum. Stimmen, Lachen und Geschirrgeklapper waren daraus zu hören. Nach der Ödnis meines Gästezimmers klang das für mich wie Willkommensmusik.

Die Tür stand offen und ich hatte gerade genug Mut gesammelt, um reinzugehen, da hörte ich jemand meinen Namen sagen: »Clara?« Eine schwarzhaarige Krankenschwester mit knallroten Lippen trat auf mich zu, ergriff meine Hand, um sie beherzt zu schütteln, stellte sich als Schwester Kathy vor und hieß mich herzlich willkommen.

»Dein Vater hat dich angekündigt. Komm rein, die anderen essen schon.«

Sie schob mich in den Speiseraum. Jetzt gab es kein Zurück mehr. In Erwartung, dass mich auf der Stelle tausend Blicke durchbohren würden, hielt ich die Luft an. Doch dann würdigte mich niemand eines Blickes. Überrascht stellte ich fest, dass alle im Raum eigentlich ganz normal aussahen. Okay, ich hatte keine Ahnung, was Adoleszenz war, aber dass man den Patienten diese gruselig klingende Krankheit so gar nicht ansah, fand ich direkt ein bisschen enttäuschend. Niemand wies körperliche Auffälligkeiten auf. Alle saßen in Gruppen an Tischen zusammen und unterhielten sich. Ganz normal.

Nachdem ich mir am Büfett ein Brot, eine Scheibe Käse und ein Ei genommen und mich zu Schwester Kathy an den Tisch gesetzt hatte, fühlte ich mich sogar ein bisschen wohl. Das war schon etwas irritierend, wenn man bedachte, wo ich war. Ich legte den Käse auf das Brot und biss hinein.

»Lass es dir schmecken«, sagte Schwester Kathy, die mit Schreibkram beschäftigt war und auf meinen Teller schaute. »Kannst dir gerne noch mehr nehmen. Wir haben selten Mädchen hier, die mit Appetit essen.«

»Danke«, sagte ich. »Aber ich habe gar nicht so viel Hunger.«

Kauend blickte ich mich um. Die großen Fenster, die Grünpflanzen und die bunten Zeichnungen an den Wänden strahlten Wärme aus. An dem Tisch vor dem linken Fenster saßen Manu, Sofia und Kuimba, deren Namen ich zu diesem Zeitpunkt natürlich noch nicht kannte. Ich weiß noch genau, wie mich bereits an diesem Abend Kuimbas Aussehen fasziniert hatte. Ihre hellbraune Haut, ihr dunkles Kraushaar, ihr melancholischer Blick. Plötzlich schauten sie wie auf Kommando alle drei zu mir. Anscheinend sprachen sie über mich. Klar, auch in der Klapse bleibt man nicht vor Lästereien verschont. Schnell blickte ich in eine andere Richtung, zu den Jungs, die unter dem Gummibaum vor dem rechten Fenster saßen. Der eine saß mit dem Rücken zu mir, sodass ich sein Gesicht nicht sehen konnte. Der andere hatte orangefarbenes Stoppelhaar und sah aus, als sei er zwar normal gewachsen, aber mit seinem Gesichtsausdruck irgendwo zwischen acht und zehn Jahren stehen geblieben.

Ich fragte Schwester Kathy, was Adoleszenz bedeutete, und sie erklärte mir, dass damit junge Menschen gemeint sind, also die, die keine Kinder mehr, aber auch noch keine Erwachsenen sind. Da lag ich also falsch. Auch wenn Eltern die Pubertät ihrer Kinder wohl manchmal genauso ätzend finden wie die Pest, ist Jugend definitiv keine ansteckende Krankheit.

Schwester Kathy musste ihre Unterlagen wegbringen und ließ mich allein zurück. Ich pellte mein Ei, streute Salz drauf und biss hinein. In dem Moment stand Sofia auf. Sie kam direkt auf mich zu und setzte sich auf Schwester Kathys Platz.

»Neu hier?«, fragte sie. Ihre extrem dunkle Stimme passte überhaupt nicht zu ihrer spindeldürren Figur und den unruhigen Augen.

»Also ... hmmm ... ich ...«

»Das erste Mal?«

»Ja, also ...« Oh Mann, sonst hatte ich immer die große Klappe und jetzt bekam ich keinen anständigen Satz raus. Ich hatte absolut keine Lust, die Klinikcheftochter zu spielen. Da hätte ich mir auch gleich einen Zettel mit der Aufschrift *Mobbt mich* an die Stirn kleben können. Um Zeit zu gewinnen, zeigte ich auf meinen Mund, als würde mich das Ei am Sprechen hindern.

Zum Glück machte Sofia es mir leicht. »Schon klar«, sagte sie sofort und wedelte mit der Hand, als wollte sie ihre Frage wegwischen. »Die ersten Tage sind hart. Ich kann mich noch genau daran erinnern. Ist nicht schön. Wenn du Hilfe brauchst: Ich bin Sofia. Kannst mich immer ansprechen. Einfach fragen, kein Problem. Weshalb bist du hier?«

Sie ließ mir keine Zeit für eine Antwort, sondern holte

einfach nur tief Luft und plapperte weiter. »Wir haben gewettet. Ich habe Selbstmord gesagt. Wirkst ein bisschen so.«

Nettes Kompliment von einer, die aussieht wie ein Skelett und deren Stimme nach Whiskey und Zigaretten klang.

»Also ... äääähhh ...«

»Musst es auch nicht sagen«, sprudelte es weiter aus ihr heraus. »Ist ja nicht so angenehm. Kannst du später auch noch erzählen. In der Gruppe oder so. Ich hab Magersucht. Schmeckt dein Ei?«

Oh Mann, hatten die denn keinen Ausschaltknopf?

»Ja, ich ...«

»Ich mag Eier nicht. Tut mir irgendwie leid, die Babys von Tieren zu essen. Na gut. Ich geh wieder. Viel Spaß. War nett, dich kennengelernt zu haben.«

Ich nickte verdattert. Bisher dachte ich immer, dass der Mensch, der mich sprachlos machen konnte, erst noch erfunden werden musste, von meinem Vater mal abgesehen. Ich blickte ihr hinterher. Ihre langen blonden Haare schwangen auf Höhe der Taille im Rhythmus ihrer Schritte, als würden sie tanzen.

Als sie sich wieder auf ihren Platz gesetzt hatte, hörte ich die drei Mädchen lachen. Super! Ich kam mir vor, als blinkte über mir eine Leuchtschrift mit Pfeil auf mich: *Babyfresserin, Anfängerin, Selbstmörderin* oder so ähnlich. Doch dann winkte mir Sofia lächelnd zu. Sie war zwar eine akustische Herausforderung, aber anscheinend nett.

Wäre ich jetzt psychisch krank, wäre ich eine von ihnen, würde mitlachen, könnte nach dem Essen mit ihnen fernsehen, was spielen oder vielleicht sogar irgendwas draußen unternehmen. Müsste den Sommer nicht allein in dem muffigen Zimmer verbringen und über meinen schulischen Totalausfall und meine glücklichen Freunde nachdenken. Mir war schon klar, wie schräg diese Sehnsucht war. Aber ich hasste die Einsamkeit. Und Sofia wirkte trotz ihres Geschnatters sympathisch.

Bei den Jungs kam Bewegung auf.

Ich warf ihnen einen flüchtigen Blick zu, als sie an mir vorbei zum Geschirrwagen gingen.

Ist das nicht ...?

Schockstarre!!!

Den Moment, als ich ihn erkannte, werde ich niemals vergessen. Es war absolut verrückt, weil mein Gehirn die unterschiedlichen Synapsen (Köln – Schule – mein Vater – Klinik – Pampa) erst einmal miteinander verknüpfen musste. Entsprechend zeitversetzt kapierte ich, wer da gerade auf mich zukam. Augenblicklich floss all mein Blut sturzbachartig erst in meine Beine, dann durch meine Füße in den Boden. Mein Herz hüpfte kreuz und quer durch meinen kompletten Innenraum, während mein Äußeres wie versteinert war. Ich muss ausgesehen haben wie eine Irre. Irgendwie passend.

Kurz darauf erkannte er mich auch und blieb abrupt vor mir stehen. Seine blauen Augen, die unter dem gelockten dunklen Pony hervorblitzten, bohrten sich direkt in meine Magengrube.

»Bist du nicht Clara aus dem Humboldt?«

Zum zweiten Mal innerhalb kürzester Zeit war ich

sprachlos. Logisch. Da vor mir stand ... Ich konnte es einfach nicht fassen. Er war es. Unsere Augen verhedderten sich ineinander und eins war klar: Ich musste etwas sagen. Sofort!

»Ah, und du bist ...?« Mehr kam nicht. Denn hätte ich seinen Namen gesagt, hätte er womöglich am Klang meiner Stimme hören können, dass ich ihn schon unfassbar oft vor dem Einschlafen, nach dem Aufwachen und auch tagsüber gesprochen, geflüstert und gedacht hatte. DARIUS.

»Ich bin Darius. Wir sind auf die gleiche Schule gegangen.«

»Ach ja, stimmt. Ich erinnere mich.« Ich setzte einen möglichst beiläufigen Gesichtsausdruck auf. Hoffentlich zahlte sich das jahrelange Schauspielern jetzt aus!

»Bist du heute angekommen?«

Auf eine normale Frage bei einer normalen Zufallsbegegnung sollte man etwas Normales erwidern können. Leider geht das nicht, wenn man unverhofft auf der Jugendpsychiatriestation zu Abend isst und man noch immer blutleer im Kopf vor einem Jungen steht, vor dem man definitiv nicht unvorbereitet stehen will.

»Ich bin hier. Den Sommer ... weil ...«

Den Versuch, einen vernünftigen Satz mit Subjekt, Prädikat, Objekt zu formulieren, erklärte ich in dem Moment als gescheitert. Womöglich hatte ich meine Schlagfertigkeit in Köln vergessen, vielleicht aber auch ganz verloren, zum Beispiel in den unzähligen Abistunden. Oder diese Situation war die Grenze meines Mundwerks. Was kein Wunder gewesen wäre. Unzählige Male hatte ich mir eine Begegnung mit Darius ausgemalt, nachdem er plötzlich aus unserer Schule verschwunden war. Alle waren sie romantisch, geheimnisvoll und leidenschaftlich. Eine psychosomatische Klinik und Wortfindungsstörungen waren nie dabei gewesen!

»Ausgerechnet du!«, sagte er, als nach dem »weil« von mir nichts mehr kam. »Die fröhliche Clara.«

Ich nickte nur und sah, wie sein orangehaariger Begleiter die Servietten auf meinem Tisch schön säuberlich entlang der Tischkante anordnete.

»Der Anfang ist ein bisschen hart, aber du gewöhnst dich dran. Bis später«, sagte Darius.

Da ich bereits aufgegeben hatte, irgendetwas Sinnvolles von mir zu geben, war ich direkt froh, als er ging. Ich stammelte noch etwas, aber ich glaube, das hörte er gar nicht mehr.

Nachdem Eddi, dessen Namen ich zu dem Zeitpunkt auch noch nicht kannte, alle Servietten millimetergenau aneinandergereiht hatte, verschwand auch er. Später würde ich Eddis Verhalten verstehen lernen.

Ich war so aufgewühlt, dass ich mich sogar auf die dreckig weiße Decke in meinem Verlies freute. Schnell stellte ich mein Geschirr auf den Wagen, verabschiedete mich von Schwester Kathy, die gerade wieder in den Speiseraum trat, und beeilte mich, ins Dachgeschoss zu entfliehen.

Als Erstes holte ich mein Handy aus dem Mülleimer und versuchte, es wieder zum Laufen zu bringen. Doch es fuhr nicht hoch. Das Teil war hinüber und ich ließ es wieder in den Müll fallen. Dabei hätte ich alles gegeben, wenn ich Sonja hätte anrufen können.

Darius! Hier! Es war wirklich unglaublich! Seit der Premierenfeier von *Elisabeth* schwärmte ich für ihn, hatte mir Fotos von ihm aus dem Internet ausgedruckt und aufgehängt, ihn in den Pausen und auf dem Heimweg aufgespürt, um ihn zu beobachten. Das klingt jetzt, als wäre ich eine verrückte Stalkerin, aber so ist es nicht. Ich wollte ihm einfach nah sein. Und wusste leider nie so richtig, wie ich es anstellen sollte. Er hat so was Unnahbares. Magisches. Dann war er plötzlich verschwunden. Wann war das gewesen? Vor einem halben Jahr? Vor vier Monaten? Mein Gott, was hatte die Gerüchteküche gebrodelt! Selbstmordversuch, Frust wegen seiner Freundin Nina, was mit den Eltern ... Ich hatte irgendwann nicht mehr zugehört, sondern mich nur noch darauf konzentriert, meine Liebe abzudrehen, so wie man einen Wasserhahn im Garten vor dem Winter abdreht, damit er nicht einfriert. Und jetzt hatte es nur diesen kurzen Moment im Speiseraum gebraucht und ich stand schon wieder komplett unter Wasser.

Ich legte mich aufs Bett und glotzte die Decke an, als wäre sie eine Leinwand, auf der mein erfolgloses Liebesleben wie ein typisches Pubertätsdrama ablief.

Die Premierenfeier von *Elisabeth*. Turnhalle, Discomusik. Ich nehme im Rausch meines ersten Regieerfolgs Glückwünsche entgegen. Rede mit Menschen, die ich kaum kenne, bin neben der Hauptdarstellerin der Star des Abends. Auf dem Weg zum Büfett kommt Darius auf mich zu.

»Clara, das war umwerfend. Danke für diesen Abend.« Er fischt einen hellblauen Stein aus seiner Hosentasche und hält ihn mir hin.

»Für dich.«

Ich nehme den Stein. Er ist wunderschön, ganz glatt mit schwarzen Streifen.

»Was ist das?«

»Ein Türkis. Ist gut für die Kreativität und fürs Selbstvertrauen.«

»Warum schenkst du ihn mir?«

»Ich habe zwei davon.«

Das war der Anfang gewesen.

Ein paar Monate später. Im Schwimmbad. Auf dem Dreimeterturm. Er vor mir.

»Magst du zuerst?«

»Nein.«

»Wollen wir zusammen?«

»Ja.« Unsere Hände finden sich, wir nehmen Anlauf und fliegen ... fliegen ... Viel zu schnell trennt der Aufprall unsere Hände.

Dann der Schock. Er küsst Nina in der Raucherecke. Geht Arm in Arm mit ihr über den Schulhof. Sitzt mit ihr in der Eisdiele. Schreckliche Bilder. Zermürbend.

Ich schloss die Augen und fragte mich mal wieder, warum es ausgerechnet Darius sein musste. Klar, jeder ist mal unglücklich verliebt, aber ich habe diesbezüglich eine echte Hochbegabung. Die wenigen Begegnungen mit ihm waren zwar besonders, aber eben wie seltene Oasen in einer staubtrockenen Wüste. Vorher und nachher nichts. Nada. Niente! Es ist das Dunkle, das Unerreichbare an ihm, das mich so magisch anzieht. Wie dumm eigentlich, wie entsetzlich dumm! Unerreichbar heißt schließlich un-erreichbar, NICHT erreichbar, immer weg, nie da! Ich bin eine Masochistin. Ganz klar. Leider hilft mir diese Erkenntnis überhaupt nicht weiter.

Obwohl ich davon überzeugt war, nicht einschlafen zu können, bevor ich meinem Vater ein paar Fragen gestellt hatte – über die Klinik, über Darius, warum er hier war, wie lange er noch bleiben würde –, bin ich dann doch irgendwann in einen komatösen Schlaf gefallen.

# 4

Um halb sieben war ich hellwach. Kein Wunder, so früh war ich wahrscheinlich als Kindergartenkind zum letzten Mal ins Bett gegangen. Aber auch mit weniger Schlaf wäre ich topfit gewesen. Allein die Vorstellung, dass Darius im gleichen Gebäude war, vielleicht auch gerade wach wurde, sich duschte oder schon frühstückte, jagte meinen Blutdruck in schwindelnde Höhen und trieb mich aus dem Bett. Stimmen drangen durch das geöffnete Fenster und ich schaute runter in den Hof. Ungefähr zwanzig Personen hatten sich im Garten versammelt und dehnten unter Anleitung einer älteren Frau im weißen Trainingsanzug erst ihre Oberschenkel und dann ihre Waden. Ich erkannte Sofia und Manu. Während Sofia eifrig den Anweisungen folgte, stand Manu mit verschränkten Armen etwas abseits der Gruppe. Ihren Widerwillen spürte ich bis hier hoch, als bestünde er aus Schallwellen, die sie an mir vorbei ins Weltall schickte. Obwohl meine Begeisterung für Sport auch eher mäßig war, überlegte ich, runterzugehen und mitzumachen.

Doch dann trabte die Gruppe los und
durch das große Tor und damit aus n
Danach herrschte wieder Stille, die ka
war. Ich musste es irgendwie schaffen, a

zu kommen. Nur wie? Mir fiel nichts ein, was auch daran gelegen haben könnte, dass ich mit leerem Bauch nicht denken konnte. Mein Magen knurrte schon eine Weile vor sich hin wie ein junger Hund. Leise schlich ich in die Küche. Hier war alles ruhig. Mein Vater schien noch zu schlafen. Als ich den Kühlschrank öffnete, sprang mich ein übler Geruch an. Im ersten Moment dachte ich, dass dadrin etwas gestorben war, und ich ließ meinen Blick in Erwartung einer schlimmen Entdeckung panisch durch die Fächer wandern. Doch dann fand ich den wahren Übeltäter: Camembert der schlimmsten Sorte. Den liebte mein Vater also immer noch! Ich erinnerte mich gut, dass Mama ihn damals in einer extra geruchsundurchlässigen Box aufbewahrt hatte, doch hier thronte er offen auf einem kleinen Teller in der Mitte des Kühlschranks und verpestete alles mit seinem Gestank. Ich schloss die Tür schnell wieder und öffnete das Fenster. Doch so schnell wollte ich die Suche nach etwas Essbarem nicht aufgeben. Es musste doch irgendwas geben, das nicht den Gestank des Käses angenommen hatte! In einer Küchenschublade fand ich eine Packung Müsli, dessen Verfallsdatum zwar schon lange abgelaufen war, das aber deutlich besser roch als der Camembert. Mit angehaltenem Atem holte ich die Packung Milch aus dem Kühlschrank. Damit setzte ich mich zurück ans Fenster im Gästezimmer, von wo aus ich den Aufgang der Sonne beobachten konnte. Das Müsli schmeckte, als wäre es um die Jahrtausendwende herum in den Karton gefüllt worden. Die Krönung der Mahlzeit bildete die Milch, die als solche eigentlich gar nicht mehr zu identifizieren war. Man hätte sie durchaus als flüssigen Camembert für Geschmacksliebhaber vermarkten können. Bereits nach einigen Löffeln dieser Horrormischung rebellierte mein Magen. Ich stellte die halb volle Schüssel raus auf das Fensterbrett und hoffte, dass ich nicht wegen Erregung öffentlichen Ärgernisses angezeigt werden würde.

Ok, da das Projekt »Frühstück« grandios gescheitert war, wollte ich jetzt nur noch eins: Darius sehen. Ich überlegte, unter was für einem Vorwand ich auf die Station gehen könnte. Sollte ich dort nach einem Job fragen? Einem Praktikum? In der Küche arbeiten? Ich könnte mich auch einfach krank stellen. Eine kleine Macke vortäuschen oder so. Das war doch sicher kinderleicht. Vor meinem inneren Auge sah ich mich schon unzählige Servietten zusammen- und in Reih und Glied nebeneinanderlegen. Oder mich fortbewegen, indem ich vier Schritte vor und drei zurücklief. Ich ging die mir bekannten psychischen Krankheiten durch. Viele waren das nicht. Für eine Magersüchtige war ich wahrscheinlich nicht dünn genug. Angstzustände könnte ich mir gut vorstellen oder Tourette-Syndrom. Das wäre bestimmt eine super Erfahrung, einfach dauernd unkontrolliert böse Worte wie *Scheiße* und *Ficken* vor mich hin zu plappern.

In dem Moment hörte ich Schritte. Eine Tür wurde geöffnet und wieder geschlossen. Wasserrauschen. Mein Vater war im Bad. Endlich kam Leben in die Bude. Ich hoffte, dass er sich treu bleiben und das Frühstück vergessen würde. Er hatte doch ganz sicher wie immer Wichtigeres zu tun. Es gab Zeiten, da hätte ich mir einen Arm abgehackt für ein paar Stunden mit ihm. Und jetzt, wo ich sie eventuell bekommen könnte, würde ich mir noch mehr abhacken, um von ihm weg- und in die Klinik reinzukommen.

Die Toilettenspülung rauschte und kurz darauf klopfte es an meine Tür.

»Ja.«

Er schob wieder nur seinen Kopf ins Zimmer.

»Na? Gut geschlafen?«

»Ja, schon.«

Er trat ein und hielt mir seine Hand mit meinem Handy hin. »Ist das dein Handy?«

»Ja.«

»Warum liegt es im Mülleimer?«

»Ich hab es gebadet. Hat ihm nicht so gefallen.«

Auf seinen verständnislosen Blick hin erzählte ich ihm die ganze Geschichte und er musste lachen.

»Das ist mir auch schon passiert. Ich habe noch ein altes Handy mit einer Prepaid-Card. Willst du das haben?«

»Ein Smartphone?«

»Nein.«

»Nee danke. Das macht keinen Sinn, weil damit WhatsApp nicht geht. Meine Freunde sind eh alle weg.« Und damit war das Thema erledigt.

»Hast du Hunger?«

Seinem Lächeln entnahm ich, dass er mir diesmal keine Absage erteilen wollte. Also sollte er sein Frühstück bekommen, auch wenn mich das vielleicht endgültig meinen Magen kosten würde.

»Ja«, log ich und folgte ihm in die Küche, wo er mit

Feuereifer begann, die Zutaten aus dem Kühlschrank zu räumen. Er schien in diesem Frühstück einen wichtigen Akt der Wiedergutmachung zu sehen, anders konnte ich mir seinen Enthusiasmus nicht erklären.

»Spiegelei?«, fragte er und hielt erwartungsfroh eine Pfanne hoch.

»Supergerne!«, sagte ich mit gespielter Freude. Dabei rebellierte mein gebeutelter Magen bei jeglicher Vorstellung von Nahrungsaufnahme. Fieberhaft überlegte ich, wie ich ein Unglück verhindern konnte und mich nicht gleich auf unschöne Weise des Müslis und der Camembertmilch entledigte. Dann dachte mein Vater womöglich, ich sei krank, und würde mich nicht auf die Station lassen. Sollte ich ihm sagen, dass ich bereits gefrühstückt hatte? Nein, denn ich wollte ihm den Rang als Meister im Nichteinhalten von Verabredungen nicht streitig machen. Also musste ich durch dieses verdammte Frühstück durch. In Gedanken versprach ich meinem camembertverseuchten Magen eine Extraportion Schokolade, wenn er jetzt durchhalten würde.

Als mein Vater die Eier aus dem Kühlschrank holte, war die ganze Küche wieder vom Gestank erfüllt. Ich fürchtete schon, das Unglück nicht mehr aufhalten zu können, und presste mühsam zwischen den zusammengekniffenen Zähnen hervor: »Papa, könntest du bitte den Camembert aus der Wohnung schaffen? Das ist echt nicht auszuhalten.«

Er lachte. »Das hat deine Mutter auch immer gesagt. Ich wickele ihn nach dem Frühstück ein.«

Während ich versuchte, als erster Mensch der Welt

ohne Sauerstoff auszukommen, und mit angehaltenem Atem in den Schubladen und Schränken Geschirr und Besteck zusammensuchte, briet er die Spiegeleier und versuchte gleichzeitig, das Radio einzuschalten. Doch auch nach längerem Herumdrehen am Sendesuchknopf fand er keinen Empfang. Irgendwann schaltete er das Radio wieder aus und sagte: »Ziemlich nostalgisch, das Ding, was?«

»Hmmmm«, sagte ich nur und biss mir auf die Zunge, um keinen Kommentar darüber abzulassen, dass er ausgerechnet an dem Tag sein vergessenes Radio aktivieren wollte, wenn ich mal mit ihm frühstückte. Die Luft war schon vom Käse dick genug, da brauchte es nicht noch einen Streit.

»Entschuldige noch mal wegen gestern.« Mit diesen Worten ließ er die Spiegeleier aus der Pfanne auf unsere Teller gleiten und setzte sich zu mir.

»Schon okay.« Appetitlos zupfte ich ein paar Körner vom Brötchen und konzentrierte mich weiterhin darauf, meinen Mageninhalt bei mir zu behalten.

»Das war wirklich ein schwieriger Fall. Er ist schon oft hier gewesen und ...«

Während er von dem Suizidpatienten erzählte, schnitt ich mein Brötchen in zwei Hälften und betrachtete lange die vor mir liegende Wurst- und Käseauswahl, die aussah, als wäre sie gänzlich vom Camembert durchdrungen. Ich fragte mich, ob das wohl eine gängige Foltermethode war: Menschen, die Hunger hatten, vor einen reich gedeckten Tisch zu setzen, auf dem alles aus Stinkekäse bestand.

»Hast du keinen Hunger?«

»Doch, doch«, antwortete ich schnell, schaufelte ein bisschen von meinem Ei in den Mund und zwang mich, ihn zufrieden anzugrinsen.

»Sag mal«, begann ich, während ich mit den Fingern ein Teigbällchen aus einer Brötchenhälfte kratzte. »Ich hätte da mal eine Frage.«

»Nur zu.«

»Kennst du Darius Goldstein?«

»Das ist ein Patient. Klar kenne ich ihn. Warum fragst du?«

»Ach nur so.«

»Stimmt. Du warst ja gestern unten essen. War das denn in Ordnung?«

»Ja, war okay.«

»Hast du Darius da kennengelernt?«

»Nein, ich kenne ihn aus der Schule.«

Er hielt erstaunt darin inne, Ei auf seine Gabel zu laden. »Ach, das ist ja ein Zufall. Hat er sich gefreut, dich zu sehen?«

»Ja, na ja, weiß nicht. Warum ist er hier?«

»Hmmmm ... Das darf ich dir nicht sagen.«

Klar. Arztgeheimnis. Aber ich wollte es trotzdem wissen.

»Hat er Magersucht?«

»Wie kommst du denn darauf?«

»Na ja, weil einige auf Station 2 magersüchtig aussehen.«

Er blickte stirnrunzelnd auf meinen Teller, auf dem mittlerweile die ganze Brötchenhälfte in Fetzen um das

Ei herumlag. »Ja, das stimmt. Und was ist mit dir? Schmeckts nicht?«

»Ehrlich gesagt ... Können wir den Käse vielleicht jetzt schon wegräumen?«

»Oh, ja, selbstverständlich.« Lächelnd sprang er auf, nahm den Teller mit dem zerlaufenen Camembert und hantierte an der Küchenzeile herum. »Da bin ich aber erleichtert, dass es nur der Camembert ist.«

»Wie meinst du das?«

»Na ja, ich hatte schon die Befürchtung, dass du auch eine Essstörung haben könntest.«

In meinem Kopf überschlug sich alles. Mein erster Impuls war, laut zu lachen. Ich hatte eher eine Hochbegabung in Naturwissenschaften als eine Essstörung. Ich konnte drei Burger auf einmal verdrücken. Oder fünf Kuchenstücke. Ohne Essen funktionierte mein Gehirn gar nicht richtig. Von der Qualität des Mittagessens hing meine Restlaune für den Tag ab. Jeder, der mich kannte, würde bestätigen, dass eine Essstörung und ich ungefähr so gut zusammenpassten wie Nutella und Senf. Doch mein Vater kannte mich eben nicht richtig.

Und da entstand diese Idee. Noch war sie nicht konkret, nicht greifbar. Nur mein Gewissen schien sie schon klarer fassen zu können.

»Nein!«, schrie es. »Nein. Das kannst du nicht machen! Das ist doch total krank!«

Mein Gewissen hatte es noch nie leicht mit mir. Ich hörte einfach nicht hin, wie immer.

Mein Schweigen schien meinen Vater zu beunruhigen, denn er drehte sich schließlich um, sah mich eindringlich aus seinen Psychologenaugen an und sagte: »Clara, wenn es etwas gibt, womit ich dir helfen kann, lass es mich wissen.«

Es war ein Missverständnis, das da durch den Raum schwirrte wie ein verirrter Vogel, panisch auf der Suche nach dem Ausgang. Ein Teil von mir wollte die Wahrheit sagen, ihm erklären, dass ich völlig normal sei, nur eben heute früh schon etwas gegessen hatte. Doch der andere Teil, der, der diese Idee spürte und versuchte zu packen, hielt die Wahrheit zurück und ließ mich schweigen.

»Clara, du musst mir nicht antworten und ich frage dich das auch nur einmal: Kann es sein, dass du eine Essstörung hast?«

»Ja!«

Es war das folgenreichste »Ja« meines Lebens. Hätte ich geahnt, *wie* folgenreich es sein würde, hätte ich vielleicht ein »Spaaaaaaß« hinterhergeschickt, alles noch mal in Ruhe durchdacht, nach anderen Lösungen gesucht ... Nichts davon tat ich, sondern setzte mich aufrecht hin und war irgendwie stolz auf meine sensationelle Idee.

Mein Vater schien einen Moment lang überrumpelt zu sein von meinem Geständnis. Und er schien nicht zu wissen, was er als Vater jetzt tun sollte. Deshalb setzte er sein Psychologengesicht auf und kramte aus einer Schublade Zettel und Stift hervor, setzte sich an den Tisch und schob sein Essen zur Seite.

»Clara. Ich werde dir jetzt mit deinem Einverständnis ein paar Fragen stellen, in Ordnung?«

Ich nickte. Jetzt kam es darauf an. Ich musste einen

ausgebildeten Psychologen überlisten. Eine echte Herausforderung!

»Halt die Klappe! Noch kannst du zurück!«, schrie mein Gewissen mir verzweifelt zu.

»Selber Klappe«, rief ich und atmete die zeternde Stimme einfach weg.

»Weiß deine Mutter von deiner Krankheit?«

»Ja, was meinst du, weshalb sie mich hierhergeschickt hat.« Der Bann war gebrochen und die Lügen purzelten wie kleine Köttel aus meinem Mund.

»Kannst du mir beschreiben, worin deiner Meinung nach deine Essstörung liegt?«

Ich zog meine Beine hoch auf die Stuhlkante und umschlang sie fest mit meinen Armen. Jetzt hatte ich ein Problem. Es gab sicherlich mehrere Formen von Essstörung, aber wie man sich bei welcher fühlte, die Ursachen, Fachausdrücke, Probleme, die man vorweisen musste ... Keinen Schimmer. Ein vertrautes Gefühl. So war es mir auch immer ergangen, wenn mich ein Lehrer aufgerufen hatte. Ruhe bewahren! Ich besann mich auf die Methode, die auch in der Schule immer funktioniert hatte: einfach wiedergeben, was andere schon einmal gesagt haben. Ich schaute aus dem Fenster und kramte in meinem Gedächtnis nach den Worten meiner Mitschülerin Sarah. Sie hatte mir auf einer Klassenfeier in der 8. Klasse sturzbetrunken mal eine Stunde lang die Ohren vollgejammert. Wie gut, dass ich so eine aufmerksame Zuhörerin bin!

»Ich finde mich eklig«, zitierte ich Sarah und hielt den Blick weiter starr in den Himmel gerichtet, als stünden dort ihre Worte wie in einem Teleprompter. »Meinen ganzen Körper hasse ich. Meinen Bauch, meinen Po, alles. Ich bin fett. Einfach nur total fett.«

Ich hörte meinen Vater meine Lügen aufschreiben und atmete einmal tief und theatralisch durch. Mein schlechtes Gewissen hüpfte wie ein kleiner, wild gewordener Zwerg nach Aufmerksamkeit heischend irgendwo in der Nähe meines Magens herum und rief unablässig: »Sei still! Klappe halten! Hör auf!«

Doch ich beachtete ihn nicht weiter.

*7-Früchte-Müsli* las ich auf der Packung des Müslis, das ich auf der Ablage hatte stehen lassen, und redete weiter: »Sieben Kilo habe ich schon abgenommen und ich kann einfach nicht mehr aufhören. Manchmal habe ich Fressattacken. Dann kotze ich das alles wieder aus. Möglichst schnell, damit sich nichts davon in meinem Körper ansiedeln kann.«

Mir war nicht klar, ob mir wegen meiner Worte übel wurde oder mein Gewissen zu drastischeren Mitteln griff, um mir den Mund zu stopfen, oder ob mein Körper beim Anblick des Jahrtausendmüslis nun endgültig rebellierte. Auf jeden Fall musste ich mich plötzlich übergeben und schaffte es gerade noch zur Toilette. Wer hätte gedacht, dass ich mal einem Kotzanfall für sein perfektes Timing dankbar sein würde. Besser hätte sich das kein Regisseur der Welt ausdenken können, es wirkte wie ein Ausrufezeichen hinter meinem Monolog.

Als ich zurück in die Küche kam, hatte mein Vater die Notizen beiseitegeschoben und sich wieder dem Frühstück gewidmet. Ich setzte mich ihm gegenüber.

»Schatz«, sagte er und ich glaubte, meinen Ohren nicht zu trauen. Da musste ich also erst irrenhausreif werden, damit er mich Schatz nannte!

»Das kriegen wir wieder hin. Ich bin froh, dass du gekommen bist. Damit hast du den wichtigsten Schritt schon mal geschafft.«

Ich sagte nichts, wich seinem Blick aus und beobachtete stattdessen, wie er eine Brötchenhälfte mit Butter bestrich.

»Wie lange geht das denn schon?«

Ich überlegte. Eine Magersüchtige, die nicht mager war, konnte so lange noch nicht süchtig sein. Allerdings hatte ich nun schon die sieben Kilo erwähnt, die ich angeblich abgenommen hatte. »Ein halbes Jahr etwa«, sagte ich schließlich.

»Gut. Das ist noch nicht so lang. Und man sieht dir die Essstörung auch noch gar nicht an.«

Puh, Glück gehabt. Da hab ich intuitiv scheinbar das Richtige gesagt.

Mein Vater kaute auf seinem Brötchen rum und nickte in Gedanken versunken vor sich hin. »Du versäumst momentan ja nichts in der Schule, daher halte ich einen stationären Aufenthalt für sinnvoll. Ich überlege nur gerade, in welche Klinik ich dich schicken könnte.«

»Warum das denn? Ich will ...« Vorsicht, Clara, ruhig bleiben, sonst verrätst du dich! Ich sprach etwas ruhiger weiter: »Warum kann ich nicht hier in deiner Klinik bleiben?«

»Weil du meine Tochter bist und ich der Chef dieser Klinik. Nicht gerade eine gute Kombination, finde ich.«

»Schämst du dich meinetwegen? Ich meine, wir sehen uns so selten. Das wäre doch schade, wenn ich den Sommer jetzt woanders verbringen muss. Oder siehst du das nicht so?«

Als hätten meine Worte seine Kieferknochen blockiert, hörte er schlagartig mit dem Kauen auf. Ich hatte voll ins Schwarze getroffen. Bingo!

»Nein, natürlich wäre das sehr schade«, sagte er. »Es ist nur so, dass ...« Er sprach nicht weiter und ich nutzte die Pause, um noch einen draufzusetzen: »Wir sind seit Jahren nicht mehr zusammen gewesen. Ich hatte mich so auf diesen Sommer gefreut. Und jetzt willst du mich gleich wieder wegschicken.«

Ich musste mich räuspern, weil sich mein Gewissen anscheinend um meine Stimmbänder gewickelt hatte.

»Du hast recht«, sagte mein Vater. »Wir werden das gemeinsam durchstehen. Hier in meiner Klinik.«

Treffer, versenkt! Obwohl ich natürlich wusste, wie skrupellos, abscheulich, verwerflich, unmoralisch und furchtbar mein Verhalten war, verspürte ich große Freude.

»Ich werde nachher mit Frau Dr. Rausch telefonieren. Auf ihrer Station bist du gut aufgehoben.«

*Ihre Station.* Ob das auch Darius' Station war? Während ich an einer möglichst unauffälligen Frage feilte, beantwortete er sie mir schon: »Das ist die gleiche Station, auf der du gestern gegessen hast. Wir weisen dich am besten morgen ein. Heute ist Sonntag, da werden keine Patienten aufgenommen.«

Ich stand auf und räumte ein paar Sachen in den Kühlschrank, damit mir mein Vater meine Begeisterung nicht ansah. Eine Essgestörte, die aus Vorfreude, in die Klinik zu kommen, das Grinsen nicht mehr aus dem Gesicht kriegte, war wohl eher ein Fall für die Geschlossene. Damit wäre ich am Ziel vorbeigeschossen.

Sein Handy klingelte und ein Pfleger bat ihn, schnell zu kommen. Es gab mal wieder einen Vorfall mit einem Patienten. In dieser Hinsicht war mein Vater echt zuverlässig. Sobald ein Patient Hilfe brauchte, ließ er alles stehen und liegen. Diesmal sollte es mir recht sein. Ich hatte genug damit zu tun, mich auf den morgigen Tag vorzubereiten.

Kaum war er weg, ging ich in seinem Arbeitszimmer auf die Suche nach Informationen über meine angebliche Krankheit. Dank der Ordnungsliebe meines Vaters fand ich schnell vier passende Bücher und zwei interessante Zeitschriften. Damit verkroch ich mich ins Gästezimmer und fing an zu lesen. Es war nicht leicht, mich durch die Kapitel zu wühlen. Diese Psychologensprache war voller Fachwörter, die ich ohne Google unmöglich verstehen konnte. Und ein profanes Fremdwörterlexikon gab es in diesem Professorenhaushalt natürlich nicht.

Aber je länger ich mich in das Thema einlas, umso mehr verstand ich davon. Kaum zu glauben, dass das Thema Essen so komplex ist und für viele Menschen echt ein Problem darstellt. Es gibt drei Hauptformen von Essstörung: Magersucht (Anorexie), Ess-Brech-Sucht (Bulimie) und Ess-Sucht (Binge-Eating-Disorder). Anorektiker und Bulimiker sind untergewichtig, die Esssüchtigen eher übergewichtig, denn die haben ähnliche

Fressattacken wie die Bulimiker, kotzen das Essen danach aber nicht wieder aus.

Nachdem ich mir unzählige Bilder angeschaut hatte, wusste ich, dass mein normalgewichtiger, kerngesunder Körper ein Problem werden könnte bei dieser verrückten Aktion, in die ich da gerade schlitterte. Eigentlich war es ja ein Grund zur Freude, dass ich kein einziges Symptom einer Essstörung aufwies: Ich hatte weder Untergewicht noch trockene Haut oder Haarausfall. Auch meine Menstruation kam regelmäßig und meine Zähne waren bombenfest und schneeweiß. Zum Glück schien ich mit meiner Halbjahres-sieben-Kilo-Lüge nicht ganz falsch gelegen zu haben, sonst hätte mein Vater, der große Experte, anders reagiert.

Aber so Psychozeug ist ja immer Auslegungssache, versuchte ich mich zu beruhigen und stellte die Bücher zurück.

Im Bad stellte ich mich vor den Spiegel und experimentierte mit Gesprächsanfängen für meine erste Begegnung mit Darius als offizielle Kranke.

»Schön, dich zu sehen«, sagte ich meinem lächelnden Spiegelbild. Nein. Sich in einer Psychoklinik zu sehen war nur schön, wenn man so durchgeknallt war wie ich.

»Hey, gut, dass du da bist. Geteiltes Leid ist halbes Leid.« Das fand ich am Anfang ganz gut, aber dann doch nicht, schließlich hatte ich keine Ahnung, welches Leid Darius hatte. Wenn er sich für Jesus oder Adolf Hitler hielt, würde ich die Erfahrung nicht mit ihm teilen wollen.

»Na? Was führt dich hierher?« Zu direkt.

»Übrigens, ich bin magersüchtig.« Interessiert ihn vielleicht nicht.

»Schönes Wetter.« Langweilig.

Was ich auch probierte, es war immer irgendwie verkehrt. Ich hoffte sehr, dass meine Spontaneität wieder zu mir zurückkehrte.

Den Rest des Tages verbrachte ich tatsächlich mit meinem Vater. Wir fuhren zu einem Wildgehege, wo man Tiere füttern und Ziegen streicheln konnte. Ein toller Ausflug, vor allem für Siebenjährige. Doch ich ließ Nachsicht walten, weil er sich sichtlich über die Zweisamkeit freute. Unsere Beziehung war ein ständiges Auf und Ab gewesen, wobei die Abs deutlich in der Überzahl waren. Nach der Trennung meiner Eltern haben wir uns jahrelang kaum gesehen, weil er weiterhin in Köln lebte und Mama und ich ein paar Jahre in Ostfriesland bei meinen Großeltern. Kaum waren wir zurück in Köln, schob sich erst die Pubertät und danach übergangslos das Desinteresse zwischen uns. Ich hatte einfach zu viele andere Dinge um die Ohren, um ihm Platz in meinem Leben freizuschaufeln. Am Anfang waren mir die Wochenenden mit meinen Freundinnen wichtiger. Dann kamen die häufigen Theaterproben dazu. Aber hätten wir uns nicht so weit voneinander entfernt, hätten wir uns mehr ins Zeug gelegt und unser Vater-Tochter-Ding gepflegt, hätte ich auf den ein oder anderen Freundinnentreff verzichten können. Hättehättehätte ... Irgendwann hörte er dann einfach auf zu fragen. Wahrscheinlich war es ihm sogar recht. Er hatte dann mehr Zeit zum Arbeiten. Und ich vermisste ihn schon lange nicht mehr, schließlich kannte ich es nicht anders.

# 5

Am nächsten Morgen war es dann so weit: Ich wurde in die Psychiatrie eingewiesen. Ganz schön aufregend! Am liebsten hätte ich nach Betreten der Station sofort Darius gesucht, aber ich musste natürlich die übliche Aufnahmeprozedur durchlaufen. Zu dumm, dass ich ihn nicht an einem Strand wiedergetroffen habe. Lieber hätte ich in seiner Nähe Cocktails geschlürft oder mich auf einer Luftmatratze unauffällig zu ihm treiben lassen, als mich in Therapie zu begeben. Aber gut. Ich war wie immer wild entschlossen und schlecht vorbereitet. Hoffentlich endete das Ganze nicht wie mein Abitur. Doch für Gedanken dieser Art war jetzt keine Zeit, denn ich musste glaubhaft vermitteln, dass ich irgendwie gestört war.

Mein Vater begleitete mich bis zum Wartezimmer für meinen ersten Termin.

»Wenn du etwas brauchst, melde dich.« Einen Moment lang standen wir einander gegenüber, unsicher, wie wir uns verabschieden sollten. Dann legte er mir die Hand auf die Schulter und wünschte mir viel Glück.

Ich bedankte mich und schlang kurz meine Arme um seine Taille. Eine viel zu vertraute Geste, die über mich kam, weil alles um mich herum plötzlich noch fremder war als er.

»Alles wird gut«, tröstete er mich und ich spürte, wie seine Hände unbeholfen über meinen Rücken strichen.

Als er gegangen war, setzte ich mich in eine Ecke. Auf einem Tisch lagen jede Menge Zeitschriften und an den Wänden hingen Bilder in roten Rahmen. Eins gefiel mir besonders gut. Darauf war ein Mädchen zu sehen, das in einem dunklen Raum stand und aus einem hell erleuchteten Fenster blickte. Ich stand auf, um das Bild näher zu betrachten. Erst da sah ich die Fäden, an denen das Mädchen hing. Im oberen Teil des Bildes waren schemenhaft Menschen zu sehen, die die Fäden hielten.

Die Tür öffnete sich und eine große, bunt gekleidete Frau trat heraus.

»Clara?«

»Ja.«

»Bitte.«

Sie öffnete die Tür weit und bat mich herein. Ihr Lächeln erinnerte mich an einen Whirlpool – man konnte darin versinken und fühlte sich absolut wohl. Ich ging an ihr vorbei in einen großen Raum. Gleich rechts thronte ein gläserner Schreibtisch mit einem Computer und allerlei Schreibkram und am Fenster standen zwei Sessel. Auf einen davon setzte sie sich und forderte mich auf, ihr gegenüber Platz zu nehmen. Zwischen uns stand ein niedriger, schmaler Couchtisch, der mit seinen zwei Gläsern, der Karaffe Wasser und der Taschentuchbox darauf hindeutete, dass hier geschwitzt, getrunken und geheult wurde. Ich bekam Angst. Im Laufe meiner Schulzeit hatte ich in diversen Theaterproduktionen schon viele Rollen gespielt, aber keine war je so anspruchsvoll wie diese gewesen.

»Du bist also Clara. Schön, dich kennenzulernen«, sagte sie und lächelte wieder.

Ich nickte und lächelte zurück, wissend, wie dünn und kraftlos mein Lächeln neben ihrem wirken musste.

»Gut, dann legen wir mal los. Warum bist du hier?«

»Ich ...«, setzte ich an, machte aber sofort eine Pause. Mein Herz drohte davonzurasen. Ich atmete einmal kräftig durch, um es wieder einzufangen.

»Aller Anfang ist schwer«, kommentierte Frau Dr. Rausch meine Aufregung und lächelte weiter. »Nimm dir die Zeit, die du brauchst.« Wenn man ihr Lächeln vervielfältigen und in Kriegsgebiete bringen könnte, würde in Kürze Weltfrieden herrschen.

»Ich bin hier, weil ich eine Essstörung habe«, begann ich meine Lügengeschichte und dann floss mein zurechtgelegter Monolog erstaunlich mühelos aus mir heraus. Ich erzählte, wie ich im Januar beschlossen hätte abzunehmen und dann tatsächlich innerhalb kürzester Zeit sieben Kilo weniger gehabt hätte. Und dass ich damit nicht mehr aufhören könne und meine Mutter schon ganz sauer sei und sie mich hierhergeschickt hätte. Während ich erzählte, konnte ich im Gesicht von Frau Dr. Rausch keine Spur von Misstrauen erkennen, ganz im Gegenteil. Sie wirkte konzentriert und nickte hin und wieder aufmunternd. Ob das nun an meiner Schauspielkunst, ihrer Gutmütigkeit oder schlicht und ergreifend daran lag, dass sie zu jedem herzlich ist, auch zu schlechten Lügnern, weiß ich nicht. Am Ende schlug sie im Rahmen des Therapieplans vor, dass wir uns einmal die Woche sehen sollten.

»Und du kannst dir überlegen, ob wir den Mitpatienten besser nicht erzählen, dass dein Vater der Klinikchef ist.«

»Ja, besser nicht«, sagte ich. Die Cheftochter wollte ich nicht auch noch spielen müssen. Die Rolle als Magersüchtige reichte mir vollkommen.

# 6

Anschließend holte mich Schwester Andrea ab, die sich als meine Bezugsschwester vorstellte. Ihre Art, die Dinge auf den Punkt zu bringen, schüchterte mich am Anfang etwas ein. Es dauerte eine Weile, bis ich kapierte, dass sie einfach nur hochprofessionell ihre Arbeit macht. Wenn es gilt, einen Ablauf zu erklären, Tabletten auszuteilen oder etwas zu organisieren, erledigt sie das ohne viel Schnickschnack und in einem Tempo, das jeden Profisportler beeindrucken würde. Und wenn Herzenswärme gefragt ist, Einfühlungsvermögen und gesunder Menschenverstand, dann macht sie es genauso uneingeschränkt.

Bei der kleinen Eingangsuntersuchung – messen, wiegen, Blutdruck – war ich bemüht, mit ihrem Tempo Schritt zu halten und trotzdem nichts falsch zu machen. Das war eine echte Herausforderung!

Danach zeigte sie mir mein Zimmer.

»Oh«, sagte ich enttäuscht. »Wohne ich allein?«

»Nein, nein. Das ist dein Bett.« Sie zeigte nach rechts. »Und hier schläft Rike.«

Die angeblich bewohnte Seite war akribisch aufgeräumt, die Decke auf dem Bett faltenlos zusammengelegt, der Nachttisch und alle Ablagemöglichkeiten komplett leer, lediglich ein kleiner Stoffvogel auf dem Kissen wies auf Leben hin. Na toll, meine Zimmernachbarin litt offensichtlich unter Aufräumzwang. Das bot viel Potenzial für Streitereien.

Meinen Koffer hatte mein Vater schon gebracht, denn er stand bereits neben meinem Bett.

»Du gewöhnst dich dran, wirst sehen«, sagte Schwester Andrea und strich mir kräftig über den Rücken. »Brauchst du noch was?«

Ich schüttelte den Kopf.

»Gut, dann bereite ich jetzt das Mittagessen vor, okay?«

Wie ich da so stand, in dem sterilen Krankenhauszimmer, das genauso unpersönlich war wie das Gästezimmer unterm Dach, überfielen mich plötzlich wieder Zweifel. Was für eine durchgeknallte Nummer hatte ich da nur angeleiert! Wie konnte ich so bescheuert gewesen sein? Ein Sommer unter Irren, von denen zwar einer Darius war, der aber womöglich morgen oder wer weiß, vielleicht schon heute ...

»Clara?«, fragte Schwester Andrea.

»Hmmm?«

»Weißt du was? Du schaust mal, wie es sich anfühlt, und wenn dir die Decke auf den Kopf fällt, kommst du einfach und hilfst mir.«

»Klingt gut.« Ich nickte dankbar.

»Versprochen?«

»Versprochen.«

Als sie weg war, schaute ich vom Koffer zum Schrank und zurück zum Koffer. Ich sollte ihn ausräumen, dachte ich und ließ mich auf die Bettkante fallen. Das Bett war extrem hoch, wie Krankenhausbetten nun mal sind. Ich konnte mit den Fußspitzen gerade so den Boden berühren.

Da ging die Tür ganz leise und zaghaft auf und herein kam Rike. Noch nie hatte ich eine so dünne, nein, dürre Gestalt gesehen. Mit ihrem langen pechschwarzen Haar und der blassen Haut sah sie aus wie Dornröschen. Nach hundert Jahren Tiefschlaf. Ohne Essen. Statt der Dornenranken war ihr der Pony in dieser Zeit so tief ins Gesicht gewuchert, dass man kaum etwas von ihr sehen konnte.

»Hallo«, sagte ich.

Sie antwortete nicht, sondern ging zu ihrem Nachttisch, öffnete die Schublade und holte ein Buch heraus, in das sie etwas schrieb. Erst jetzt sah ich, dass sie in ihrem Haar unzählige dünne Zöpfe hatte, was mich an ein Hippiefoto aus Mamas Jugend erinnerte. Dornröschen als Hippie. So ein Irrenhaus hatte echt was zu bieten. Ich nahm die T-Shirts aus meinem Koffer und öffnete den Schrank. Hier gab es noch jede Menge Platz. Die wenigen Sachen von Rike lagen extrem ordentlich zusammengefaltet in den zwei unteren Fächern, als wollte sie sich so unsichtbar wie möglich machen. Ich hatte Hemmungen, mit meinen unordentlich zusammengelegten Klamotten die Atmosphäre des Schranks zu ruinieren, und warf verstohlen einen Blick auf Rike. Sie saß auf ihrem Bett mit dem Rücken an die Wand gelehnt und schrieb.

»Hallo, ich heiße Clara«, versuchte ich es noch einmal. Nichts. Sie schrieb einfach weiter, ohne aufzublicken.

»Ich heiße Clara, und du?«, brüllte ich jetzt, um zu testen, ob sie vielleicht taub war. War sie nicht, denn sie zuckte zusammen. Mehr nicht. Herzlich willkommen in der Klapse, dachte ich, schmiss die T-Shirts zurück in den Koffer und verließ das Zimmer.

Die Küche befand sich direkt neben dem Speiseraum. Schwester Andrea war bereits mit allem fertig und forderte mich auf, mir schon mal einen Platz zu suchen. Ich wollte aber lieber abwarten, bis die anderen saßen, damit ich mich dann irgendwo dazusetzen konnte. Natürlich spekulierte ich darauf, dass nur noch ein Platz am Tisch von Darius übrig sein würde. Also stellte ich mich neben das Schwesternzimmer ans Schwarze Brett und tat so, als würde ich die Aushänge lesen. Während ich extrem angespannt auf Informationen über Entspannungstechniken stierte, richtete ich meine Antennen in den Gang und bekam mit, wie sich Türen öffneten und Stimmen den Speiseraum mit Leben erfüllten. Vorsichtig lugte ich hinein. Darius war noch nicht da. Manu und Kuimba saßen schon auf ihren Plätzen. Rike saß allein an einem Tisch in der Ecke mit dem Gesicht zur Wand. Falls sie dort gestern auch schon gesessen haben sollte, war sie mir nicht aufgefallen. Ich drehte mich wieder um und versuchte, es ihr gleichzutun und unsichtbar zu werden, damit ich unbemerkt auf Darius warten konnte. Doch in dem Moment sprach mich Sofia an: »Hallo, da bist du ja wieder. Hatte mich beim Frühstück schon gefragt, wo du wohl bleibst.«

»Hallo. Beim Frühstück ...«

»Setzt du dich zu uns an den Tisch? Das wäre schön. Ein Platz ist noch frei.«

»Ja, warum nicht.«

»Komm, ich zeig dir alles. Du musst dich auf dem Speiseplan eintragen. Weißt du schon, wie das geht?«

»Nein.«

»Ist ganz einfach. Du musst nur Haken machen. Es gibt immer drei Essen zur Auswahl. Fleisch, was Vegetarisches und noch eine Suppe. Wie heißt du eigentlich?«

»Clara.«

»Schöner Name. Den mag ich. Ich heiße Sofia. Den mag ich nicht so, aber so heiße ich nun mal. Tja.« Sie lachte. Dann griff sie nach meiner Hand und zog mich in den Speiseraum zur Wand, wo der Wochenplan hing.

»Schau, da ist dein Name und hier musst du deine Haken machen.« Obwohl der Plan idiotensicher war, deutete sie auf jede einzelne Mahlzeit, die ich wählen konnte, und kommentierte sie wortreich.

»Hört sich übrigens alles besser an, als es ist, finde ich. Ich esse meistens das Vegetarische. Fleisch ist nicht so meins. Essen ist generell nicht so meins, aber Fleisch am allerwenigsten. Na ja. Was isst du morgen?«

Ich schaute auf die Tabelle.

»Putenschnitzel, denke ich.« Ich nahm den Stift, der neben dem Plan an einer Schnur hing, und wählte das Mittagessen für die nächsten Tage. Dabei lief mir das Wasser im Mund zusammen. Hähnchenschenkel am Dienstag und Rouladen am Mittwoch. Göttlich! Ich hatte heute Morgen nur heimlich eine Scheibe Toast mit Butter essen können, bevor mein Vater mich auf die Station gebracht hatte, und verspürte mittlerweile riesigen Hunger. Ich hätte sofort eingewilligt, für den Rest meines Lebens auf ein Smartphone zu verzichten, wenn ich dafür die gesamte Wochenration sofort serviert bekommen hätte.

»Hört sich alles schon irgendwie eklig an«, log ich, um sie auf die richtige Fährte zu locken. Von wegen Selbstmord. Ihre Vermutung von gestern musste gleich im Keim erstickt werden.

»Lustig«, kommentierte Sofia meine Kreuzchen. »Wir essen nie das Gleiche. Schau, ich hab meine Kreuzchen immer woanders.« Sie fuhr mit dem Finger ihre Reihe entlang von Montag bis Sonntag.

»Du kannst ja bei mir probieren. Vielleicht isst du ab nächste Woche dann das Gleiche wie ich.«

»Ja, vielleicht. Was bekomme ich denn heute?«

»Am ersten Tag kriegt man immer das, was übrig bleibt. Und hier, schau ...« Sie zeigte auf den Rollwagen, der am Fenster neben der Küchentür stand. »Mit Salat fangen wir an, den kannst du dir einfach nehmen.« Sie ging zum Wagen, nahm sich einen Teller und fischte zwei Salatblätter aus der Schüssel. Die schwenkte sie ein paarmal hin und her, ließ die Salatsoße abtropfen und legte sie dann auf ihren Teller. »Ich kann Salatsoße nicht leiden. Die besteht hauptsächlich aus Öl, das mag ich nicht.« Mit einem Blick zum Schwesterntisch, wo Schwester Andrea saß und in einer Akte blätterte, flüsterte sie: »Die Schwestern achten wie Schießhunde darauf, dass wir gut essen. Das nervt, sag ich dir. Hier, nimm dir auch was, aber pass auf, von der Soße wird man allein schon vom Hingucken fett.« Sie gab mir das Salatbesteck und ich fischte mir trotz meines Riesenhungers auch nur zwei Salatblätter und zwei Tomatenstücke aus der Schüssel.

»Komm, jetzt lernst du Manu und Kuimba kennen. Die sind total nett, wirst sehen.«

Wir gingen zu ihrem Tisch und setzten uns.

»Hallo«, sagte ich.

»Hallo«, sagte Kuimba und ich bildete mir ein, ein kurzes Lächeln gesehen zu haben, das aber sofort wieder verschwand. Ihre Augen waren der Wahnsinn. Sie waren tiefbraun und blickten in die Welt, als hätten sie schon viel gesehen – zu viel.

Manu reagierte nicht. Sie war mit ein paar Fäden an ihrem Ärmel beschäftigt. Vor ihr stand unbeachtet ein ähnlich spärlich gefüllter Salatteller. Lediglich Kuimba aß ihren Salat mit Appetit, woraus ich schloss, dass sie die einzige offizielle Nicht-Essgestörte an diesem Tisch war. Wie ich sie beneidete!

»Wo warst du gestern Abend und heute Vormittag eigentlich? Hab dich gar nicht gesehen«, hakte Sofia noch mal nach, während sie mit ihrem Messer die Soße von ihren Salatblättern kratzte.

Diesmal ließ sie mir leider Zeit für eine Antwort. Ich entschied mich für die halbe Wahrheit: »Ich war noch mal zu Hause. Sachen packen.«

»Na dann, herzlich willkommen in der Anstalt. Sagst du uns heute, weshalb du hier bist?«

Manu blickte von ihrem Ärmel auf und beäugte mich mit einer Intensität, die mir unheimlich war. Ihre Wangenknochen traten in dem ansonsten total abgemagerten Gesicht deutlich hervor. Ihr Haar war kurz und ohne eine bestimmte Farbe, irgendwas zwischen Blond und Braun, und stand wirr von ihrem Kopf ab, als wüsste es nicht so recht, was es da sollte. Und ihre Augen zogen mich aus, sodass ich mich fühlte, als würde ich mit meinem wohlgenährten Körper nackt vor ihr sitzen.

»Warte. Was hab ich getippt?«, fragte sie. Ihre Stimme war rau und sie sprach ein breites Kölsch.

»Du hast irgendeine Persönlichkeitsstörung genannt, weiß nicht mehr, welche. Oder Tourette. Und ich Selbstmord«, antwortete Sofia.

»Ach ja«, sagte Manu. »Histrionische Persönlichkeitsstörung. Ich hab recht, stimmt's?« Sie lächelte, indem sie nur einen Mundwinkel nach oben zog. Ihre Augen blieben kalt. Wenn man dieses Lächeln vervielfältigte, würde sofort der Dritte Weltkrieg ausbrechen.

Ich wusste nicht, was eine histrionische Persönlichkeitsstörung war und wollte es auch gar nicht wissen, weil es wie etwas klang, mit dem man nichts zu tun haben wollte.

»Beide falsch«, antwortete ich. »Ich bin magersüchtig.« Mit diesen Worten zog ich mein T-Shirt möglichst weit über die Jeans, um mich zu vergewissern, dass ich noch angezogen war, und pikste betont lustlos mit meiner Gabel in eine der beiden Tomaten.

»Magersüchtig?«, stieß Manu ungläubig aus. »Cool. Eine fette Magersüchtige. So ein Irrenhaus ist echt crazy!«

Meine Figur war für mich noch nie ein Thema gewesen. Ich fand mich immer normal, eher schlank. In ihren

Augen war ich also fett. Interessant, wie verzerrt ihre Wahrnehmung war. Hier konnte ich noch was lernen. Ob sie sich wohl selbst sympathisch fand?

»Ich bin's noch nicht lange. Meine Mutter hat's früh erkannt und mich hierhergeschickt«, verteidigte ich meine angebliche Fettleibigkeit.

»Mutterkindchen?« Manus schiefes Lächeln wirkte mittlerweile eingefroren.

Ich antwortete nicht, sondern steckte die Tomate in den Mund.

»Ich habe auch Magersucht und Manu Bulimie«, sagte Sofia.

»Wen interessiert das?«, fragte Manu. »Außerdem stimmt das nicht. Ich höre Stimmen. Und die sagen mir, dass dieses Essen zum Kotzen ist.« Sie unterstrich ihre Worte, indem sie sich den Finger in den Hals steckte.

Sofia lachte unsicher und sagte dann zu mir: »Musst nicht auf sie hören. Also, ich meine, du musst schon auf sie hören, aber du musst ihr nicht immer alles glauben. Manu macht manchmal Scherze.« Sie blickte zu Manu und lächelte sie an, als bräuchte sie die Absolution für diese kleine Bemerkung. Aber Manu war schon wieder mit ihrem ramponierten Ärmel beschäftigt.

»Wer ist dein Pate?«, fragte Sofia.

»Pate? Was ist das?«

Wie als Antwort fing Kuimba neben mir plötzlich zu summen an. Ich schaute irritiert zu ihr und sah, wie sie gedankenverloren mit einem Stück Brot die Salatsoße vom Teller wischte.

»Ein Pate ist jemand, der deine Fragen beantwortet,

sich um dich kümmert, dir hilft, wenn es ein Problem gibt und so«, antwortete Sofia.

»Sag den Schwestern am besten, dass du nicht Sofia als Patin haben möchtest, sonst wirst du erst recht verrückt und kommst hier nie mehr raus«, sagte Manu, ohne aufzublicken.

Ich schaute zu Sofia, in Erwartung, dass sie etwas entgegnen würde, doch die schaute nur auf ihren Teller und schwieg mit zusammengekniffenen Lippen. Wie ein Hund, der seinen Schwanz einzog.

Und Kuimba summte auf einmal lauter, als wollte sie sich selbst wegsummen.

Nach nur fünf Minuten wusste ich: Manu war die Chefin, Sofia das Opfer und Kuimba geistig nicht wirklich anwesend.

# 7

Da kommt er«, flüsterte Sofia und stieß Manu mit dem Ellenbogen an, die gerade versuchte, zwei Fäden an ihrem Ärmel zusammenzuknoten. Sie blickte nur kurz auf und murmelte: »Ja und?«

Ich folgte Sofias Augen und landete an der Tür. Mir stockte der Atem, als ich erkannte, dass Darius gemeint war.

War Sofia etwa in Darius verliebt? Hinter ihm trat nun auch Eddi in den Speiseraum.

Als die beiden auf dem Weg zum Salatbüfett an unserem Tisch vorbeikamen, würdigten sie uns keines Blickes. Ich beobachtete, wie Eddi erst mal das Besteck und seinen Teller polierte, bevor er sich Salat nahm. Darius stand dabei und wartete geduldig.

»Schlag ihn dir endlich aus dem Kopf«, sagte Manu.

»Wenn's so einfach wäre«, entgegnete Sofia. Wäre sie ein Hund, würde sie jetzt sabbern, so, wie sie Darius anstarrte.

»Was willst du mit einem Selbstmörder?«

Also doch!

Selbstmörder ... Selbstmörder ...

Während Sofia erklärte, was sie an einem Selbstmörder alles romantisch fand, schwang dieses Wort wie ein

Endlosecho in meinem Kopf hin und her. Das Gerücht in der Schule, das ich als völlig abartig abgestempelt hatte, hatte also doch einen wahren Kern. Darius hatte versucht, sich ...

»Hallo, Clara.«

Ich schrak auf, und bevor ich antworten konnte, war er schon vorbeigegangen.

»Hallo«, schickte ich laut hinterher. Das einzige Wort, das ich nicht vor dem Spiegel geprobt hatte.

Darius setzte sich wieder mit dem Rücken zu mir und ich beobachtete Eddi, wie er sorgfältig mit einer Serviette die Sitzfläche und Lehne seines Stuhls abwischte, bevor er sich auch setzte.

»Woher kennst du ihn?«, flüsterte Sofia. »Ihr habt gestern schon mal miteinander gesprochen.«

»Aus der Schule.«

»Wow! Kennst du ihn gut?«

»Nein, eigentlich gar nicht.«

»Nein, eigentlich gar nicht«, äffte mich Manu nach und kniff sich ein paarmal in die Wangen, bis sie rot wurden. »Warum bist du dann rot wie eine Tomate?«

Kuimba summte und Manu und Sofia glotzten mich an.

»Ich liebe Tomaten, ganz einfach«, sagte ich und steckte mir genussvoll das zweite Tomatenstück in den Mund. Mist! Falsche Antwort. Magersüchtige aßen nicht genussvoll und in Zusammenhang mit Essen das Wort Liebe zu verwenden, war wahrscheinlich ein grober Anfängerfehler.

»Igitt«, sagte Manu auch prompt.

»Wisst ihr, warum er sich umbringen wollte?«, wechselte ich das Thema.

»Wegen seiner Freundin. So ein Krampf«, antwortete Manu.

»Das ist kein Krampf. Er ist eben total sensibel und hat die Trennung nicht verkraftet. Ich finde das sympathisch«, sagte Sofia.

»Du findest es sympathisch, dass sich jemand aus Liebe das Licht ausknipsen will? Du bist echt gestört.«

Sofia zog wieder den Schwanz ein und widmete sich ihrem Salat. Ich pikste ein Salatblatt auf und knabberte es an. Da es sich nicht abbeißen ließ, steckte ich es schließlich ganz in den Mund und kaute darauf herum, was lächerlich war, wenn man bedachte, dass ich normalerweise mindestens fünf Blätter auf einmal verschlang.

»Fünfzehn Kalorien«, sagte Manu.

Ich schaute sie fragend an.

»In deinem Bauch schwimmen jetzt fünfzehn Kalorien Salatsoße. Lass es dir schmecken.«

Hungrig legte ich die Gabel nieder. Kalorien. Ich musste unbedingt schnell so eine beknackte Tabelle irgendwo herbekommen und auswendig lernen.

Schwester Andrea kam mit einem Wagen in den Raum gefahren, auf dem das warme Essen in einzelnen Tellern aufeinandergestapelt war. Sie stellte ihn mitten in den Raum.

»Wer möchte anfangen?«, fragte sie, woraufhin Rike aufstand und sich ihre Portion holte. Ich schloss mich Kuimba an und bemühte mich, bei dem Geruch des Essens nicht völlig auszuticken, sondern so zu tun, als würde mich die Aussicht auf ein Mittagessen entsetzlich langweilen. Zurück auf meinem Platz, hob ich den Deckel und blickte auf eine saumäßig appetitlich aussehende Portion Rostbratwürstchen mit Sauerkraut und Kartoffeln. Kuimba und Manu hatten das auch. Nur Sofia hatte Spinat mit Kartoffelbrei und Ei. Ich liebe Würstchen mit Sauerkraut! Und ich hatte einen Mordshunger! Es kostete mich eine unglaubliche Überwindung, die Köstlichkeit nicht einfach in mich reinzuschlingen.

Krankheitsgemäß säbelte ich meine Würstchen klitzeklein und stocherte missmutig im Sauerkraut herum. Dabei beobachtete ich, wie Manu nach einem unauffälligen Rundumblick ihre Würstchen in einen Plastikbeutel fallen und den dann in ihrer Jeans verschwinden ließ. Welch grandiose Idee! Das nahm ich mir auch vor. Doch anstatt das Zeug wegzuschmeißen, würde ich es genüsslich auf der Toilette essen.

»Das Einzige, was hier kaum Kalorien hat, schmeckt scheiße. Fuck! Ich hasse dieses Zeug.« Manu hievte etwas Sauerkraut auf die Gabel, hielt sie hoch in die Luft und rief laut zu Schwester Andrea: »Achtung, Schwester Kontrolletti, ich esssssseee.« Dann schob sie sich die Gabel in den Mund und kaute darauf herum, als sei es ein Stück Schuhsohle.

»Gibt's hier Senf?«, fragte ich.

»Senf?«, fragte Manu entsetzt. Sie schaute mich an, als hätte ich nach Müll gefragt. Ich schien gegen ein ungeschriebenes Essgestörtengesetz verstoßen zu haben. Kleinlaut fügte ich hinzu: »Echt, ohne Senf krieg ich die Dinger nicht runter.«

»Weißt du, wie viel Kalorien in einem Teelöffel Senf sind?«

Ich schüttelte den Kopf.

»Aha«, sagte Manu.

Ich wich ihrem Röntgenblick aus und widmete mich wieder meinem Essen, indem ich ein bisschen Sauerkraut mit Kartoffelbrei vermanschte. Dabei fragte ich mich, wie viel Kalorien wohl Lügen haben.

»Fünf.«

Ich erschrak. Diesem Mädchen traute ich alles zu, auch die Fähigkeit des Gedankenlesens. Doch dann fiel mir die noch unbeantwortete Frage ein. Ein Teelöffel Senf hatte also fünf Kalorien. Wie bekloppt musste man sein, sich all diese Zahlen freiwillig in den Kopf zu hämmern und bei jedem Bissen heraufzubeschwören?

»Was ist das für ein Lied?«, fragte ich Kuimba, um von den vermaledeiten Kalorien abzulenken. Außerdem hatte ich mit ihr noch kein einziges Wort gewechselt und sie faszinierte mich irgendwie.

»Aus Heimat.«

»Woher kommst du?«

»Elfenbeinküste.«

Für den Rest des Mittagessens redete nur noch Sofia. Sie erzählte von ihrer Chorvergangenheit und wie gerne sie singen würde und dass sie es toll fände, wenn Kuimba ihnen mal eines ihrer Lieder beibringen würde, und wie schrecklich sie den Kartoffelbrei fände und wie schön es sei, dass wir nun zu viert seien, ein richtiges Kleeblatt. Das würde bestimmt Glück bringen und, und, und ... Sie schnatterte in einer Tour über Kuimbas melancholischen Klangteppich hinweg, während ich mich darauf konzentrierte, Abwehr in meinen Blick und mein Kauen zu legen, um bloß nicht diesen einen, vorherrschenden Gedanken durchblicken zu lassen: Scheiße, sieht das lecker aus!

# 8

Nach dem Essen fing mich Schwester Andrea ab. Sie drückte mir meinen Wochenplan in die Hand und erklärte, dass ich heute Nachmittag drei Termine hätte: einen physikalischen Check, Gruppentherapie und vor dem Abendessen noch ein Einzelgespräch mit ihr. Meine Güte, die meinten es wirklich ernst hier mit der Heilung. Kurzzeitig sah ich meinen Plan schon scheitern, bevor er überhaupt richtig angefangen hatte. Bei diesen vielen Terminen würde doch sicher schnell jemand merken, dass ich die normalgewichtigste Essgestörte aller Zeiten war!

Da ich noch ein paar Minuten Zeit hatte, ging ich auf unser Zimmer und startete noch mal eine Kontaktaufnahme mit Rike. Hätte ich versucht, mich mit dem Mülleimer zu unterhalten, wäre ich wahrscheinlich erfolgreicher gewesen.

Der physikalische Check verlief etwas holprig. Kaum hatte ich den Raum betreten, überschüttete ich die junge Ärztin mit meiner erfundenen Krankengeschichte. Irgendwie hatte ich das Gefühl, auf Nummer sicher zu gehen, wenn ich die möglichen Zweifel an meiner Diagnose einfach von Anfang an niederschwätzte. Doch sie war sichtlich irritiert und redete kaum mit mir. Stattdessen zapfte sie mir Blut ab, wog und maß mich, checkte die Reflexpunkte, drückte meinen Bauch, ultraschallte die Organe und leuchtete mir in den Mund. Durch ihr Schweigen wurde mein Anfangsmonolog total peinlich. So ein Leben als eingebildete Kranke steckte echt voller Fettnäpfchen!

Am Ende entließ sie mich mit den Worten: »In deinem Fall würde ich sagen, dass du zweimal wöchentlich zum Wiegen kommst, einverstanden?«

In meinem Fall? Sollte das so viel heißen wie: Im Fall von Leuten, die ihre Krankheit nur vortäuschen, reicht zweimal wiegen in der Woche? Ich fühlte mich ertappt und merkte, wie mir der Angstschweiß auf die Stirn trat. Bevor ich jedoch nachfragen konnte, wie sie das genau gemeint hatte, hatte sie die Tür schon hinter mir geschlossen. Mir blieb nichts anderes übrig, als meinen normalgewichtigen, kerngesunden Körper mit einer Leidensmiene in Richtung Gruppentherapieraum zu bewegen. Vielleicht sollte ich von meinen fehlenden Symptomen ablenken, indem ich so tat, als ginge es mir zumindest psychisch wirklich schlecht.

»Da hast du dich echt in was reinmanövriert«, nervte mein Gewissen. »Hättest du mal lieber auf mich gehört.«

»Hast ja nichts gesagt.«

»Nichts gesagt? Ich lach mich schlapp!« Und das tat es dann. Direkt in meinem Ohr. »Geschrien, gestrampelt, gewütet ... alles hab ich. Aber wenn du dir mal was vorgenommen hast, hab ich ja keine Chance gegen dich.«

Ich antwortete nicht. Ich hatte jetzt keine Zeit für eine

Grundsatzdebatte mit meinem Gewissen. Wir hatten schon so viele davon und die haben noch nie zu etwas geführt.

# 9

Als ich kurz darauf den Gruppentherapieraum betrat, war nur etwa die Hälfte der Stühle besetzt. Darius saß unter dem geöffneten Fenster und neben ihm war ein Stuhl frei, auf den zu setzen ich mich aber nicht wagte. Rike saß links von der Tür und neben ihr waren rechts und links noch Stühle frei. Ich wollte mich gerade für einen entscheiden, da hörte ich Sofias Stimme: »Hi Clara, komm, setz dich neben mich, ich habe dir extra was frei gehalten«, was angesichts der vielen freien Stühle komplett überflüssig war. Ich setzte mich neben Sofia und merkte, wie die Unruhe in mir wuchs. Gruppentherapie mit Darius. Hätte ich mir das je mit Sonja vorgestellt, wären wir vor Lachen zusammengebrochen. Und nun steckte ich mittendrin und konnte leider nicht lachen, weil ich erstens so tun musste, als würde ich leiden, und zweitens mir vor Aufregung auch gar nicht nach Lachen zumute war.

»Alle sind beim ersten Mal aufgeregt«, sagte Sofia mit Blick auf meine knetenden Hände. »Aber das musst du nicht sein. Du bist mit deinem Problem nicht allein, wirst sehen.« Dabei strich sie mir in ihrer leicht aufdringlichen Art über den Unterarm. Wenn sie gewusst hätte, wie verdammt allein ich mit meinem Problem war, hätte sie wahrscheinlich schon mal das Feuer für meinen Scheiterhaufen hergerichtet.

Langsam füllte sich der Raum und ich stellte fest, dass ich alle anderen schon aus dem Speiseraum kannte. Die Station schien nur aus uns sieben Patienten zu bestehen.

»Hallo zusammen«, sagte Frau Moniak, die als Letzte den Raum betrat, sich in die Runde setzte und anschließend hoch konzentriert einmal im Kreis allen Teilnehmern direkt in die Augen blickte. Wieder hatte ich das Gefühl, durchschaut zu werden. Ich senkte den Blick und hoffte, dadurch nicht schuldbewusst, sondern besonders traurig zu wirken.

Frau Moniak kramte eine Karteikarte aus ihren Unterlagen, überflog sie kurz und sagte schließlich zu mir: »Guten Tag, Clara. Wie geht es dir?« Sie sprach ein gestochenes Hochdeutsch. Auch ihre Kleidung und die Frisur waren perfekt und schnörkellos.

»So lala«, antwortete ich in der Hoffnung, dass das am unverfänglichsten war.

»So lala«, wiederholte Frau Moniak, als müsste sie erst die Bedeutung dieser Antwort herausfinden. »Also weder besonders gut noch besonders schlecht?«

»Ja. Genau.«

»Ich verstehe.« Sie nickte. »Wenn du magst, kannst du ein bisschen über dich erzählen. Etwa fünf Minuten. Die Möglichkeit bekommt jedes neue Mitglied. Du musst aber nicht.«

Aber ich wollte. Schließlich konnte ich auf die Weise allen die gleichen Informationen zukommen lassen und mir somit unangenehme Einzelfragen ersparen. Also erzählte ich, dass ich bis vor Kurzem noch fett gewesen sei und wie mich das gestört hätte und dass ich plötzlich aufgehört hätte zu essen und dass meine Mutter mich schnell erwischt und in diese Klinik gesteckt hätte.

Fertig.

»Bist du hier, weil deine Mutter es wollte, oder ist es dein freier Wille?«, fragte Frau Moniak.

Oha! Was sollte ich darauf antworten? Mama hatte zwar die Idee, dass ich zu Papa fahre, aber ich hatte die Idee, mich einweisen zu lassen.

»Das waren wir beide«, antwortete ich also fast wahrheitsgemäß.

»Danke für deine Offenheit«, sagte Frau Moniak und steckte meine Karteikarte zurück zwischen ihre anderen Papiere. »Möchte noch jemand etwas von Clara wissen?«

»Hattet ihr mal was miteinander?« Manu beugte sich vor und zeigte auf Darius und mich.

»Manu! Was soll die Frage?«, sagte Frau Moniak streng.

»Wieso? Das ist es nun mal, was ich wissen möchte.« Demonstrativ verschränkte Manu ihre Arme vor der Brust und rutschte in ihrem Stuhl so tief runter, dass ihre Füße bis in die Mitte des Stuhlkreises reichten.

»Ist schon gut«, sagte Darius. »Wir hatten nichts miteinander, sind nur in die gleiche Schule gegangen.«

»Rike«, wandte sich Frau Moniak nun an meine schweigende Zimmermitbewohnerin. Sie wollte anscheinend nicht, dass das Thema weiter vertieft wurde. Ein Glück!

»Clara wohnt doch mit dir in einem Zimmer. Hast du noch eine Frage?«

Rike war damit beschäftigt, kleine dünne Zöpfe in ihr langes schwarzes Haar zu flechten. Gerade hatte sie das untere Ende des vierten Zopfs mit ihren Fingerspitzen verfilzt, damit er nicht aufging, und fischte sofort mit flinken Fingern drei neue Strähnen aus dem Haarschopf. Sie antwortete nicht, flocht nur etwas schneller, wie mir schien, als ob sie damit die im Raum stehende Frage wegflechten könnte. Besser hätte sie ihr Desinteresse nicht bekunden können.

»Ich kann das nicht glauben«, sagte Darius in die Stille hinein. Bei den Worten setzte er sich aufrecht hin. »Du warst immer die fröhliche Clara, überall dabei. Ich meine ...«

Er machte eine Pause. Was kam jetzt noch? Ich hielt den Atem an.

»Du hast Theater gemacht. Inszeniert. Selber gespielt. Ich habe alles gesehen. Du warst toll, Clara. Jeder kennt dich. Alle lieben dich. Und ... also ... fett. Du sollst fett gewesen sein?«

Damit hatte ich gerechnet, also sagte ich: »Ich hab ganz viel zugenommen, als du schon weg warst. Hatte ziemlich viele Probleme.« Wenn er jetzt nicht das Rechnen anfing, sondern die Kröte einfach schluckte, würde meine Lüge funktionieren.

Er schaute mich an. Ruhig. Nachdenklich.

»Dass du hier bist, passt für mich einfach nicht.« Bei den Worten schüttelte er traurig den Kopf. Er wirkte enttäuscht, als wäre ich der Beweis dafür, dass nichts in der Welt sicher war.

»S-s-s-so ist das eben m-m-m-mit den Menschen«,

sagte Eddi. Es war das erste Mal, dass ich ihn sprechen hörte. Sein Stottern war heftig, vor allem sah es körperlich anstrengend aus, weil er immer, wenn er hängen blieb, mit dem Kopf wippte, als könnte er dadurch die festgeklemmten Wörter rausschütteln.

»W-w-w-w-wer will schon gerne zeigen, dass er ve-ve-ve-verrückt ist. V-v-v-von den meisten Mitmenschen sieht man eben oft n-n-n-nur die Spitze des Eisbergs.«

»Das hast du sehr schön gesagt, Eddi.« Sofia strahlte Eddi an, als hätte er gerade ein Liebesgedicht vorgetragen.

Manu stöhnte und rollte mit den Augen.

»Ja, Sofia, dem kann ich mich nur anschließen«, pflichtete Frau Moniak ihr bei. »Clara, möchtest du dazu was sagen?«

Ich schwieg irritiert, weil Kuimba wieder anfing zu summen.

»Kuimba, könntest du bitte leise bleiben, solange du nicht an der Reihe bist?«, fragte Frau Moniak freundlich.

Kuimba verstummte sofort und ihr unruhiger Blick in die Runde verriet Scham. Wahrscheinlich merkte sie gar nicht, wenn sie summte.

»Clara?«

Oh Mann! Ich war viel zu verwirrt, als dass ich etwas Brauchbares in die Runde schmeißen konnte.

»Nein. Heute noch nicht«, sagte ich.

»Gut. Dann heiße ich dich im Namen aller herzlich willkommen und wünsche dir eine gute Eingewöhnung.« Dann wandte sich Frau Moniak Eddi zu. »Das letzte Mal waren wir bei dir stehen geblieben, Eddi. Sollen wir da weitermachen, wo wir aufgehört haben?«

Eddi zuckte mit den Schultern.
»Du musst nicht, das weißt du.«
»Ja. G-g-g-geht schon«, sagte Eddie.
»Wer mag die letzte Stunde zusammenfassen, damit Clara auf dem gleichen Stand ist wie ihr?«, fragte Frau Moniak.
»Ich«, rief Sofia sofort und legte auch gleich los. Sie erzählte, wie schlau Eddis kleiner Bruder war und wie sehr er ihn geliebt hat und von Eddis Vater, der immer so aufbrausend war. Und von seiner Mutter, die selten zu Hause war.
»Stimmt das alles, Eddi? Hab ich das richtig erzählt?«
Eddi nickte.
»Danke für deine Zusammenfassung, Sofia«, sagte Frau Moniak. Sofia lächelte glücklich und Manu rollte wieder mit den Augen und rutschte noch einen Zentimeter tiefer. Wenn sie noch etwas nervte, würde sie vom Stuhl fallen.
»Kannst du dich an den Moment erinnern, als dir dein Putzzwang zum ersten Mal aufgefallen war?«, fragte ihn Frau Moniak.
»J-j-j-ja, ich hatte …« Er stoppte. Die Muskeln seines Gesichts gerieten in völligen Aufruhr. Es war, als ob die Antwort rauswollte, aber zu groß für seinen komplizierten Sprechapparat war.
»I-i-i-i…«
Pause.
»I-i-i-i-ich ha-ha-ha-habe mal eine g-g-g-g…«
Pause.
»Lass dir Zeit, Eddi. Wir haben Geduld«, sagte Sofia

mütterlich und in dem Moment rutschte Manu vom Stuhl. Doch anstatt peinlich berührt in die Runde zu schauen, stand sie einfach auf und setzte sich wieder hin. Meinen Lachimpuls, den ich aus der Schule kannte, wenn jemand vom Stuhl gefallen war, konnte ich gerade noch zurückhalten, als ich registrierte, dass so ein Ausrutscher hier kein Grund zum Lachen war. Man ignorierte ihn einfach. Enttäuscht schluckte ich das Lachen herunter.

»Warte, Eddi, ich möchte gerne mal etwas ausprobieren«, erlöste Frau Moniak den noch immer mit den Worten kämpfenden Eddi. Sie stand auf und kniete sich vor ihren Stuhl. »Kommt, setzt euch auch so hin.« Es sah echt bescheuert aus, was sie da machte, aber außer mir schien das niemand sonst zu denken, denn alle machten es ihr nach. Ich bemerkte, wie schwer es Eddi fiel, sich auf den Boden zu knien. Wahrscheinlich war er ihm zu dreckig. In der Ecke des Raums befand sich ein Waschbecken mit Papierhandtüchern. Davon holte ich ihm schnell zwei, die er dankbar annahm und ordentlich unter seine Knie legte.

Frau Moniak fing an, mit ihren flachen Händen auf die Sitzfläche zu trommeln, langsam und regelmäßig. Kurz darauf nahmen wir ihren Rhythmus auf. Nur Eddi nicht, der vor seinem nächsten Problem stand: Er konnte die dreckige Sitzfläche nicht anfassen. Ich holte ihm zwei weitere Tücher, mit denen er den kompletten Stuhl akribisch sauber wischte. Danach konnte er endlich auch trommeln. Als wir alle einen Rhythmus gefunden hatten, fing Kuimba an, alles Mögliche mit einzubeziehen, die Lehne, die Stuhlbeine, ihre Oberschenkel, den Boden, sogar ihre Stimme. Es war unglaublich. Als hätten der Rhythmus und Kuimbas Stimme meinen kompletten Kopf eingenommen, hatte ich plötzlich keine Gedanken, Gefühle oder Probleme mehr. Ich bestand nur noch aus Musik.

Irgendwann rief Frau Moniak im Rhythmus unseres Trommelns den Satz: »Meine Worte haben Flügel.« Den wiederholte sie einige Male, ganz gleichmäßig, ohne mit dem Trommeln aufzuhören, und wir setzten der Reihe nach mit ein, sagten diesen einen Satz immer wieder im Chor und trommelten. Ich hörte, dass sogar Eddi den Satz stotterfrei mitsprach. Das Zimmer war erfüllt von purer Energie und Freude.

Leider fing Manu nach einer Weile an, gegen den Rhythmus zu schlagen und penetrant laute Töne auszustoßen. Sie konnte nicht einmal jetzt damit aufhören, ihren Zerstörungskurs zu fahren. In mir brodelte die Wut hoch, und wäre ich nicht so damit beschäftigt gewesen, trotz der Freude, die mich durchströmte, einigermaßen traurig und verstört auszusehen, hätte ich Manu liebend gern mit meiner Wut bekannt gemacht.

Jedenfalls fiel unser Rhythmus wegen ihrer Störeinlage auseinander. So muss sich eine Welle fühlen, die gegen eine Brandungsmauer kracht, dachte ich und pustete in meine schmerzenden Hände.

»Das werden wir das nächste Mal fortsetzen«, sagte Frau Moniak und ließ damit Manus Aktion unkommentiert. Warum kam die eigentlich immer mit allem durch?

Wir setzten uns wieder auf unsere Stühle. Außer Eddi.

Der blieb vor seinem Stuhl knien und fing wieder an zu klopfen. Allein. Es war ein irres Bild, wie er sich völlig selbstverloren seinem Trommeln hingab. Er variierte sogar den Rhythmus, wurde schneller, dann wieder langsamer, schlug mit der einen Hand doppelt so schnell und mit der anderen virtuos auf anderen Klangflächen ein Solo. Kurz überlegte ich, wieder mit einzustimmen, weil es mich so mitriss. Doch dann fing er an zu sprechen, nicht ganz ohne zu stottern, aber wesentlich flüssiger: »Mein Bruder war acht Jahre alt. Da ist es p-p-p-passiert. Wir wollten aus der Regent-t-tonne Mückenlarven fischen. Für unsere F-f-f-fische. Wir haben einen K-k-kescher und ein Glas geholt und die Gartenbank vor die Regent-t-t-tonne geschoben. Aber der K-k-kescher war kaputt. Also b-b-bin ich noch mal reingerannt. Habe den anderen gesucht. Habe ihn aber n-n-nicht gefunden. Ich habe lange gesucht. Ihn aber nicht gefunden.«

Plötzlich hörte er auf zu trommeln. Erschöpft blieb er vor seinem Stuhl sitzen und schaute ins Leere.

»Was ist dann passiert, Eddi?«, fragte Frau Moniak.

»Er ist in die T-t-t-t-t-tonne gef-f-f-f-f...«

Pause. Stille.

Ich ahnte schon, wie die Geschichte zu Ende gehen würde, und hatte Angst, Eddi würde es aussprechen.

Er stand auf, wischte die Sitzfläche seines Stuhls ordentlich mit dem Ärmel sauber und setzte sich. Sein Blick ging über den Stuhlkreis hinweg.

»Eddi«, sprach ihn Frau Moniak erneut vorsichtig an. »Magst du uns die Geschichte fertig erzählen? Was ist mit deinem Bruder passiert?«

Er fing an, leise auf seine Oberschenkel zu klopfen. Erst stimmte Kuimba mit ein, dann wir anderen auch. Es war ein leiser, langsamer Rhythmus.

»Er ist in die Tonne gefallen. Kopfüber. Als ich kam, war er schon tot.«

Augenblicklich stoppten wir den Rhythmus. Uns allen stand das Entsetzen ins Gesicht geschrieben.

»Danke, Eddi, dass du uns das erzählt hast. Wie lange ist das her?«, fragte Frau Moniak.

»Acht Jahre, drei M-m-m-m-m-monate und zwölf T-t-t-t-tage.«

»Fing danach dein Stottern an?«

»D-d-d-d-danach habe ich erst M-m-m-m-m-m-monate gar nicht gesprochen und s-s-s-s-s-später dann nur mit St-t-t-t-tottern.«

Manu zog an den Fäden ihres kaputten Ärmels. Rike flocht ihren hundertsten Zopf. Sofia hielt sich mit ihren Armen komplett umschlungen, Kuimba war still und Darius käseweiß. Er starrte wie Eddi ins Leere.

Und ich fühlte mich wie eine Verbrecherin. Diese Menschen hier hatten im Gegensatz zu mir wirkliche Probleme. Wäre Scham sichtbar, würde ich jetzt leuchten wie der Kölner Dom bei Nacht.

# 10

Ich war völlig benommen von der Stunde, doch Zeit, Eddis Geschichte zu verdauen, blieb mir nicht. Im Gang fing mich Schwester Andrea ab, um mich zum Einführungsgespräch zu bitten.

Ich folgte ihr in den fensterlosen Raum neben der Küche. Sie erklärte mir zunächst die Hausregeln, wie zum Beispiel die unbedingt einzuhaltenden Essenszeiten, den Wochenplan und die Tatsache, dass Patienten während ihres Klinikaufenthaltes keine Partnerschaft eingehen dürfen. Verlieben ginge schon, logisch, dagegen könne man ja nichts machen, so Schwester Andrea ganz pragmatisch, aber das Ausleben der Verliebtheit sei nicht gestattet. Das müssten die Betroffenen bitte auf die Zeit nach dem Klinikaufenthalt verschieben. Wow, das war mal echt eine interessante Information. Nicht nur, dass ich mir kaum vorstellen konnte, wie zwei verliebte Jugendliche sich per Handschlag *Gute Nacht* sagten, um die Regeln einzuhalten, ich fühlte mich ab sofort als doppelte Verbrecherin! Denn ich hatte mich mit einer falschen Krankheit hier eingemogelt und zusätzlich auch noch den Plan, meine chronische Verliebtheit auszuleben. Um mir nichts anmerken zu lassen, zog ich betont gelangweilt meine Locken nach unten und ließ sie wieder zurückschnippen. Einmal. Zweimal. Eine todsichere Methode, die meinem Gegenüber stets einen Kommentar entlockte und meistens das letzte Thema abhakte.

»Ich hätte auch gerne so tolles, kräftiges Haar wie du«, sagte Schwester Andrea dann auch brav, während sie sich durch ihre blonden Stoppeln fuhr. Yes! Das Verliebtheitsthema war vom Tisch.

»Dann schlagen Sie doch beim nächsten Karneval zu«, sagte ich lächelnd.

»Keine schlechte Idee.«

Anschließend erklärte sie mir die speziellen Vorgaben für die Magersüchtigen. Es würde regelmäßig mein Gewicht kontrolliert, die Frequenz richte sich nach der Verlaufskurve, mindestens aber zweimal pro Woche, im schlimmsten Fall täglich und bei starkem Verlust würde Blut abgenommen werden. Aber das, so Schwester Andrea mit einem aufmunternden Lächeln, sei ja bei mir kein Thema, weil ich so schnell und entschlossen die Handbremse gezogen hätte.

Super! Bei den Mädels durfte ich nichts essen, damit meine Lüge nicht aufflog, abnehmen durfte ich aber auch nicht, um nicht in die Totalüberwachung zu kommen. Wenn ich auch schulisch eine Niete war, kapierte ich immerhin, dass ich hier ein echtes Logikproblem hatte.

»Und nun musst du das bitte noch unterschreiben«, sagte Schwester Andrea und legte mir die Bestätigung hin, dass ich umfassend über alle Regeln informiert worden war. Ich unterschrieb und hoffte, gehen zu dürfen. Doch Schwester Andrea war noch nicht fertig mit mir.

»Jetzt würde ich dir gerne eine Patin an die Seite stellen und da habe ich auch schon eine Idee. Bin gleich zurück.«

Kurz darauf kam sie wieder – mit Rike im Schlepptau. An deren Körperhaltung konnte ich erkennen, dass sie jeden anderen Ort diesem hier vorgezogen hätte. Sie setzte sich widerwillig und verschränkte ihre Hände schützend vor dem Bauch.

»Rike«, fing Schwester Andrea an. »Sepp hat dir ja heute Morgen beim Wiegen schon gesagt, wie sehr wir uns alle freuen, dass du in den letzten zwei Wochen ein Kilo zugenommen hast.«

Rike zuckte mit den Achseln und fummelte an den Spitzen eines ihrer geflochtenen Zöpfe herum, nicht ohne den Schutz ihres Bauchs aufzugeben, was ziemlich kompliziert aussah.

»Vielleicht ist das der richtige Zeitpunkt, dich auch auf anderen Gebieten zu öffnen, was meinst du?« Ich war mir sicher, dass Schwester Andrea Rikes Abwehr genauso wahrnahm wie ich, doch sie ging einfach darüber hinweg, als könnte man durch ein paar schwungvolle Worte Psychoprobleme wegblasen wie Herbstblätter mit einem Laubbläser.

»Hmmmmm«, brummte Rike. Es war der erste Ton, den ich von ihr hörte.

»Was hältst du davon, wenn du Claras Patin werden würdest?«

Die Situation war absurd. Anscheinend war die Patenschaft eine Art Belohnung, weil sie zugenommen hatte. Aber wie konnte man ein Mädchen wie Rike damit belohnen, mit jemandem in Kontakt treten zu müssen? Ich sah in ihrem Gesicht die gleiche Frage, garniert mit einer Prise Panik.

»Und? Was sagst du?«, insistierte Schwester Andrea und blickte Rike ruhig und fest an. Es war nicht wirklich eine Frage. Es ähnelte eher einer Aufforderung, wie bei Mama, wenn sie mich fragt, was ich davon hielte, mal wieder mein Zimmer aufzuräumen.

Rike antwortete nicht, sondern fummelte weiter an ihrem Zopfende herum. Machte es auf, wieder zu, wieder auf, wieder zu. Das konnte ich nicht länger mit ansehen. Ein Teil ihrer Panik sprang auf mich über. Ich hatte keine Ahnung, was Paten in einer psychosomatischen Klinik miteinander machten, aber wenn ich mit diesem verpanzerten Dornröschen noch mehr tun musste, als das Zimmer zu teilen, würde ich wahrscheinlich innerhalb kürzester Zeit entweder sie oder mich mit einem ihrer Zöpfe erwürgen.

»Warum fragen wir nicht jemand anderen?«, sagte ich, bevor diese Idee begann, mir zu gut zu gefallen.

»Weil mir mein Gefühl sagt, dass ihr zwei gut zusammenpasst«, antwortete Schwester Andrea.

Das war jetzt echt schräg. Ich meine, wenn von all den Menschen, die ich bisher hier kennengelernt hatte, jemand NICHT zu mir passte, dann war das Rike. Sogar die durchgeknallte Manu wäre mir noch lieber, weil die wenigstens Energie hatte, wenn auch negative. Aber Rike war quasi nicht vorhanden. In meinem früheren Leben hätte ich sie komplett übersehen. Solche Menschen wie Rike gab es nicht in meinem Umkreis. Sie lebten außerhalb, am Rand, irgendwo anders, auf jeden Fall sehr, sehr weit weg. Und jetzt sollte ausgerechnet sie gut zu mir passen?

»Was ist mit Sofia oder Kuimba?«, fragte ich.

»Was soll mit denen sein?«, fragte Schwester Andrea.

»Na ja, könnte eine von ihnen nicht meine Patin werden?«

»Wäre dir das lieber?«

Was sollte ich da sagen, ohne Dornröschen zu verletzen. Aber mein Mund war mal wieder schneller: »Ja.«

»Kuimba ist noch nicht so weit. Ich würde sagen, ihr beide probiert es ein paar Tage, und dann sprechen wir uns wieder, okay?«

Ich schaute zu Rike. Sie flocht ihre Haare. Klar. Diesmal allerdings fester als sonst, denn sie sah mit den unterschiedlichen, zu allen Seiten abstehenden Zöpfen aus, als sei sie in einen Stromkreis gekommen. Ihre ganze Körperhaltung sagte: »NEIN!« Minus mal Minus gibt Plus, dachte ich und wunderte mich, wie ich mir eine derart komplizierte Mathegleichung hatte merken können. Wenn wir beide der Meinung waren, dass diese Patenschaft an Überflüssigkeit kaum zu überbieten war, mussten wir sie gegenüber Schwester Andrea jetzt einfach nur abnicken und konnten dann entspannt abwarten.

Ich nickte.

»Vielleicht begleitest du Clara nach dem Abendessen in den Werkraum und hilfst ihr beim Kummerkasten«, sagte Schwester Andrea zu Rike.

»Kummerkasten?«, fragte ich.

»Das erklärt dir Rike. Wir haben dann jetzt alles besprochen.« Schwester Andrea katapultierte uns nach draußen.

Zu diesem Zeitpunkt war Schwester Andrea für mich vor allem eins: bescheuert und inkompetent!

# 11

Rike und ich gingen auf unser Zimmer. Rike klemmte sich sofort ein außergewöhnlich großes Buch vor die Nase und ich setzte mich auf mein Bett und schaute aus dem Fenster. Eine Zwangsverheiratung musste sich ähnlich anfühlen. Zum Glück würde diese hier nicht ein Leben lang dauern.

»Du musst nicht meine Patin sein, wenn du nicht willst,« brach ich die Stille.

Sie sagte: »Ist gut.« Mehr nicht und ohne aus ihrem Buch aufzublicken. Ihre Stimme war leise, was kein Wunder war, wenn man bedachte, wie ungeübt ihre Stimmbänder sein mussten.

Soweit ich das von meinem Bett aus erkennen konnte, war es ein Bildband über Vögel, hinter dem sie sich versteckte. Mir fiel auf, dass sie kein einziges Mal blätterte.

Ich räusperte mich. »Rike?«

Keine Antwort. Nur der starre Blick auf das Buch.

»Wer ist eigentlich deine Patin?«

Nichts! Nicht eine einzige Regung.

Wer weiß, vielleicht nahm man ja bei einer derart ausgeprägten Magersucht auch an den Stimmbändern ab. Und das Sprechen funktionierte nicht mehr so richtig oder war entsetzlich anstrengend. Am Ende tat ich ihr unrecht und sie wollte reden, konnte es aber nicht. Ich betrachtete sie beziehungsweise den Rücken ihres Fotobuchs und ihre Beine, die wie Stelzen darunter hervorlugten. Mehr war nicht von ihr zu sehen.

»Rike«, versuchte ich es noch mal und sprach ganz laut und deutlich, wie Mama, wenn sie mit unserer Putzfrau aus Kroatien sprach: »Wenn du nicht sprechen kannst, nicke einfach. Ich stelle dir dann Fragen, auf die du mit Ja oder Nein antworten kannst.«

Stille.

Okay. Keine Antwort ist auch eine Antwort! Liegt wohl doch nicht am abgemagerten Sprechapparat. Vielleicht hatte sie ja im Hirn abgenommen! Ich wurde langsam wütend. Was bildete die sich eigentlich ein, mich so zu ignorieren? Ich stand auf und verließ mit einem demonstrativen Türknallen unser Zimmer. Sollte sie doch hinter ihrem bescheuerten Buch versauern, ich wollte mir an diesem Felsbrocken definitiv nicht die Zähne ausbeißen.

Auf dem Weg zum Speiseraum registrierte ich, was für einen riesigen Hunger ich hatte. Dagegen musste ich auf der Stelle etwas unternehmen, damit ich nicht so endete wie Rike. Ob sie wohl schon immer so war oder hatte sie sich durch die Magersucht verändert? Konnte man sich womöglich in sein Gegenteil runterhungern? Mein Gott. Ich musste dringend etwas essen.

Ich setzte mich zu den Mädels. Auf Rike hatte ich keine Lust und zu den Jungs wollte ich auch nicht, weil das wahrscheinlich Sofia in ein unübersichtliches Gefühlschaos gestürzt hätte.

Am Büfett lief mir das Wasser im Mund zusammen und ich fragte mich, wie ich es schaffen sollte, mich hier immer zurückzuhalten. Natürlich hatte ich vergessen, mir einen Plastikbeutel zu besorgen, um Essen rauszuschmuggeln. Während ich Manu und Sofia dabei zusah, wie sie auf der Käseplatte die dünnste Scheibe Käse und im Brotkorb das kleinste Brot aufspürten, kam mir die rettende Idee. Was hatte ich noch mal in den Büchern meines Vaters über Bulimikerinnen gelernt? Die stopften erst alles Mögliche tonnenweise in sich rein und übergaben sich dann anschließend in der Toilette. Ein kleines Kotzschauspiel dürfte doch für einen Theaterhasen wie mich ein Klacks sein, dachte ich und lud beherzt ordentlich viel Brot und diverse Wurst- und Käsescheiben und Butter auf meinen Teller. Keine Ahnung, wie viele Kalorien ich da angehäuft hatte, sicherlich schwindelerregend viele. Herrlich! Seelenruhig setzte ich mich und aß. Nebenher hörte ich Sofia zu, wie sie von der Gruppenstunde schwärmte, ließ Manus Kommentare über mein Essverhalten auf mich niederregnen und lauschte Kuimbas Summen. Nachdem ich alles bis auf den letzten Krümel verdrückt hatte, sah ich mich um. Ich konnte meinen Plan natürlich nur umsetzen, wenn mich niemand rausgehen sah. Für die Essgestörten war es strengstens verboten, während des Essens und eine halbe Stunde danach auf die Toilette zu gehen, das hatte mir Schwester Andrea eindrücklich zu verstehen gegeben. Ich wartete also einen guten Moment ab, in dem Schwester Andrea mit dem Büfett beschäftigt war, und schlich mich nach draußen, natürlich in der Hoffnung, dass sie nachkommen würde, sobald sie meine Abwesenheit bemerkt hatte. Ich schloss mich in der Toilette ein und lauschte. Nach kurzer Zeit hörte ich eine Tür, woraufhin ich meinen Finger in den Mund steckte. Bisher hatte ich noch nie auf diese Weise mein Essen loswerden müssen oder wollen, was ja an sich ein Glück war, in dieser Situation aber eher hinderlich, denn ich hatte keine Ahnung, was ich mit meinem Finger anstellen musste, damit das Kotzgeräusch kam, wegen dem ich diese ganze Aktion schließlich angezettelt hatte. Aus den Geräuschen vor meiner Tür schloss ich, dass die Person nicht selber auf die Toilette ging, sondern einfach nur dastand. Der Plan könnte also aufgehen, nur fehlten mir nun die Regieanweisungen für meinen Auftritt. Fieberhaft fummelte ich in meinem Mund herum, bis ich endlich herausfand, dass man den Finger ganz tief in den Hals stecken musste, damit etwas passierte. Himmel, war das ein ekliges Gefühl. Ich würgte und war echt erschrocken von dem, was mein Körper da machte. Beim zweiten Anlauf schaffte ich es, noch lauter zu würgen. Es fühlte sich schrecklich an und es war mir ein Rätsel, wie man das freiwillig und immer wieder machen konnte. Die Technik schien immer noch nicht die richtige zu sein, denn es kam kein Essen raus. Nicht einmal ein Krümelchen. Nur warme Spucke. Meine Nase fing an zu laufen, als wäre sie entsetzt über das, was da gerade passierte.

Es klopfte und Schwester Andrea sagte meinen Namen. Kurz darauf wiederholte sie ihn energischer: »Clara!«

Mir lief noch immer die Nase und ich schniefte.

»Ich weiß, dass du dadrin bist. Mach sofort die Tür auf.«

Ich tat, was sie verlangte, und stand mit gesenktem Kopf vor ihr.

»Gleich am ersten Tag gegen die Abmachung verstoßen. Super Leistung!«

»Entschuldigung«, sagte ich.

»Hast du alles erbrochen?«

»Ein bisschen.« Was gelogen war. Nichts war gekommen, gar nichts.

»Dann setzt du dich jetzt bitte wieder hin und isst noch eine Scheibe Brot. Unter meiner Aufsicht.«

Und so setzte ich mich zu ihr an den Personaltisch und aß ein weiteres Brot. Herrlich! Danach würde ich pappsatt sein und hätte ein bisschen auf Vorrat gegessen. Ich bemühte mich, gedemütigt zu wirken, weil ich mir vorstellen konnte, dass eine echte Essgestörte Scham empfunden hätte, nachdem sie so vorgeführt wurde. In Wirklichkeit war ich ein kleines bisschen stolz auf die Aktion, denn nun wussten alle, dass ich hierhergehörte, und ich wusste, dass es einen Weg gab, in dieser Klinik nicht zu verhungern.

# 12

Auf das Abendessen folgte die Kummerkastennummer, von der Schwester Andrea gesprochen hatte und über die Rike mich hätte aufklären sollen. Natürlich brach die ihr Schweigen nicht für so etwas Profanes wie einen Kummerkasten, weshalb ich auf die Hilfe von Sofia angewiesen war, der ich auf dem Weg zum Werkraum begegnete.

»Wozu ist er gut, der Kummerkasten?«, fragte ich sie.

»Wenn du deinen Kummer aufschreibst und in den Kasten steckst, ist er weg.«

»Wow!« Ich konnte nicht fassen, dass jemand an so einen Hokuspokus glaubte. »Und das funktioniert?«

»Na klar. Ich mache das jeden Abend.«

»Also gut«, sagte ich. »Ein Versuch kann ja nicht schaden.«

Weitaus mehr Hoffnung als in die Wunderwirkung meines Kummerkastens legte ich in die Möglichkeit, Darius im Werkraum zu treffen.

Der Werkraum war der Hammer, weil man echt alles dort machen konnte: töpfern, Seidenmalerei, Holzarbeiten, filzen, malen ... Sogar eine kleine Ecke für Steinhauerei gab es. Da dieser Raum allen Patienten der Klinik zur Verfügung stand, saßen hier auch einige aus der

Geschlossenen. Anfangs wusste ich nicht so richtig, wo ich hinschauen sollte. Ich wollte ja niemanden offenkundig anstarren. Aber wegsehen konnte ich auch nicht. Eine Frau hockte allein in einer Ecke und streichelte einen komplett zerfetzten Teddy, eine weitere arbeitete an einem Kinderwebrahmen und wippte unablässig mit ihrem Oberkörper vor und zurück und ein anderer führte Selbstgespräche ohne Punkt und Komma, während er ein großes Mandala ausmalte.

Darius war leider nicht da, aber es bestand ja die Chance, dass er noch kam. Wir wurden sehr herzlich von der Aufsichtsperson Frau Sommer begrüßt.

»Was möchtest du arbeiten?«, fragte sie mich.

»Sie möchte einen Kummerkasten machen«, kam mir Sofia zuvor.

Frau Sommer lächelte Sofia freundlich an und sagte mit einer unmissverständlichen Geste, dass sie gerne eine Antwort aus meinem Mund hören würde: »Stimmt das? Möchtest du einen Kummerkasten bauen?«

»Ja, warum nicht«, sagte ich.

»Soll ich dir dabei helfen?«, bot Sofia an.

»Ja, warum nicht?«, wiederholte ich.

»Das ist nett von dir, Sofia, aber weißt du was? Ich fände es schöner, wenn du an deinem Seidentuch weiterarbeiten würdest, was meinst du?«

»Na gut«, sagte Sofia und ging zu einem Tisch, an dem Kuimba bereits vor einem Tuch saß und summend vor sich hin malte.

Frau Sommer suchte mit mir eine geeignete Spanplatte aus und führte mich dann an den großen Werktisch neben dem von Kuimba und Sofia, an dem ausgerechnet Manu stand und ein Holzstück auseinandersägte, und erklärte mir die ersten Arbeitsschritte. Dann ließ sie mich mit einem Geodreieck, einem Bleistift und der zähnebleckenden Manu allein.

Ich legte los, die Linien für die Wände, den Boden und den Deckel auf das Holz zu zeichnen. Aus den Augenwinkeln sah ich, wie Manu sich mit der Säge und dem Holz abplagte.

»Machst du auch einen Kummerkasten?«, fragte ich.

»Meinen dritten.«

»Sind die anderen beiden schon voll oder was?«

»Nee, kaputt.«

»Wie das?«

»Ich zerstöre sie immer, wenn ich gehe, und mache einen neuen, wenn ich komme.«

Kurz überlegte ich, weil ich nicht wusste, ob ich sie richtig verstanden hatte. »Heißt das, dass du schon zum dritten Mal hier bist?«

»Wow! Du scheinst ja ein echter Mathenerd zu sein.«

In dem Moment kam Rike. Sie stellte sich neben mich und hielt schweigend das eine Ende der Spanplatte fest. Es dauerte, bis ich kapierte, dass sie selbst gar keine Arbeit hatte, sondern nur gekommen war, um mir bei meinem Kummerkasten zu helfen. Ich fragte mich, ob sie autoritätshörig war oder ob sie mir wirklich helfen wollte. Aus welchem Antrieb heraus sie es auch tat, sie sägte, schmirgelte und schraubte den ganzen Abend mit mir an meinem Kummerkasten. Dabei war nicht ersichtlich, ob es ihr Spaß machte oder nicht, ob sie gut drauf war oder traurig, ob sie mich mochte oder hasste. So oder so ähnlich musste sich wohl Sklavenhaltung anfühlen.

Nachdem alle sechs Vierecke aufgezeichnet waren, machten wir uns ans Aussägen. Rike hielt die Platte fest und ich konzentrierte mich darauf, schön säuberlich am Bleistiftstrich entlangzusägen. Was nicht ganz einfach war, weil Manu mir gegenüber ihre Spanplatte bearbeitete, als handelte es sich dabei um ein feindliches Wesen. Ihre Stimmung schien sich mit jeder Sägebewegung weiter aufzuheizen und sie wirkte wie ein Vulkan kurz vor dem Ausbruch.

Als mein erstes Viereck ausgesägt war, befestigten wir die Platte mit Schraubzwingen, damit ich weitersägen und Rike schon mal die Kanten des fertigen Vierecks mit Schleifpapier bearbeiten konnte. Den Schritt ließ Manu aus. Sie fing direkt an, ihre sechs unsauber ausgesägten Rechtecke aneinanderzunageln. Ich hatte schon Schmerzen beim Zuschauen. Ein mit so viel Wut und Hass zusammengezimmerter Kummerkasten brauchte mit Sicherheit selbst einen Kummerkasten.

»Der Darius«, fing Sofia plötzlich an, während sie ihren Pinsel sorgfältig mit Wasser spülte. »Wie ist der so? Ich meine ...« Es kam nichts mehr.

»Ich kenne ihn kaum«, sagte ich wahrheitsgemäß. »Wir sind wie gesagt nur in dieselbe Schule gegangen.«

Sie nickte und tauchte ihren Pinsel in die dunkelbraune Farbe. Ich sah ihr an, dass sie noch viele Fragen hatte, sich aber nicht traute, sie zu stellen.

»Mensch, Sofia, jetzt frag halt endlich, was du wissen willst«, sagte Manu und in dem Moment haute sie aus

Versehen daneben und landete mit dem Hammer auf der Arbeitsplatte. Es schepperte so laut, dass sich alle Köpfe zu uns drehten.

»Glotzt nicht so irre, ihr Bekloppten«, schnauzte Manu die Patienten an, woraufhin die sich sofort wieder ihren jeweiligen Arbeiten zuwandten. Frau Sommer bat Manu, sich zu zügeln oder den Raum zu verlassen.

»Ist doch wahr«, brummte Manu gereizt und hämmerte einen weiteren Nagel in ihren Kasten.

»Was willst du denn wissen, Sofia?«, fragte ich.

»Ach nichts.« Sofia malte ein kleines Viereck aus. Viel konnte ich von meinem Platz aus nicht sehen, aber genug, um zu erkennen, dass die Seidentücher der beiden unterschiedlicher nicht sein konnten. Sofia hatte kleine, geometrische Formen gezeichnet, die sie nun pingelig mit verschiedenen Brauntönen ausmalte, und Kuimbas Tuch war von fantastischen Wesen bevölkert. Vor sich hin summend malte sie gerade ein tierartiges Ding, irgendwas zwischen Giraffe und Ameisenbär, kunterbunt an.

»Sie will wissen, ob du was von ihm willst, ist doch klar«, flüsterte Manu viel zu dicht an meinem Ohr. Sie war näher an mich herangerückt. Da ich mich aber definitiv nicht mit ihr gegen Sofia verbünden wollte, antwortete ich nicht.

»Sofia will es immer allen recht machen.«

Als Antwort fing ich an, heftiger zu sägen.

Doch Manu blieb unbeirrt und kam noch näher. »Sofia leidet lieber selber, als anderen Leid zuzufügen«, hauchte sie mir ins Ohr und ihr warmer Atem legte sich auf meine Haut wie Schneckenschleim. »Sie würde dir Darius überlassen, musst es nur sagen.«

Jetzt wurde es mir endgültig zu viel. »Kannst du mich bitte in Ruhe lassen!«

Manu lachte kurz spöttisch auf und ging dann, den Hammer mit der rechten Hand unablässig auf ihre linke Handfläche klopfend, an den Tisch von Sofia und Kuimba. Dort beäugte sie über die Schultern der Malerinnen hinweg abwechselnd die beiden Kunstwerke. Ihrem Gesichtsausdruck war anzusehen, dass sich in ihrem Wortfindungszentrum ein Unwetter zusammenbraute.

»Dieses Tuch willst du in unserem Zimmer an die Wand hängen, hab ich das richtig verstanden?«, fragte sie Sofia so laut, dass es alle hören konnten.

Sofia hielt mit dem Malen inne und drehte ihren Kopf zu Manu. »Gefällt es dir nicht?«

»Gefallen?« Manu legte freundschaftlich ihre Hand auf Sofias Schulter und fing an, über das Tuch zu dozieren, als wäre sie Psychologieprofessorin: »Ich sehe darin Grenzen und penible Sauberkeit, zwei Dinge, die das Denken einengen. Wenn du dieses Tuch aufhängst, ziehe ich zu Kuimba.« Beim letzten Satz beugte sie sich über Kuimbas Bild. »Hier sehe ich Fantasie, Neugier, Abwechslung und Freude! Da kannst du was lernen.«

Ihre Worte brauten sich zu einer Gewitterwolke zusammen. Die Luft schien stillzustehen. Manu wollte mir demonstrieren, dass sie Sofia wie eine Marionette behandeln konnte. Hier ein Fädchen ziehen, dort eins locker lassen und schon kam die gewünschte Reaktion. Tatsächlich tauchte Sofia in dem Moment den Pinsel in das knallige Blau, mit dem Kuimba ihrem Wesen gerade Barthaare verpasste, und ließ die Farbe über ihre Ordnung tropfen, als würde Manus Unwetter Gestalt annehmen. Manu schaute dem Tropfspiel diabolisch lächelnd erst ein wenig zu, dann blickte sie über den Tisch hinweg zu mir. Mir lief es eiskalt den Rücken runter. In diesem Blick steckte nicht nur die Genugtuung über ihren gelungenen Beweis, sondern auch eine Mahnung, dass sie die Chefin war und man sich besser nicht mit ihr anlegte.

Ruhig bleiben, Clara, ganz ruhig bleiben, sagte ich mir. Du bist hier in einer Psychiatrie, da sind gestörte Menschen normal. Um mich nicht weiter in das kranke Spiel einbinden zu lassen, stand ich auf und suchte in einer riesigen Kiste geeignete Nägel für meinen Kummerkasten. Rike schleifte gerade das letzte Rechteck, also konnten wir gleich mit dem Zusammensetzen beginnen.

»So gefällt es mir schon besser«, hörte ich Manu Sofias Kunstwerk loben. »Was wolltest du denn nun von Clara wissen?«

Bildete ich mir das ein oder hörte ich Rike stöhnen? Wow, da befanden sich unter der Steinfassade meines Patendornröschens vielleicht doch Gefühle. Ich schaute sie fragend an, doch es kam nichts mehr, nur ein regelmäßiges Schleifgeräusch, was einem Stöhnen sehr ähnlich war. Schade, es hätte mich gefreut.

Aus dem Augenwinkel sah ich, wie Sofia Manu etwas ins Ohr flüsterte, woraufhin Manu laut antwortete: »Soll ich für dich fragen?«

Sofia schüttelte energisch den Kopf.

»Sie will wissen, ob du in Darius verknallt bist«, sagte Manu.

»Sie will es gar nicht wissen«, fauchte ich sie an. »Falls du es nicht bemerkt haben solltest: Sofia schüttelt den Kopf.« Jetzt war es passiert. Mir war der Kragen geplatzt. Ich hatte viel zu laut gesprochen und registrierte, wie sich die Köpfe an den anderen Tischen zu uns drehten.

»Soso, du weißt also, was meine Freundin Sofia wissen oder nicht wissen will? Zur Information: Du bist hier in einem Irrenhaus. Hier schüttelt man mitunter auch mal den Kopf, wenn man *Ja* sagen will.«

»Und warum fragt sie mich das nicht selbst?«

»Weil sie Angst vor deiner Antwort hat, ganz einfach.«

Kuimba summte lauter. Und Frau Sommer, die gerade am anderen Ende die weinende Frau mit dem Teddybär tröstete, rief: »Die Damen, bitte keinen Streit hier unten!«

Ich war genervt, wollte aber dieses verdammte Thema endgültig vom Tisch haben. Also sagte ich laut und deutlich, damit es Sofia und Manu trotz Kuimbas Singsang hören konnten: »Ich will nichts von Darius. Aus und basta!«

»Lüge!«, brüllte Manu über meine Lüge hinweg. »Wieso verwandelst du dich dann immer in eine deiner geliebten Tomaten, sobald Mister Universum auftaucht?«

Ich wurde noch saurer. »Was soll das eigentlich, Manu. Du ...«

Frau Sommer war an unserem Tisch angekommen und bat uns, auf der Stelle aufzuhören.

In dem Moment stand ein Patient aus einer anderen Abteilung auf und verkündete:

»Frieden! Wir brauchen mehr Frieden auf der Welt! Hört ihr das?«

Er fing an, mit auf dem Rücken verschränkten Armen durch den Raum zu laufen und wie von einer Kanzel herab zu predigen: »Und WIE kann die Welt friedlicher werden? Durch VERSÖHNUNG. HÖRT ihr das? VERSÖHNUNG bringt den Frieden, den die Welt so sehr braucht. Nur DIESES eine Ding. Das kann doch nicht so SCHWER sein!«

Einzelne Wörter schrie er regelrecht und ich musste wieder an meine Mutter und ihre Putzfrau denken. *Nehmen Sie bitte DIESEN Lappen für das Waschbecken. Sehen Sie? DIESEN! Nicht den SCHWAMM.* Als ob die Gehörgänge von Ausländern und Psychos anders gebaut und nur mittels Lautstärke durchdrungen werden könnten.

Der Prediger blieb an unserem Tisch stehen und blickte erst Manu, dann mich an, wie um zu demonstrieren, dass sein Monolog besonders uns beiden galt. Dabei zog er mit seiner rechten Hand unablässig an seinem Ohrläppchen. Er war riesengroß, bestimmt 1,90 m, hatte blonde Stoppelhaare und unterschiedliche Augen. Das rechte stand viel tiefer und hatte durch das herunterhängende Lid einen Schlafzimmerblick, während das linke mich wach anblitzte.

»Versöhn dich vor allem erst einmal mit DIR selbst. Schließe mit deiner VERGANGENHEIT ab, ganz egal, wie SCHLECHT, wie GRUSELIG sie zu dir war. Schließe sie in einen schalldichten Raum und hänge ein Schild an die Tür mit nur diesem einen Wort: VERSÖHNUNG!«

Während der letzten Sätze hatte sich sein waches Auge an meinen regelrecht festgesaugt. Sein Blick war so intensiv, dass mir der Atem stockte. Mir war, als hätte er mir eine Injektion verpasst, und ich lehnte mich leicht schwindelig gegen den Tisch. Entweder war dieser Mensch magisch oder komplett irre. Oder beides?

Endlich ließ er von mir ab und setzte seinen Rundgang fort.

»Versöhnst du dich nicht mit DIR und deiner VERGANGENHEIT, wird sie dir die ZUKUNFT vermiesen, das kann ich euch schriftlich geben. HÖRT IHR DAS?« Wieder zog er sein Ohrläppchen besorgniserregend lang.

»Und DANN vergib deinem Gegenüber. Streite nicht. Blick ihm in die Augen und lass LIEBE und Versöhnung walten. Der GROSSE Bertold Brecht hat gesagt: ›Alle rennen nach dem Glück, das GLÜCK rennt hinterher.‹ HÖRT IHR DAS? Wer die Kunst der VERSÖHNUNG nicht beherrscht, wird sich vom Glück niemals einholen lassen und ist und bleibt ein DUMMER Mensch!« Er war mittlerweile wieder an seinem Tisch angekommen, blickte noch einmal in die Runde, als erwartete er Applaus.

»EIN DUMMER MENSCH!«, rief er abschließend und setzte sich vor seinen Tonklumpen.

Es herrschte absolute Stille, wie nach einem gewaltigen Unwetter, das alles weggespült hatte und ein Vakuum zurückließ. Sogar Kuimbas Summen war verstummt.

Versöhnung! Was für ein großartiges und wundervolles Wort. Es schwebte für den Rest des Abends in meinem Kopf wie eine unplatzbare Seifenblase.

Sogar von Manu kam nichts mehr. Das ist ja mal gut gelaufen. Sie hatte die Wolken zusammengebraut und der Prediger hatte sie niederregnen lassen. Gute Teamarbeit. Hätte Manu auch noch das Unwetter erledigt, wären wir anderen sicher nicht unter einem Hagelschaden davongekommen.

Als Rike und ich schließlich mit meinem neuen Kummerkasten im Gepäck auf unser Zimmer kamen, holte sie ihren Kummerkasten aus dem Schrank und zeigte ihn mir. War das ein erster Vertrauensbeweis? Ich war echt gerührt. Ihrer war glatt geschmirgelt wie ein Babypopo und wunderschön angemalt. Ich schüttelte ihn und Rike zuckte lächelnd mit den Schultern, denn das Geräusch verriet, dass sie ihm bereits jede Menge Kummer anvertraut hatte.

Heute Abend war etwas zwischen Rike und mir passiert. Ich konnte noch nicht genau sagen, was es war, aber es war wichtig. Schon seltsam, welch große Wirkung kleine Gesten haben können. Ein lächelndes Schulterzucken ist meistens eine nicht beachtenswerte Ansammlung von diversen Muskelaktivitäten. Bei Rike steckte darin fast eine Liebeserklärung.

# 13

In den nächsten Tagen war ich vor allem damit beschäftigt, mich an den Klinikalltag zu gewöhnen. Da der Verrücktheitsgrad der Patienten auf Station 2 relativ übersichtlich war, mussten wir nicht eingesperrt werden, sondern konnten tagsüber kommen und gehen, wann wir wollten, solange wir unsere Termine einhielten. Davon gab es allerdings jede Menge: mehrmals pro Woche Gestaltungs- und Gruppentherapie, eine Essgruppe zusammen mit Patienten aus anderen Stationen, Körper- und Sportaktivitäten und natürlich die Einzelgespräche bei Frau Dr. Rausch. An manchen Tagen hatte ich fünf Termine zusätzlich zu den drei großen Mahlzeiten und den zwei kleinen Zwischensnacks. Das Essen an sich war eigentlich schon anstrengend genug, weil ich die Sache mit meinem Hunger einfach nicht in den Griff bekam. Mehr als einmal verfluchte ich mich selbst für die Wahl meiner Krankheit.

Eine Chance zur heimlichen Nahrungsaufnahme witterte ich in den gelegentlichen Ausflügen ins Dorf. Sie waren eigentlich eine super Gelegenheit, im Supermarkt leckere Dinge zu kaufen und diese dann in einer Hausecke zu verdrücken. So schön der Plan in der Theorie war, in der Praxis klappte er nie. Immer, wenn ich ins

Dorf aufbrach, schloss sich mir sofort eines der Mädels oder gleich alle an. Dann hockten wir uns meistens in die Eisdiele, bestellten Mineralwasser und sahen den anderen Gästen dabei zu, wie sie bei gefühlten 40 Grad im Schatten genüsslich ihre gigantisch großen Eisbecher in sich reinschaufelten. Dieser Akt der Folter wurde untermalt von Sofias Monologen über Methoden des Kalorienzählens und Kuimbas andauerndem Summkonzert. Eis in die Klinik zu schmuggeln, hatte ich zwar kurz überlegt, mich dann aber dagegen entschieden, weil mir einfach keine geeignete Transportmethode einfallen wollte, die ungesehen geblieben wäre und meine Klamotten nicht gänzlich eingesaut hätte.

Meine Rolle der kotzenden Bulimikerin erwies sich übrigens schnell als nicht ausbaufähig. Zwei Mal noch konnte ich sie probieren, dann musste ich leider aufgeben, weil sich immer neue Komplikationen ergaben. Erstens hatte ich keine Lust auf Diskussionen mit Schwester Andrea, die mir eine engmaschigere Beobachtung androhte, wenn ich nicht damit aufhörte, zweitens hatte ich beim letzten Mal leider den Finger zu tief in den Hals gesteckt und richtig gekotzt. Das war so unfassbar eklig, dass ich beinahe noch mal hinterhergekotzt hätte, wenn mein Magen nicht schon leer gewesen wäre. Komplett am Ziel vorbeigeschossen! Also beschloss ich, dass ich einfach kein Talent zum Kotzen hatte. Schließlich bin ich schweren Herzens dazu übergegangen, mir Manu als Vorbild zu nehmen und Essen in einer Plastiktüte aus dem Speisesaal rauszuschmuggeln. Allerdings nicht, um es wie sie wegzuschmeißen, sondern um es an einem stillen Örtchen zu vertilgen. Meistens hab ich's im Zimmer gegessen, wenn Rike einen Termin hatte, oder ich bin damit in den Wald gegangen. Lecker ist echt anders. Ich musste mir ja die Tüten immer unter dem Tisch in die Jeanstaschen stecken, damit die Schwestern nichts merkten. Das Zeug sah aus wie Hundefutter, als ich es dann später wieder rausholte. Außerdem haben meine zwei Jeans nach ein paar Tagen entsetzlich nach vergammeltem Essen gestunken. Ich musste meine Hosen also ständig waschen, was zusätzlichen Stress verursachte. Aber das war es mir wert. Hauptsache, ich musste nicht weiter Hunger leiden.

Beim Wiegen zeigten sich dann die Früchte meiner harten Arbeit: Natürlich habe ich immer viel Lob bekommen, weil ich mein Gewicht halten konnte. Gut, dass Lügen nichts wiegen, sonst wäre der Wurm in meinen Krankheitsverlauf reingekommen. So aber waren alle zufrieden mit dem Behandlungsverlauf der Essgestörten von Station 2.

Anfangs hatte ich ein wenig Schiss, wie es wohl sein würde, meinen Vater zu treffen. Ich konnte ihm natürlich nicht die ganze Zeit aus dem Weg gehen. Doch dann war es erstaunlich normal, ihm im Gang oder bei der Visite zu begegnen. Er stellte ein paar Fragen zu meinen Fortschritten und Befindlichkeiten, ich antwortete, Ende. Wir verhielten uns eher wie Arzt und Patientin. Aber immerhin wie Lieblingsarzt und Lieblingspatientin. Das war für uns schon ein großer Erfolg auf der zwischenmenschlichen Ebene. Mehr wollte ich zu diesem Zeitpunkt auch gar nicht, weil mich sonst mein Gewissen wieder terrorisiert hätte.

Alles in allem verliefen die Kliniktage also recht rund. Nur in Sachen Darius war ich selbst nach ungefähr zwei Wochen noch kein Stück weitergekommen. Er wirkte verschlossen wie eh und je, schwebte geheimnisvoll durch die Gänge, war in den Gruppen schweigsam und beachtete mich kaum. Die wenigen Worte, die er zu mir sagte, waren so alltäglich, dass ich es trotz aller Mühen nicht schaffte, sie mit subtiler Bedeutung aufzuladen.

»Ciao« – »Guten Morgen« – »Hallo« – »Hi« – »Guten Appetit« – »Schönen Abend«.

Mehr nicht.

Obwohl ich mir allabendlich vor dem Einschlafen immer wieder Antworten und Gesprächsanfänge ausdachte, konnte ich ihn damit nicht aus der Reserve locken. »Hey, mir geht's prima, heute endlich ein Kilo zugenommen« oder »Appetit? Wie buchstabiert man das?« oder »Was machst du heute Abend?«.

Vor allem bei der letzten Frage hat er mich voll auflaufen lassen. Er und Eddi waren abends nie im Fernseh- oder Werkraum und das nervte mich echt. Also nahm ich eines Tages all meinen Mut zusammen und fragte Darius, was er abends so machte. Seine Antwort: »Eigentlich nichts.« Gestillte Neugier fühlt sich anders an. Also fragte ich noch einmal bei Eddi nach, natürlich ganz unauffällig. Und er erzählte mir, dass sie beide immer in ihren Betten sitzen würden, er meistens lesend und Darius meistens schreibend. Wie ein altes Ehepaar!

»Was schreibt er denn?«, fragte ich und hoffte, nicht allzu interessiert zu klingen.

»Ein Theaterstück.«

Ein Theaterstück! Das haute mich jetzt echt um. Wenn sich jemand für Theaterstücke interessierte, dann ja wohl ich. Und das wusste Darius. Erst war ich total eingeschnappt und enttäuscht, weil er mir nichts davon erzählt hatte. Doch dann fiel mir wieder ein, dass er ja, im Gegensatz zu mir, wirklich krank war.

Wenn ich zu Darius durchdringen wollte, musste ich ihn und seine Krankheit vielleicht erst mal verstehen lernen. Zum Glück hatte die Klinikbibliothek Bücher über Depressionen im Repertoire. Ich dachte immer, Depression ist ein anderes Wort für Traurigkeit. Also dass jemand mit Depressionen einfach immer ohne richtigen Grund traurig ist. Doch je mehr ich darüber las, desto mehr begriff ich, dass depressiv zu sein bedeutet, sich leer zu fühlen. Gar keine Emotionen mehr wahrzunehmen. Nicht einmal Traurigkeit! Alles klar, ich hatte also eine neue Mission: Darius retten und ihn wieder Dinge spüren lassen. Wenn jemand dazu in der Lage war, dann ja wohl ich, so meine Hoffnung, schließlich habe ich Energie für zwei und bin fröhlich, wie Darius selbst behauptet hatte. Es musste nur noch ein Plan her. Und der hieß: erst Eddi, dann das Theaterstück klarmachen. Mit anderen Worten: Ich musste über Eddi eine Manuskriptbeschaffungsaktion starten. Denn wenn ich das Theaterstück gelesen hätte, würde ich Darius verstehen und retten können, hoffte ich. Dafür wählte ich einen Vormittag aus, an dem Darius meines Wissens nach bei einem Termin war. Vorsorglich hatte ich eine Tasche mitgenommen, falls ich tatsächlich das Theaterstück aufspüren und einstecken konnte. Eddi war allein im Zimmer, das genauso aussah wie unseres, nur spiegelverkehrt. Eddis Zimmerseite war ungefähr so ordentlich wie Rikes, noch dazu wahrscheinlich komplett keimfrei. Auch Darius' Seite sah auffällig ordentlich aus.

»Hi Cl-l-l-l-lara«, sagte Eddi.

»Hi. Was machst'n so?«

»L-l-l-lesen.«

Ich wollte mich auf seine Bettkante setzen, doch im selben Moment sprang Eddi mit einem Satz auf die Knie und beugte sich zu der Stelle, auf die ich mich setzen wollte.

»B-b-b-bitte, n-n-n-n-nein. Ich habe g-g-g-g-gerade erst ... Es ist ... Heute habe ich n-n-n-n-neue B-b-b-bettwäsche ...

»Ach ja, Entschuldigung. Ich bleibe einfach stehen. Kein Problem.«

»K-k-k-kann ich dir helfen?«

»Ach, ich wollte nur mal so schauen, wie ihr hier wohnt.«

Eddi war sichtlich irritiert über mein Kommen. Ich denke mal, dass er es generell nicht leiden kann, wenn jemand in sein Reich eindringt. Wer weiß, wie viele Kolonien an Bakterien, Viren, Fusseln und Dreck ich mit mir rumtrug. Bestimmt musste Darius einige Putzrituale einhalten, damit Eddi es überhaupt mit ihm in einem Raum aushielt. Ich stahl mich möglichst unauffällig auf Darius' Seite, um ein Auge auf seine Sachen werfen zu können, während ich einfach irgendwas daherplapperte: »Nach dem Mittagessen haben wir ja wieder Gruppe. Ganz schön spannend, die Geschichte von Kuimba. Wir können schon froh sein, dass wir hier relativ sicher leben, oder? Die vielen Flüchtlinge, die alle diesen weiten und gefährlichen Weg ...«

Während ich redete und redete, scannte ich Darius' Zimmerseite ab. Auf dem Bett lagen zwei Bücher und auf dem Nachttisch schön säuberlich ein Stapel Medikamente, daneben Taschentücher und ein paar Stifte, ganz akkurat nebeneinander. Wenn da mal nicht Eddi immer mal wieder aufräumt, dachte ich.

»D-d-d-du, Cl-l-l-lara, Darius ist n-n-n-nicht da, vielleicht k-k-k-k...«

»Ja, ich komme noch mal wieder, wenn Darius da ist, will dich gar nicht stören. Wie heißt denn dein Buch?«

»Wunder.«

»Klingt cool. Lies mal den Text auf dem Buchrücken vor.«

Ich sah ihm an, dass er dazu absolut keine Lust hatte, und es tat mir auch echt leid, dass ich ihn so quälen musste, aber ich hatte eine Mission zu erfüllen. Und dafür musste er jetzt ein Opfer bringen. Es ging schließlich auch um seinen Freund. Auch wenn er davon natürlich nichts wusste.

Eddi fing tatsächlich an, den Klappentext des Buchs vorzustottern, sodass ich ungestört einen Blick in das untere Fach von Darius' Nachttisch werfen konnte. Bingo! Gleich obenauf lag das Theaterstück. Lauter lose Blätter, schön übereinandergestapelt. Auf dem Deckblatt las ich:

*»Das Ende der Welt – Ein Einakter über die Liebe«* von *Darius Goldstein.*

Nächste Frage: Wie kam ich jetzt an das Ding ran? Ich blickte zu Eddi. Es würde noch eine Weile dauern, bis er sich bis zum Ende durchgestottert hatte.

Würde er merken, wenn ich einfach den Stapel in meine Tüte ...? In dem Moment kam mir eine geniale Idee, und ohne weiter darüber nachzudenken, ließ ich mich auf Darius' Nachttisch fallen. Und zwar so heftig, dass er leicht zur Seite kippte und sich sein ganzer Inhalt vor Darius' Bett ausbreitete. Eddi stoppte mitten im Wort. Er wurde leichenblass und ich hatte Sorge, dass er womöglich beim Anblick des Chaos komplett durchdrehen, hyperventilieren, womöglich einen Herzinfarkt erleiden und gar sterben könnte.

Ganz ruhig, so als dürfte er sich weder hektisch bewegen noch zu laut sprechen, um das Chaos nicht zu vergrößern und dadurch die in ihm lebenden Dämonen aufzuscheuchen, sagte er: »R-r-r-räum das wieder auf.« Das klang echt barsch. Eddi hatte es scheinbar selbst bemerkt, denn er schickte sofort ein sanftes »B-b-b-bitte« hinterher.

»Ja, geht klar«, sagte ich hektisch und machte mich an die Arbeit. Indem ich Eddi geschickt meinen Rücken zuwandte, schaffte ich es, unauffällig das Theaterstück in meiner Tasche verschwinden zu lassen. Den Rest räumte ich auf, sodass es wieder fast so ordentlich aussah wie vorher.

»Schau!«, sagte ich und rieb meine Hände ineinander, wie das unsere kroatische Putzfrau in Köln immer zu tun pflegte. »Als wäre nichts passiert.«

»G-g-g-gut. Und jetzt w-w-w-würde ich g-g-g-erne …«

»Bin schon weg«, sagte ich. »Nett habt ihr's hier. Kannst ja auch mal bei uns vorbeischauen.«

»G-g-g-gut«, sagte Eddi und ich verschwand.

# 14

Ich hatte noch eineinhalb Stunden Zeit bis zum nächsten Termin. Also lief ich in den Wald. Keine Sekunde länger konnte ich warten, das Stück zu lesen. Ich suchte mir einen schattigen Platz hinter einem dicken Baum, an den ich mich so lehnte, dass man mich vom Weg aus nicht sehen konnte. Sicher war sicher, schließlich hatte ich Diebesgut bei mir.

Ich fand das Stück von Anfang an genial. Die Idee, die Dialoge, vor allem diese Mischung aus Tiefgang und Humor, haben mich total begeistert.

Gott schaut auf die Welt herab und erkennt, wie schlecht es um seine Schöpfung steht. Also schickt er Aphrodite, Romeo und Julia, seine größten Liebenden, mit dem Auftrag auf die Erde, die Liebe wieder unter die Menschen zu bringen, um Mord, Intoleranz, Gewalt und generell alles, womit die Menschen sich selbst zerstören, zu stoppen. Leider vergebens. Sogar diese von Liebe durchdrungenen Geschöpfe können den irdischen Verlockungen nicht widerstehen. Romeo landet in einer Spielhölle, Julia im Einkaufszentrum und Aphrodite verliert sich in einer amerikanischen Serie. Sie sind nicht in der Lage, ihren Auftrag zu erfüllen, und Gott überfällt die Gewissheit, versagt zu haben. Er bekommt ein Burn-out und weint darüber so viel, dass seine Tränen die zweite Sintflut auslösen. Die Menschheit wird für immer weggespült. Das Stück bleibt ohne Happy End.

Das war das Einzige, was mir nicht gefiel. Ende gut, Liebe tot. Das ging gar nicht. Schließlich war es die Liebe, die mich sogar bis in die Klapse getrieben hat. Und die sollte tot sein? Also was mich betraf, war die Liebe im Moment das Einzige, was mich beschäftigte. Sie war sozusagen das Gegenteil von tot. Und weil ich – die selbst ernannte Liebesmissionarin – wollte, dass auch Darius das Gegenteil von tot blieb, beschäftigten mich jetzt folgende Fragen: Wie konnte ich ihn dazu bringen, das Stück hier aufzuführen, mit mir als Regisseurin? Und wie sollte ich es anstellen, dass er nichts von meinem Diebstahl erfuhr? Keine einfachen Aufgaben, das musste ich zugeben. Aber irgendwas würde mir schon noch einfallen, wie immer.

# 15

Es war kurz vor zwölf Uhr. Rike war in unserem Zimmer und machte Gymnastik. Sie hatte vier Beschäftigungen, wenn wir im Zimmer waren: Fotobuch anschauen, in ihr kleines Büchlein schreiben, schlafen oder Gymnastik machen. Und die sah echt gefährlich aus. Wir hatten in der Schule ein Skelett, das im Biologiearchiv in der Ecke gestanden hatte. Sonja und ich hatten es manchmal für den Unterricht aus dem Archiv holen und durch die halbe Schule schleppen müssen. Ich kann mich noch genau an das Geräusch erinnern, wenn unterwegs die maroden, alten Knochen vom Skelett fielen und die Treppen runterkullerten. Wir hatten die Dinger dann natürlich immer falsch angebracht und uns kaputtgelacht, wenn unser Lehrer sich nicht mehr zurechtfand. Im Laufe meiner Schulzeit hat das Teil immer mehr an Knochen verloren, bis es plötzlich irgendwann ganz verschwunden war. Irgendwie erinnerte mich Rike an dieses Skelett. Sie sah aus, als könnte sie jederzeit in sich zusammenfallen, wenn sie nicht aufpasste. Ich hatte in den Büchern meines Vaters gelesen, dass Essgestörte viel Sport machten, um die angeblich überfälligen Pfunde loszuwerden. Unfassbar. Aus ihren Ärmeln und Hosenbeinen stachen dünne Stöcke hervor, keine Extremitäten, ihr Po war quasi nicht vorhanden. Das einzig Füllige an ihr waren ihre Haare, und wenn sie so weitermachte, würde sie die auch noch verlieren. Wegen Vitaminmangel oder so.

»Es ist gleich zwölf«, sagte ich. »Wir müssen gehen.«

Sie hörte auf und zog sich eine Jacke über ihr T-Shirt, obwohl es schon wieder brutal heiß draußen war.

»Heute beim Mittagessen setze ich mich zu Darius. Ich muss was mit ihm besprechen.«

Rike nickte.

»Willst du gar nicht wissen, was?«

Sie schüttelte den Kopf. Das war Rike. Obwohl sie im Laufe der letzten zwei Wochen immer mehr mit mir gesprochen hatte, fiel mir auf, dass sie sich stets aufs Wesentliche beschränkte. Zu viele Informationen mochte sie nicht, so als hätte sie dafür keinen Platz auf ihrer Speicherplatte.

Ich nahm die Tasche mit dem Theaterstück mit zum Mittagessen in der Hoffnung, dass mir die rettende Idee irgendwann kommen würde. Und tadaa: Sie kam. Gleich am Anfang. Und sie war erstaunlich einfach. Manchmal ist das Leben gar nicht so kompliziert, vor allem dann nicht, wenn man so eine Um-Probleme-drumherum-Moglerin war wie ich.

Kaum hatte ich Darius am Büfett entdeckt, ging ich spontan auf ihn zu, öffnete meine Tasche, holte das Theaterstück heraus und hielt es ihm hin. Wissend, dass das jetzt auch nach hinten losgehen konnte, hielt ich mich an die Devise *Angriff ist die beste Verteidigung* und legte los:

»Darius, ich glaube, das gehört dir.«

Er legte das Salatbesteck zurück in die Schüssel und schaute auf sein Theaterstück.

»Wie kommst du daran?«, fragte er, stellte seinen Teller ab und nahm den Papierstapel an sich.

»Das tut mir echt total leid. Ist dumm gelaufen. Also, ich weiß nicht, ob Eddi es dir schon erzählt hat, aber ich hab ihn besucht und da ist mir aus Versehen dein ganzer Nachttisch umgekippt. Also, ich bin dagegengedonnert, gestolpert oder so und dann ...«

Um meine wortreiche Schilderung über den unglücklichen Sturz mit all seinen Folgen zu untermalen, spielte ich die Szene pantomimisch nach. Darius und wahrscheinlich auch alle anderen Anwesenden glotzten mich an, als wäre ich eine aus der Geschlossenen und hätte mich im Gang geirrt.

Ruhig, Clara, ganz ruhig, ermahnte ich mich. Ich, die Lügenkönigin, wusste doch schon lange: Wer sich zu laut und wortreich erklärte, sprach nicht die Wahrheit. Anfängerfehler! Entsprechend ruhig versuchte ich, meinen Wortschwall zu beenden: »Mein Heft war beim Aufräumen auch aus der Tasche gefallen und da muss ich deine Papiere aus Versehen mit eingepackt haben. Sorry noch mal.«

Ich lächelte so breit, wie es anatomisch möglich war, und legte mein gesamtes schauspielerisches Können in diese hoffentlich grundehrlich wirkende Geste.

Darius schwieg und blickte auf die Titelseite seines Theaterstücks. Hoffentlich inspirierte ihn der Titel nicht dazu, unsere Beziehung, nein, das ist zu hoch gegriffen, unser Was-auch-immer zu beenden. Das Ende des Nichts wäre das dann. Klingt ziemlich traurig.

»Hast du es gelesen?«, unterbrach Darius meine wirren Gedanken.

Ich zögerte. Was für eine Antwort erwartete er jetzt? Wollte er, dass ich es gelesen hatte oder eben gerade nicht? Ich erkannte sofort, dass ich zu lange gezögert habe, denn die Tatsache, dass ich nicht sofort ein unschuldiges *Nein* herausposaunt hatte, ließ nur eine Antwort zu: »Äh, also ... ehrlich gesagt ... ja.«

Stille. Er strich sich mit einer Hand die schwarzen Locken aus der Stirn. Dabei ließ er mich nicht aus den Augen. Jetzt konnte alles passieren. Entweder, er flippte gleich total aus, weil er meine Vorsätzlichkeit und meine Lüge spürte, oder er glaubte mir und würde voll und ganz in meinen Plan einsteigen oder irgendwas dazwischen. Dieser Moment war wie der Arc de Triomphe in Paris, ein riesiger Verkehrsknotenpunkt mit unzähligen Ausfahrten. Zweimal hatten Mama und ich ihn an unserem Ostertrip im vorletzten Jahr komplett umrunden müssen, weil wir unsere Ausfahrt nicht gefunden hatten. So schien es Darius jetzt auch zu gehen. Und damit er sich nicht für die Ausfahrt nach *Aus-und-vorbei* entschied, half ich ein bisschen nach: »Ich konnte nicht anders, du weißt doch, ich liebe Theater, und als ich das in meiner Tasche entdeckt hatte, musste ich einfach.« Ich redete schon wieder viel zu schnell und kam mir vor wie ein verirrter Ferrari, der auf dem Arc de Triomphe ohne Rücksicht auf Verluste wild die Spuren wechselnd die Ausfahrt zur Liebe suchte.

»Ich fand es toll. Witzig. Tiefgründig. Intelligent«, sprudelte es aus mir hervor.

Und weil Darius nichts sagte, drückte ich nun endgültig das Gaspedal durch: »Was hältst du davon, wenn wir es aufführen?«

Sein Blick verwandelte sich von Misstrauen in ein großes Fragezeichen.

»Hier!«, setzte ich einen drauf.

»In der Klinik?«

»Ja, in der Klinik. Warum nicht?«

Er schaute wieder auf seine Titelseite und schien über meinen Vorschlag nachzudenken. Zumindest bildete ich mir ein, hektische Bewegungen hinter seiner Stirn wahrzunehmen.

»Hast du schon gegessen?«, fragte er schließlich.

Ich schüttelte verwirrt den Kopf.

»Dann nimm dir was und setz dich doch zu Eddi und mir. Was hältst du davon?«

*JACKPOT! VOLLTREFFER! ICH DREH DURCH,* schrie ich innerlich.

»Na klar, gern«, sagte ich lässig.

Verstohlen schaute ich zum Mädelstisch. Kuimba war mit ihrem Essen beschäftigt, Manu mit ihrem Ärmel, obwohl sie einen anderen Pulli trug als sonst, der aber auch total lädiert war. Schien wohl ihr Markenzeichen zu sein. Sofia stand wie erwartet in Schockstarre am Büfett. Es tat mir leid, einfach an ihr vorbeizugehen, Eddi zu begrüßen und mich zu den Jungs zu setzen. Ich würde es ihr später erklären und alles auf das Theaterstück schieben. War quasi ein Arbeitsessen.

»Bisschen wenig, oder?«, fragte Darius mit Blick auf die paar Salatblätter und die vier Kirschtomaten, die ich mir auf den Teller geladen hatte.

»Mehr als genug«, log ich.

Darius nickte verständnisvoll und sah dabei aus wie einer, der durch diverse Therapien gewandert und daher ein Kenner psychischer Probleme war.

»Also, was hältst du davon? Wollen wir dein Stück hier aufführen?«, lenkte ich das Gespräch wieder auf das Wesentliche. Er hatte immer noch nicht zu erkennen gegeben, ob er meine Taschenlüge nun geschluckt hatte oder nicht. Noch befanden wir uns auf dem Arc de Triomphe, allerdings parkend auf dem Seitenstreifen, mit Warnblinklicht.

»Weiß nicht«, antwortete er und stocherte in seinem Salat herum.

»Wo, wenn nicht hier?«, insistierte ich. »Ich meine, Gott hat in deinem Stück am Ende ein Burn-out, gäbe es eine himmlische Psychoklinik, wäre er dort der Ehrengast. Komm, das ist doch cool. Lass es uns machen. Ich übernehme auch die Regie.«

Er ließ mich zappeln und kaute auf seinem Salat herum, statt zu antworten. Mein Gott, sogar dabei sah er irgendwie gut aus! Ich ermahnte mich, fokussiert zu bleiben.

»W-w-w-wovon sprecht ihr?«, klinkte sich jetzt Eddi in unser Gespräch ein.

»Von Darius' Theaterstück. Es ist super und ich würde es gerne aufführen. Hier.«

Schwester Andrea fuhr das Essen in den Raum und wir

holten uns unsere Lasagne, die mal wieder extrem lecker aussah. Erst, als ich wieder am Tisch saß, bemerkte ich, dass ich die Plastiktüte vergessen hatte. So ein Mist! Ich hörte förmlich meinen Magen nölen: Wenn du mich weiterhin so behandelst, melde ich mich freiwillig zur Organspende!

»Und?«, hakte ich nach. »Was sagst du?« Das Wasser lief mir im Munde zusammen und drohte, den Speiseraum zu fluten. Möglichst unauffällig schluckte ich den See herunter und konzentrierte mich darauf, die Lasagne in winzig kleine Matschhäufchen zu zerfetzen.

»Ich überleg's mir«, sagte Darius in einem Ton, der klar zu erkennen gab, dass das Thema für ihn heute vom Tisch war. Super! Und ich? Ich musste mich jetzt in Geduld üben, eine Tugend, die ich ungefähr so gut beherrschte wie ein Depressiver die Fähigkeit, Schmetterlinge lachen zu hören. Wenn der jammernde und selbstmitleidige Gott aus dem Theaterstück auch nur annähernd Darius' Innenleben widerspiegelte, müsste ich auf eine Antwort warten, bis ich nur noch Haut und Knochen war. Es lief gar nicht gut, dachte ich und steckte mir betont langsam ein Stück Lasagne in den Mund. Mein Magen verkrampfte sich zum Dank.

Noch am gleichen Tag besuchte ich meinen Vater, um ihn zu fragen, ob eine Theaterproduktion in der Klinik überhaupt durchführbar wäre. Ich brauchte mir schließlich keine weiteren Überredungsstrategien auszudenken, wenn mir dann kurz vor dem Ziel die Tür vor der Nase zugeknallt werden würde. Überraschenderweise freute er sich sofort über die Frage und wollte alles darüber wissen. Und als ich ihm mein Vorhaben erzählt hatte, freute er sich noch mehr. »Das würde Darius guttun. Und dir vielleicht auch. Du magst doch Theater, richtig?«

Wenn er auch nie zu einer meiner Vorstellungen gekommen war, hatte er sich zumindest gemerkt, dass ich Theater liebte. Immerhin.

Und nicht nur das. Jetzt wollte er es sogar noch unterstützen.

Wir sprachen über ein paar organisatorische Dinge: einen möglichen Probensaal, Geld für Requisite und Kostüme, die Besetzung usw. Unglaublich, zu was so ein Vater in der Lage war, wenn man ihn mal forderte. Ich war total begeistert.

Jetzt musste ich nur noch Darius überzeugen.

»Kannst du nicht versuchen, auf ihn einzuwirken?«, fragte ich.

»Schwierig. Ich kann das Thema nicht ansprechen, wenn es nicht von ihm kommt.«

»Ach komm, hast du nicht studiert, wie man Leute manipuliert? Mach es unauffällig, frag nach seinen Hobbys, was er so macht, ob er zum Beispiel gerne ins Theater geht.«

Er lachte. »Ich tu, was ich kann.«

# 16

In der nächsten Einzeltherapiesitzung stellte mir Frau Dr. Rausch Fragen zu meiner Kindheit, was mir nur recht war, weil es dann nicht um meine angebliche Krankheit ging. Ich erzählte bereitwillig Geschichten aus meiner Kindheit. Von meiner Mutter, meinem Vater, wie es war, als wir alle noch zusammen lebten.

Und wie ich da so saß, in dem Behandlungszimmer, das mich in seiner Behaglichkeit aufnahm wie ein Schaumbad, überkam mich plötzlich ein unglaublich warmes Gefühl für meinen Vater. Was für ein Wahnsinn eigentlich, dass er meiner Bitte nachgekommen war, mich hier in seine Klinik aufzunehmen.

»Interessanter Gedanke«, meldete sich mein Gewissen.

»Was willst du denn jetzt?«, fragte ich.

»Nichts, ich habe nur gesagt, dass das ein interessanter Gedanke ist.«

»Und warum?«

»Das weißt du ganz genau, willst es nur nicht zugeben.«

»Keine Ahnung, wovon du sprichst.«

»Dein Vater ist der Doofe und du das arme, kleine Opfer. So war es immer, stimmt's?«

»Und? Stimmt das etwa nicht? Wer hat sich denn um

wen zu kümmern? Ja wohl immer noch die Eltern um die Kinder und nicht umgekehrt.«

»Richtig. Und wie ist das mit deiner Lügerei?«

»Was soll damit sein?«

»Deine Magersuchtslüge war doch nur eine von vielen. Zugegeben, die war bisher deine beste.«

»Welche Lügen meinst du?«

»Jetzt tu doch nicht so verdammt unschuldig. Aber gut, wenn du meinst, ich müsste sie dir aufzählen, dann fange ich mal an: Du hast zweiunddreißig Mal deine Mutter belogen, wenn sie Fragen zu deinem Abilernen gestellt hat. Du hast exakt sechsundfünfzig Mal von wichtigen Terminen gefaselt, wenn du übers Wochenende zu deinem Vater solltest, und hast doch immer nur mit den Freundinnen rumgehangen. Du hast deine Freundinnen belogen, wenn es darum ging ...«

»Ja ja, jetzt hör schon auf. Führst du eine Exceltabelle, oder was? Mein Gott, wie spießig! Und überhaupt. Ist ja wohl verständlich, dass ich mit vierzehn nicht zu meinem Vater wollte.«

»Mit elf! Trotzdem kein Grund, ihn in eine solche Situation zu bringen. Hast du mal eine Sekunde drüber nachgedacht, was deine Lügerei für ihn bedeuten könnte? Was, wenn seine Mitarbeiter davon erfahren? Und unterstehe dich, in der Therapie schlecht über ihn zu sprechen. Er ist hier in der Klinik schließlich der Oberboss. Und er ist wegen einer Lüge das Risiko einer Rufschädigung eingegangen. Wegen DEINER Lüge. Einer egoistischen noch dazu.«

Mann, mein schlechtes Gewissen konnte besser reden

als meine Mutter und ich zusammen. Ich ging entsprechend in Abwehrhaltung. »Bist du fertig?«

»Ich verstehe, dass dich dein Vater irgendwann aufgegeben hat.«

Jetzt wurde ich echt sauer! »Was redest du da für einen Unsinn?«

»Nur die Wahrheit. Das ist mein verdammter Job! Und der ist bei dir übrigens ziemlich unterbezahlt.«

»Halt die Klappe.«

»Ich soll ruhig sein? Sei froh, dass ich noch da bin. Irgendwann hab ich ein Burn-out und hau ab. Dann geht's nur noch bergab mit dir.«

Ich antwortete einfach nicht mehr. Und mein Gewissen blieb auch endlich ruhig. Himmel! Ich hatte gerade ein Selbstgespräch vom Feinsten geführt. Ich werde verrückt. Ganz klar. Aber es half jetzt auch nicht, mich da reinzusteigern, ich musste die Therapiestunde durchstehen. Selbstgespräche scheinen im Zeitraffer stattzufinden, denn Frau Dr. Rausch wirkte kein bisschen irritiert. Sie wiederholte lediglich ihre letzte Frage: »Kannst du dich noch an den Moment der Trennung erinnern?«

Um mein schlechtes Gewissen zufriedenzustellen, schütze ich für den Rest der Stunde meinen Vater. Unglaublich eigentlich, wenn man bedachte, wie wenig er für mich getan hatte im Vergleich zu meiner Mutter, die sich jahrelang die Beine ausgerissen hatte, um aus mir einen einigermaßen akzeptablen Menschen zu machen. Aber Amerika war weit genug weg, hoffte ich.

Also erzählte ich Frau Doktor Rausch, wie ich im Alter von sieben Jahren mit Mama in den angeblichen Urlaub zu den Großeltern gefahren bin und mich über die Unmengen von Gepäck gewundert habe. Der ganze Kofferraum unseres Golfs war vollgestopft. Auch auf dem Beifahrersitz und dem Rücksitz stapelten sich Koffer, Kisten und Taschen. Komisch fand ich auch, dass Mama mich bat, den Schulranzen mitzunehmen.

»Wieso soll ich über die Weihnachtsferien meinen Schulranzen mit zu Oma und Opa nehmen?«, fragte ich sie und sie antwortete gereizt: »Tu's einfach.« Also packte ich den Schulranzen ein.

Und als ich mich auf den mir verbliebenen, schmalen Platz zwischen Kofferturm und Autotür quetschte, fragte ich angesichts des Gepäcks: »Wie lange bleiben wir denn bei Oma und Opa?«

»Zwei Wochen, wie immer.«

»Und warum fährt Papa nicht mit?«

»Weil er arbeiten muss. Schnall dich bitte an.« Mit diesen Worten drehte Mama den Zündschlüssel um und der Motor sprang an. Ich hauchte ein kleines Sichtloch auf das vereiste Fenster und sah meinen Vater vor unserem Hauseingang stehen, er wirkte kleiner als sonst, hatte die Hände tief in den Hosentaschen vergraben und trug seine zerschlissene Strickweste, die plötzlich noch älter und löchriger wirkte. Die Schultern hatte er bis zu den Ohren hochgezogen und ich konnte nicht sagen, ob er fror oder ob ihm die Einsamkeit schwer auf den Schultern lastete. Ich wusste, dass an dieser Situation etwas faul war, denn ich spürte hinter den vermeintlich harmlosen Worten Abgründe, die mir Angst machten. Aber ich blieb ruhig, geradezu gespenstisch ruhig, denn ich war mir sicher, dass ich schuld an dieser dubiosen und unerklärlichen Stimmung war.

Als wir losfuhren, winkte ich aus meinem kleinen Sichtfenster heraus. Mein Vater winkte zurück und kam sogar runter auf die Straße, um unserem Auto noch nach der Kurve beim Bäcker hinterherblicken zu können. Irgendwann ließ er seinen Arm sinken. Ich hörte auch auf zu winken und sah zu, wie er langsam mit den Reihenhäusern verschmolz. Ich bildete mir noch bis zur Ampel ein, ihn durch die Wände hindurch zu sehen, so wie man ein Flugzeug noch immer mit den Augen verfolgt, obwohl es schon lange in die Wolkendecke getaucht ist. Erst als Mama schließlich nach rechts abbog, drehte ich mich nach vorne und sah meinen Vater ein halbes Jahr lang nicht.

Es dauerte unglaublich lange, bis ich kapierte, dass wir zu meinen Großeltern gezogen sind. Ohne viel Aufhebens schulte man mich dort ein. Ich war damals in der zweiten Klasse und hatte jede Menge Freundinnen in Köln. Komisch, ich machte überhaupt keinen Aufstand, fragte nie nach, ließ einfach alles geschehen. Hätte ich geschimpft und gewütet, hätte ich einen Platz eingefordert, den Mama zu diesem Zeitpunkt nicht zur Verfügung hatte.

»So ist das mit sensiblen Menschen, Clara. Sie spüren des anderen Leid und sind diesem oftmals näher als ihrem eigenen«, sagte Frau Dr. Rausch, als ich mit meiner Erzählung am Ende war. »Du warst ein Kind. Ein sensibles, schlaues Kind, das seinen ihm zugewiesenen Platz brav eingenommen hat. Deine eigenen Ängste, Sorgen und Aggressionen, wovon du sicherlich viele hattest, hast du unterdrückt. Du wolltest ein gutes Kind sein.«

Ich hatte noch nie davon erzählt, noch nicht einmal darüber nachgedacht. Warum auch? Das Leben pulsiert an allen Ecken, was sollte ich mich da mit der Vergangenheit beschäftigen? Und nun schwirrte sie durch den Raum, diese Geschichte von früher. Mir war, als suchte sie einen Ausgang wie eine Fliege, die dauernd gegen die Fensterscheibe knallt, weil sie nicht kapiert, dass sich zwischen ihr und der Freiheit Glas befindet. In meinem Bauch fing es an zu brodeln.

»Und du hast dich noch nicht einmal verabschieden können«, sagte Frau Dr. Rausch.

Was folgte, glich einem Vulkanausbruch. Wenn ich etwas machte, dann richtig. Immer erlebe ich alles extrem, nie »ein bisschen«. So auch diesmal. Ich weinte und weinte und weinte, war gar nicht mehr zu bremsen. In diesem sturzbachartigen Tränenfluss hörte ich mein schlechtes Gewissen zärtlich flüstern: »Ist alles gut, Clara, weine ruhig. Ist alles gut.« Hatte mein schlechtes Gewissen etwa ein schlechtes Gewissen, weil es eben so unfreundlich gewesen war? Oder war das die Stimme von Frau Dr. Rausch? Sie rückte die Taschentuchbox näher zu mir und lächelte. Wenn ich gewusst hätte, dass Heulen so guttun kann, hätte ich schon viel früher damit angefangen.

Ich heulte noch bis zum Ende der Sitzung.

# 17

Der Tag verging ohne eine weitere nennenswerte Begegnung mit Darius. Auch der nächste und der übernächste.

Eines Abends, Rike saß mal wieder hinter ihrem Fotobuch und träumte davon, fliegen zu können, nahm ich meinen völlig in Vergessenheit geratenen Kummerkasten in die Hand. Er war wirklich schön geworden. Ein einfacher Holzkasten mit einem Deckel, in den wir oben einen Schlitz gesägt hatten. Der war zwar krumm und schief, machte den Kasten aber besonders. *Einen Versuch ist es wert*, hatte ich zu Sofia gesagt, als sie mich in den Werkraum mitgenommen hatte. Natürlich glaubte ich nicht an die angebliche Vernichtungsfähigkeit des Kastens, aber der Gedanke war verlockend und ich hatte grade eh nichts Besseres zu tun. Also holte ich eines der Mathehefte raus, die ich zusammen mit den Schulbüchern ins unterste Fach des Schranks ganz hinten verstaut hatte, setzte mich zurück aufs Bett und schrieb den Gedanken auf, der mich schon seit Jahren quälte und zurzeit in voller Blüte stand.

»Darius wird mich niemals lieben. Er findet mich viel zu laut und dumm und oberflächlich.«

Und ich machte gleich mit dem nächsten Kummer weiter.

»Ich habe gelogen, indem ich mich in diese Klinik eingeschmuggelt habe, um Darius nah zu sein. Ich bin weder essgestört noch sonst irgendwie psychisch krank.«

Die letzten Worte waren eine ziemlich kühne Behauptung, wenn man bedachte, was in den letzten Wochen so alles in meinem Leben passiert ist. Und nach dem jüngsten Zwiegespräch mit meinem Gewissen fragte ich mich ernsthaft, wo die Grenze zwischen psychisch krank und gesund war und vor allem, auf welcher Seite der Grenze ich nun eigentlich stand. Aber egal. Der erste Teil des Satzes war auf jeden Fall richtig. Also auf zum nächsten:

»Ich bin lediglich die Tochter vom Klinikchef, den ich für meine Schwärmerei für Darius belogen habe.«

Und:

»Ich habe Darius gegenüber behauptet, sein Theaterstück aus Versehen eingesteckt zu haben. Das war eine Lüge! Ich bin extra zu Eddi gegangen, als Darius nicht da war, um das Theaterstück zu finden und ihn zu einer Aufführung zu überreden. WEIL ICH ZEIT MIT IHM VERBRINGEN WILL.«

»Hey cool!«, rief mein schlechtes Gewissen. »Schön dranbleiben. Ich diktiere.«

»Du schon wieder! Nein nein, das reicht erst mal«, sagte ich und zerriss die Sätze in einzelne Zettel.

»Wieso denn? Bist doch grade so schön in Fahrt.«

Ich faltete die Zettel und steckte sie durch den Schlitz, ohne weiter auf die Worte meines Gewissens einzugehen. Es sollte mich einfach in Frieden lassen.

Da noch ein Papierfetzen übrig geblieben war, schrieb ich:

»Ich habe meinen Vater früher oft angelogen, um die Wochenenden nicht bei ihm verbringen zu müssen.«

Auch diesen Zettel faltete ich und steckte ihn in den Kasten.

»Zufrieden, Gewissen?«

»Yep!«

Ich fürchtete jedoch, dass es nur vorerst ruhiggestellt sein würde.

# 18

Am dritten Tag nach meiner Darius-Nachttisch-um-kipp-Theaterstück-klau-Aktion geschah das Wunder:

Ich kam von der Laufgruppe und war nach der Runde bei gefühlten 50 Grad im Schatten verschwitzt wie nach einem Saunagang. Die am Morgen mühevoll aufgelegte Schminke war in die diversen Schweißrinnsale meines Gesichts geflossen und ich muss ausgesehen haben wie ein Zombie nach einem Schleudergang. Ausgerechnet da begegnete ich Darius im Treppenhaus. Hätte ich ihn früher gesehen, wäre ich einen Stock höher gelaufen und hätte dort gewartet, bis die Luft wieder rein war. Ich versuchte zu schauen wie ein Zombie, der Schleudergänge liebte, und begrüßte ihn lässig: »Na, Darius.«

»Hi Clara. Du, gut, dass ich dich treffe. Wegen dem Theaterstück ...«

»Ja?«

»Also, ich hab drüber nachgedacht. Und ...«

Ich schaute ihn erwartungsvoll an. Da aber nichts weiter kam, hakte ich nach.

»Und?«

»Ich würd's versuchen. Wenn du die Regie machst.«

Wäre das hier ein Comic, wäre diese Seite voll mit Blitzen, Ausrufezeichen, Glühbirnen, Herzen ... Mit Worten ist der innere Zustand, in den mich diese Verkündung versetzt hatte, auf jeden Fall nicht zu beschreiben.

»Wow!«, bemerkte ich entsprechend geistreich.

»Und weißt du auch, warum?«

Ich schüttelte den Kopf.

»Weil ich nicht an Zufälle glaube. Ich bin hier. Du bist hier. Und ausgerechnet du, die beste Regisseurin, die unsere Schule jemals hatte, entdeckt mein Theaterstück. Das sind zu viele Zufälle hintereinander.«

Dass der Zufall in diesem Fall einen Namen hatte, nämlich meinen, behielt ich natürlich für mich.

»Los, sag ihm die Wahrheit!«, plärrte mein Gewissen prompt wieder los.

»Damit er seine Entscheidung wieder zurücknimmt und mich für immer verflucht?«

»Es ist nicht gut, alles auf Lügen aufzubauen.«

»Klugscheißer! Manche Leute muss man halt zu ihrem Glück zwingen. Und wenn da nur eine Lüge hilft? Why not?«

»Hmmm.«

Mein Gewissen hielt ausnahmsweise die Klappe. Der Punkt ging an mich, ha!

»Na klar übernehme ich die Regie. Sehr gerne sogar«, sagte ich diesmal laut.

Er lächelte. ER LÄCHELTE!!!

Wäre das hier ein Comic, sähe man jetzt hier eine große Rauchwolke und in ihrer Mitte eine Explosion als Abbild meines Innenlebens.

»Also, ich muss dann wieder«, sagte ich, um nicht noch in Wirklichkeit vor Freude zu explodieren.

Am Abend kam dann tatsächlich die große Ansage. Wir waren alle gerade mit den für uns typischen Essgewohnheiten beschäftigt. Rike starrte gebannt auf ihr Brot, als wären ihre Augen dazu in der Lage, die Kalorien verschwinden zu lassen. Sofia zelebrierte das klassische Ritual einer Magersüchtigen: Während sie ihr Brot lustlos in kleine Fetzen zerbröselte und dabei immer wieder unauffällig größere Krumen in der Serviette verschwinden ließ, hielt sie Kuimba einen Vortrag über die verschiedenen Sorten des deutschen Brotes. Kuimba aß und lauschte, wobei ich mir sicher war, dass sie nichts davon verstand. Und wenn, dann würde sie die Aktion mindestens so makaber finden wie ich, oder wie sollte man es nennen, wenn jemand vor dem besten Brot der Welt freiwillig verhungerte? Manu zog den linken Ärmel ihres Shirts so lang, dass ihre Hand nicht mehr zu sehen war, und war ansonsten damit beschäftigt, den Vortrag mit bissigen Kommentaren zu garnieren. Eddi saß bereits auf seinem Platz, wartete aber mit dem Essen wie immer auf Darius. Er nutzte die Zeit, um kleine Fussel und Staubkörnchen von seiner Hose zu pflücken und sorgfältig in die Serviette zu wischen.

Dann betrat Darius den Raum und blieb in der Mitte stehen. »Darf ich euch bitten, mir alle kurz zuzuhören«, sagte er mit einem feierlichen Unterton. »Ich habe ein Theaterstück geschrieben und schon mit der Klinikleitung gesprochen. Wenn wir genug Schauspieler zusammenbekommen, können wir es hier zusammen aufführen. Clara würde die Regie übernehmen. Sie hat viel Erfahrung, weil sie in unserer Schule einige Theaterstücke inszeniert hat. Wer Lust hat mitzumachen, bleibt einfach nach dem Essen noch ein paar Minuten da. Dann erzähle ich euch, worum es in dem Stück geht. Schön wäre es natürlich, wenn wir alle Rollen mit Patienten von unserer Station besetzen könnten.«

Es sind alle geblieben, außer Rike natürlich. Logisch, ein Theaterstück lebt von Sprache und der Lust, sich zu präsentieren. Beides sind nicht wirklich ihre Steckenpferde.

Dummerweise gab es sechs Rollen in dem Stück und ich wollte definitiv nicht gleichzeitig die Regie machen und auf der Bühne stehen. Ich hatte also mal wieder eine neue Aufgabe: Rike dazu bringen, bei dem Stück mitzumachen.

Wir setzten uns im Speiseraum in einen Kreis, und während Darius den Inhalt seines Stücks erzählte, schaute ich in die Gesichter der anderen. Manus blieb verschlossen, sie hatte die Arme vor ihrer Brust verschränkt, immer darauf bedacht, das linke Ärmelende fest in der Hand zu halten. Ihr ganzer Körper hing schlaff auf dem Stuhl, sodass ihre Füße wieder bis in die Mitte des Stuhlkreises reichten. Besser konnte man Desinteresse nicht demonstrieren und ich wunderte mich, dass sie überhaupt geblieben war. Eddi grinste die ganze Zeit. Sofia hing an Darius' Lippen. Ich denke mal, es ging ihr ähnlich wie mir. Wäre der Inhalt langweilig und nichtssagend gewesen, wäre sie genauso dahingeschmolzen. Und Kuimba schaute eher angestrengt, was kein Wunder war, denn es waren schwierige Wörter in Darius' Erzählung und er sprach viel zu schnell für sie. Er saß direkt neben mir, deshalb konnte ich ihn nicht sehen. Er wirkte aufgeregt, knibbelte an der Nagelhaut seines Daumens und wippte mit seinem rechten Fuß, während er sprach. Die Aktion schien die richtige Medizin gegen seine Depressionen zu sein. Er war wie ausgetauscht.

Theaterpillen! Vielleicht wäre das ja eine Geschäftsidee für mich. Damit hätte ich auch endlich die leidige Frage nach meiner Zukunft vom Tisch.

»Die Klinikleitung unterstützt uns und wir bekommen den Vortragssaal mit der kleinen Bühne. Was meint ihr, wollen wir morgen Abend schon mit den Proben anfangen?«, endete Darius seinen Monolog.

»Wow!« Sofia war die Erste, die reagierte.

»Das Ende ist cool. Den Rest finde ich ... scheiße.« Das war Manu.

»Warum?«, fragte Sofia fassungslos.

»Ist doch voll bescheuert. Was soll das?« Sie raffte sich aus ihrer lässigen Haltung auf und ahmte Darius' Sitzhaltung und seine Stimme nach: »Die Liebe in die Welt bringen ... So ein Bullshit!« Dabei wippte sie provokativ mit dem rechten Fuß und lutschte an ihrem Daumen. Echt coole Performance. »Jedes Buch, jeder Film ist voll mit dem Scheiß. Wird doch völlig überbewertet, der ganze Liebeskram.« Mit beiden Armen unterstrich sie wild gestikulierend ihre Worte und redete sich in Rage. Dabei rutschte ihr linker Ärmel hoch und in dem Moment sah ich sie zum ersten Mal, die Narben auf ihrem Unterarm. Eine stach deutlich hervor. Die musste neu sein. Manu ritzte sich also. Als sie meinen entsetzten Blick sah, zog sie blitzschnell den Ärmel wieder runter und umklammerte ihn fest mit der Hand. Wären ihre Augen eine Schussanlage, hätte sie mich jetzt durchlöchert.

»Aber Manu, wenn wir geliebt worden wären, wären wir doch alle nicht hier«, sagte Sofia vorsichtig.

»Ist das ein Spruch von Frau Dr. Rausch oder von Herrn Dr. Zander? Klingt eher nach Rausch«, sagte Manu.

»Das ist meine eigene Meinung«, sagte Sofia und ich konnte ihr ansehen, dass es ihr nicht leichtfiel, Manu etwas zu entgegnen, das nicht komplett unterwürfig war.

»Oh, seht mal, Sofia hat so etwas wie Selbstbewusstsein getankt! Ob das wohl von den lustigen Pillen kommt, die du neuerdings schlucken sollst? Ich werde Schwester Andrea fragen, ob ich auch was davon kriege.«

Noch ehe Sofia etwas antworten konnte, mischte sich Eddi ein.

»M-m-m-manu, d-d-d-du bist gemein. Die L-l-l-lieb-b-b-b…«

»Was weißt du denn von der Liebe, du kannst sie ja noch nicht mal aussprechen. Sag mal L L L I E I E I E B B B E E E E!« Dabei beugte sie sich zu Eddi und zog das Wort extrem in die Länge.

Eddi presste die Lippen aufeinander und strich mit beiden Händen über seine Oberschenkel, als hätten sich dort mit Manus Atem unzählige Bakterien niedergelassen.

»Du musst übrigens nicht mitmachen, Manu. Nur so zur Info«, sagte Darius.

Manu schaute auf ihre Füße und antwortete nicht.

Da meldete sich Kuimba zu Wort: »Ich nicht verstanden Geschichte«, sagte Kuimba. »Gibt es Happy End?«

»Nein«, antwortete Darius.

»Oh«, sagte daraufhin Kuimba und ihr Gesichtsausdruck machte mir Mut. Ich war also nicht allein mit meinem Frust über das Ende. Gemeinsam mit Kuimba würde ich für die Liebe kämpfen. Aber erst später. Erst mal musste alles in Gang kommen, dann wird unsere Stunde schlagen. Ich lächelte ihr zu.

»Ich finde das Ende gut«, sagte Sofia, was mich nicht wunderte und auch nicht zurückwarf. Sie wird immer auf Darius' Seite stehen. Dass das in der Natur der Liebe lag, war die Ironie dabei. »Ich finde es total lustig, dass Gott ein Burn-out hat. Wäre ich Gott, hätte ich auch einen mit Blick auf uns Menschen.«

»I-i-i-ch find's auch g-g-g-g-gut. V-v-v-v-vor allem weil ... ein anderes Ende ist n-n-n-n-nicht möglich.«

Das wurde mir dann doch zu viel und deshalb rutschte mir ein »Warum nicht?« heraus.

»W-w-w-weil ... weil schau d-d-d-dir doch d-d-d-die Welt an. Überall K-k-k-kriege und Hass.«

»Hey Leute. Wir machen Theater, keine Realität. Da darf man Träume wahr werden lassen.«

»Magst du das Ende nicht?«, fragte Darius.

»Na ja, also, wie soll ich sagen?« Mist, ich war zu weit gegangen.

»Sag's einfach«, sagte Darius.

»Für mich ist die Liebe nicht tot.« Jetzt war's draußen.

»Huuuuhuuuuuu!« Manu heulte auf wie ein pubertierendes Gespenst.

»Das hast du schön gesagt«, schwärmte Sofia, die vor lauter Liebe nicht wusste, wo sie hingehörte. War ja auch verdammt kompliziert, das alles.

»Und was schlägst du vor?«, fragte Darius.

»Gottes Liebende, also Romeo, Julia und Aphrodite, könnten am Ende Erfolg haben.«

»Auch eine gute Idee.« Sofia. Logisch. Wie gesagt …

»Und dann lieben sich alle Menschen am Ende?«, fragte Darius.

»Ja, warum nicht?«

»Huuuuhuuuuuu!«, heulte Manu wieder.

Gott, wie dieses Mädchen mir mittlerweile auf die Eierstöcke ging!

»Aber genau das Gegenteil möchte ich sagen mit meinem Stück. Menschen bleiben Menschen. Die Gier wird ihnen immer wichtiger sein als die Liebe.«

Eddi, Sofia und Manu nickten zustimmend, Kuimba und ich nicht. Kuimba wahrscheinlich, weil sie nichts verstand, und ich, weil mir das alles ganz entschieden gegen den Strich ging.

»Aber sollten wir nicht zeigen, wie es besser geht?«, fragte ich. »Eltern erziehen ihre Kinder ja auch nicht, indem sie in die Hose pinkeln oder sich vor Wut schreiend auf den Boden schmeißen.«

»Echt nicht? Meine Eltern tun das heute noch«, sagte Manu und lachte über ihren eigenen Witz.

»Für mich ist Theater Konfrontation und keine Erziehungsanstalt«, sagte Darius. »Wer sich dem nicht aussetzen will, kann sich ja einen amerikanischen Spielfilm anschauen.«

Ich ergab mich. Vielleicht war das ja eine der vielen Grenzen zwischen krank und eben doch nicht krank. Darius wollte sich immerhin aus dem Leben stehlen, weil ihn die Liebe enttäuscht hatte. Richtig gesund klang das nicht. Da lag noch ein hartes Stück Arbeit vor mir, wenn ich die Mission wirklich erfüllen wollte. Und das wollte ich. Ganz sicher! Wirklich superdumm gelaufen, dass ich mich hier wegen Magersucht hab einliefern lassen. Masochismus wäre die weitaus bessere Diagnose gewesen.

Da ich aber lieber ein trauriges Ende inszenierte als gar keins, sagte ich nichts mehr. Wir verabredeten noch, dass jeder das Stück bis morgen Abend lesen sollte und nach dem Abendessen die erste Probe stattfinden würde.

# 19

Der nächste Tag verging wie im Flug. Ich hatte am Vormittag Walken und Gruppentherapie, in der Darius ungewöhnlich wortreich von seinem Theaterstück erzählte, wie viel es ihm bedeutete und dass ihm die Aussicht auf eine Uraufführung hier in der Klinik neue Energie gegeben hätte. Wow! War ich gerade tatsächlich dabei, einem Depressiven die Depression auszutreiben?

Während der Mahlzeiten herrschte Stille im Speiseraum, weil alle das Manuskript lasen. Nur ab und zu hörte man jemanden lachen oder Papierrascheln. Da ich das Manuskript ja schon kannte, half ich Kuimba beim Lesen und Verstehen.

Natürlich mussten wir erst Schwester Andrea beim Mittagessen und dann auch Schwester Kathy am Abend dazu überreden, lesen zu dürfen, da wir Essgestörten uns ja eigentlich auf das Essen zu konzentrieren hatten. Doch wenn ich alles so gut könnte, wie Menschen zu etwas überreden, was ihnen eigentlich nicht gefällt, hätte ich jetzt ein 1,0-Abi in der Tasche. Nach einem dreiminütigen Monolog ohne Punkt und Komma nickten sie es ab, was wohl eher daran lag, dass sie endlich ihre Ruhe haben wollten, als an meiner lückenlosen Argumentation.

Der Vortragssaal gefiel mir auf Anhieb. Der helle Holzboden und die riesige Fensterfront strahlten Licht und Wärme aus. Es gab sogar einen Rang, auf den man über eine kleine Treppe rechts neben der Bühne kam. Von hier oben konnte man wunderbar die Bühne und den Zuschauerraum überblicken.

Rike hatte ich dazu ermutigen können, wenigstens an diesem ersten Abend dabei zu sein, wobei sie mir mit wenigen Worten zu verstehen gab, dass sie auf keinen Fall auf die Bühne gehen würde. Also überlegte ich, sie als Regieassistentin und für die Requisite einzusetzen, da würde sie vor allem gegen Ende der Probenzeit jede Menge zu tun haben und sich wahrscheinlich noch auf die Bühne sehnen.

Heute Abend mussten die Rollen verteilt werden. Eine heikle Sache! Für die Leitung einer Theaterproduktion bräuchte man eigentlich einen Master in Psychologie. Ich kann mich an Situationen erinnern, in denen ich in der Theater-AG heillos überfordert war, weil es immer Unzufriedene gegeben hatte. Die Rampensäue, weil sie zu wenig, und die Schüchternen, weil sie zu viel auf die Bühne mussten. Logisch also, dass ich nun vor dieser Aufgabe in einer Psychoklinik einen Heidenrespekt hatte.

Nachdem Eddi den Raum ausgiebig inspiziert und seinen Stuhl und alles drum herum so weit geputzt hatte, dass auch er endlich Platz nehmen konnte, fing ich an: »Ich habe mir schon Gedanken über die Rollenverteilung gemacht. Kuimba, was hältst du davon, wenn du Aphrodite spielst, und du, Darius, den Romeo.«

Kuimba und Darius nickten.

Cool. Guter Start.

»Ich würde gerne die Julia spielen«, sagte Sofia.

Zu früh gefreut. Das ging gar nicht!

Im Manuskript standen zwei Küsse, einer davon sollte sogar leidenschaftlich sein. Hallo? LEIDENSCHAFTLICH! Eher würde ich mir ein Bein abhacken, als diesen Kuss mit Darius und Sofia zu inszenieren. Ich stellte mir vor, wie ich direkt vor ihnen stand und Regieanweisungen gab: *Ja, den Arm ruhig noch fester um sie. Gut so. Und Sofia, bitte mehr Hingabe. Ja, so ist gut, ihr könnt gerne die Zungen benutzen, dann kommt es echter rüber.* NEIN! AUS! Ich wedelte mit meiner Hand vor meinem Gesicht, um das Bild zu verscheuchen.

»Clara?« Das war Sofia, die natürlich sehnsüchtig auf meine Zustimmung wartete.

»Da hätte ich einen anderen Vorschlag«, sagte ich möglichst ruhig. »Was hältst du von Amor?«

»Amor?«, fragte Sofia. Sie blickte mich an wie ein Hund, dem man das Stöckchen geklaut hatte.

»Warum?«, sagte Darius. »Ich finde es gut, wenn Sofia Julia spielt.«

Das saß! Dieser Satz in Kombination mit Sofias leuchtenden Augen war ein Schlag in die Magengrube. Wie erbärmlich! Da war ich meiner Dauerliebe bis in eine Psychoklinik gefolgt und nun sollte ihn wieder eine andere kriegen? Und das auch noch unter meiner Regie? Mir wurde übel. Dabei musste ich cool bleiben, irgendwas sagen, schließlich war ich die Regisseurin. Es war absurd. Vorher hatte ich Bedenken, ob man mit Psychos reibungslos Rollen verteilen konnte, und jetzt war ich, die vermeintlich einzige Gesunde unter ihnen, der größte Psycho.

»Ich finde das auch super«, sagte Manu, »denn auf Julia habe ich keinen Bock. Ich will auf jeden Fall Gott spielen.«

»Was für eine gute Idee!«, rief Sofia begeistert. »Du spielst bestimmt eine wunderbare Göttin. Kann ich mir super vorstellen bei deiner Ausstrahlung, weil ...«

»Nein«, schoss es viel zu vehement aus mir heraus. Ich wollte, dass Eddi Gott spielte, aber die Lautstärke des *Neins* galt natürlich nicht Manu, sondern dem in meinem Inneren ablaufenden Film, in dem Darius und Sofia knutschend hinterm Vorhang standen, weil ihnen der Kuss auf der Bühne nicht gereicht hatte.

»Warum nicht?«, fragte Manu.

»Weil ich glaube, dass Gott ein Mann spielen sollte. Ich fände es gut, wenn Eddi das machen würde.«

»Und ich dann?«

»Den Engel.«

»Den Engel? Bist du irre?« Manu guckte mich an, als hätte ich sie gebeten, Scheiße zu essen.

»Warum nicht?«

»Weil die Rolle mies ist. Dieser blöde Engel rennt nur durch die Gegend und versucht, den Anweisungen von Gott gerecht zu werden. Was soll das? Entweder spiele ich Gott oder niemanden.« Ich sah, wie sie kurz den Impuls hatte aufzustehen, es sich dann aber anders überlegte und stattdessen wieder im Stuhl runterrutschte.

Sie schaute ins Manuskript und fing an zu lachen.

»Was gibt's zu lachen?«, fragte Darius.

»Schaut mal, wie viel Text Gott hat.« Sie streckte uns eine Seite hin, Gottes Anfangsmonolog über die Lage seiner Schöpfung.

»Und das ist nur der Anfang.« Manu blätterte weiter und hielt die Stelle hoch, an der Gott mit seinen Liebenden über die Mission spricht.

»Hier, fast eine ganze Seite.«

»Und?«, fragte Darius genervt.

»Blöde Frage. Wollt ihr, dass das Stück drei Stunden dauert? Bis der ...« Sie zeigte mit dem Finger auf Eddi, ohne ihn anzuschauen. » ... den ersten Satz rausgekriegt hat, fallen die ersten Zuschauer in Tiefschlaf. Und den ganzen Monolog kriegt keiner mehr mit. Da wette ich!«

»D-d-d-d-das ist ... sei st-t-t-till!« Eddi war verständlicherweise außer sich.

Manu beugte sich vor und ließ das Manuskript auf den Boden fallen. Der laute Klatscher, der zu hören war, als es auf dem Boden aufkam, wirkte wie ein dreifaches Ausrufezeichen hinter ihren Worten.

Ich war stinksauer und statt nachzudenken, sagte ich: »Der Engel hat auch viel Text. Da haben wir dasselbe Problem.«

»Oh Mann«, stöhnte Darius und erst da merkte ich, dass ich in Manus Horn geblasen hatte. Fassungslos über mich selber schaute ich zu Eddi in der Hoffnung, dass er es vielleicht nicht gehört hatte. Der saß mit verschränkten Armen da und schaute vor sich auf den Boden.

»Eddi, ich finde, dass du Gott spielen solltest. Was meinst du? Schaffst du das?«, fragte ich ihn.

Eddi wollte etwas erwidern. Es war kaum auszuhalten, wie ihn sein Stottern daran hinderte. Immer wieder holte er neu Luft, setzte zum Sprechen an, benetzte nervös seine Lippen mit der Zunge. Dann endlich kam das erste Wort: »Ich ...!«

»Versuch es mit Trommeln«, sagte Sofia. »Das hat doch prima geklappt in der Gruppe. Komm, ich mach mit.« Und hilfsbereit, wie sie nun mal war, fing sie an, mit den Händen auf ihre Oberschenkel zu klopfen. Leider merkte sie nicht, dass sie Eddi damit eher nervte. Beherzt trommelte sie und nickte ihm aufmunternd zu. Eddi ging nicht darauf ein. Hektisch fuhr er mit dem Zeigefinger seiner rechten Hand die seitliche Jeansnaht entlang, auf und ab, auf und ab, vom Gürtel bis zum Knie.

»Okay, Eddi«, sagte Darius, nachdem Sofia endlich eingesehen hatte, dass ihr Versuch gescheitert war, und Ruhe gab. »Schüttele den Kopf oder nick einfach, ja?«

Er nickte.

»Willst du Gott spielen?«

Er schüttelte den Kopf.

»Den Engel?«

Kopfschütteln.

»Amor?«

Er schüttelte erneut den Kopf, stand auf und ging. Er verließ einfach den Raum.

»Ich würde mich mit einem amputierten Bein auch nicht bei einem Marathon anmelden«, sagte Manu, was Eddi zum Glück nicht mehr gehört hat.

Darius ist ihm dann hinterhergegangen und die erste Probe war zu Ende. Super!

»Manu muss weg, nicht Eddi«, flüsterte Rike in die Stille hinein, die in unserem Zimmer nach der Rückkehr von der Probe geherrscht hatte. Mich traf fast der Schlag. Noch immer war es eine Seltenheit, dass Rike von sich aus ein Gespräch anfing. Ich sah vom Manuskript auf, in das ich reinglotzte, ohne einen vernünftigen Gedanken fassen zu können. Vor lauter Schock darüber, ihre Stimme gehört zu haben, hatte ich nicht auf den Inhalt ihrer Worte geachtet und fragte deshalb: »Was hast du gesagt?«

»Manu muss weg, nicht Eddi«, wiederholte Rike. Sie lag wie immer auf ihrem Bett und schaute ihr Fotobuch an. Jetzt blickte sie zu mir und wartete auf eine Reaktion.

»Aber wie?«, fragte ich.

Sie zuckte mit den Schultern.

»Ich schäme mich so wegen meiner Bemerkung über Eddis Stottern«, sagte ich.

»Versteh ich.«

Idiotischerweise schämte ich mich mehr vor Darius als vor Eddi, weil ich Angst hatte, dass er nun schlecht über mich denken könnte. Aber das behielt ich für mich. Stattdessen sagte ich: »Warum hab ich ausgerechnet Manus Beleidigung aufgegriffen? So hatte ich das überhaupt nicht gemeint.«

»Passiert! Wir müssen Sofia aus Manus Klammer befreien. Ohne Volk ist sie machtlos.«

»Volk? Wie meinst du das«

»Sofia hat einen Bruder. Er wird von der Polizei gesucht. Manchmal nennt er einen Termin. Meistens nachts. Dann haut sie ab. Trifft ihn. Irgendwo im Wald. Hier in der Nähe. Das funktioniert nur mit Manu. Sie lässt sie danach wieder rein. Durch den Notausgang.«

»Woher weißt du das?«

»War selber mal im Treppenhaus, als es passierte. Das, was sie da gesagt haben und was ich aus der Gruppe weiß, musste ich nur zusammenpuzzeln.«

»Manu erpresst Sofia also?«

Rike nickte.

»Was für eine miese Nummer!«

»Und gefährlich.«

»Warum?«

»Wenn Manu nicht Gott spielen darf, wird sie das Projekt zerstören. Sie könnte aussteigen und Sofia zwingen, es auch zu tun.«

»Du hast recht. Und das ist wahrscheinlich nur eine ihrer tausend Zerstörungsfantasien.«

Ab dem Zeitpunkt wurde Rike mein Orakel. Immer wenn sie sprach, was selten vorkam, hatten ihre Worte ein unglaubliches Gewicht. Als stünde jedem Menschen eine bestimmte Menge an Wörtern mit Gehalt zur Verfügung. Wer viel sprach, musste es breitflächig streuen, wodurch jedes einzelne Wort entsprechend unwichtig wurde. Bei Rike dagegen war jedes einzelne Wort von Bedeutung.

# 20

Leider hatte ich am nächsten Tag bis zum Abend keine Möglichkeit, mich bei Eddi für meine Bemerkung zu entschuldigen. Das belastete mich. Aber ehrlich gesagt belastete mich die Aussicht, jetzt womöglich tatenlos zusehen zu müssen, wie zwischen Darius und Sofia eine Romanze entstand, noch viel mehr. Diesen Wahnsinn musste ich möglichst schnell im Keim ersticken. Nur wie?

Am Abend erschienen tatsächlich alle zur Theaterprobe. Auch Eddi.

Darius erzählte mir später, dass er zu Eddi gesagt hatte: »Wenn du nicht mitmachst, wird das Stück nicht aufgeführt.«

Seelenruhig holte Eddi ein sauber zusammengelegtes Tuch aus seiner Hosentasche, wischte damit über die Sitzfläche und Lehne seines Stuhls, schüttelte es möglichst weit vom Körper entfernt aus, faltete es wieder akkurat zusammen und steckte es schließlich zurück.

Manu schien seine ungewohnte Gelassenheit auch zu bemerken, denn während der Putzzeremonie zupfte sie noch hektischer als sonst an den Fäden ihres wie immer über die Hand gezogenen Ärmels herum. Und als Eddi sich endlich hingesetzt hatte, eröffnete sie sofort mit der Frage: »Und? Wer spielt jetzt Gott?«

»Ich!« war die spektakuläre Antwort von Eddi. Daraufhin verließ Manu polternd die Probe, bevor sie richtig begonnen hatte. Der Türknaller hallte noch eine Weile durch den großen Raum und ich fragte mich, ob Psychokliniken wohl extra eine Türenversicherung abschließen, um sich bei all der Wut finanziell nicht zu ruinieren. Sofia starrte auf die verschlossene Tür, als hoffte sie, dass sie sich gleich wieder öffnen und Manu zurückkommen würde.

»Wir streichen Amor«, entschied Darius kurzerhand und sprach damit aus, was die meisten von uns dachten.

»Es ist nicht schön, jemanden auszugrenzen«, sagte ich, aus Angst, Sofia könnte nun auch aufspringen und gehen. »Aber für eine Theaterproduktion braucht es nun mal Teamgeist und davon hat Manu leider zu wenig.«

»Schade um A-a-a-amor«, fand Eddi. »Seine Homo-s-s-s-sexualität gehört auch zum Thema Liebe.«

»Dann machen wir eben den Engel schwul«, schlug Darius vor.

»Und ich spiele ihn«, sagte ich.

»Gute Idee. Dann sind jetzt alle Rollen verteilt«, sagte Darius. »Ich spiele Romeo, Sofia Julia, Eddi Gott, Kuimba Aphrodite und Clara den Engel. Find ich gut.«

Ich schaute zu Sofia. Sie war viel zu ruhig für ihre Verhältnisse. Das fühlte sich nicht gut an. Rikes Worte über Sofia und Manu beunruhigten mich zunehmend. Was, wenn Sofia jetzt auch ausstieg? Dann müssten wir entweder auf den anderen Stationen nach Darstellern suchen oder das Theaterstück fände nicht statt. Dann gäbe es aber auch keinen Grund mehr, jeden Abend mit Darius zusammen zu sein. Das wäre ziemlich doof. Allerdings würden Sofia und Darius dann keine Kussszenen spielen. Das wäre mir wiederum recht. Darius könnte ohne den Antrieb durch sein Theaterstück allerdings schnell in seine Depression zurückfallen. Und das wäre blöd, denn es würde bedeuten, dass seine Liebesfähigkeit wieder bei null wäre. Mit seiner neuen Energie schätzte ich sie auf circa 75 %. Da ich noch nicht wusste, ob sein Herz für Sofia oder mich schlug, verteilte ich sie gerecht und so blieben mir immerhin 37,5 %. Das wären 37,5 % mehr als 0 %. Wenn ich's nicht selber erlebt hätte, würde ich es nicht glauben, dass ich durchs Abi gerasselt bin. Derart logisch betrachtet, musste ich also das Risiko auf einen Horrortrip eingehen und Sofia die Rolle der Julia kampflos überlassen. Nur mit der Aussicht auf Darius-Romeos Küsse würde sie sich vielleicht von Manu lossagen, würde Julia spielen, würde Darius vor der Depression bewahren und meine Hoffnung auf die 37,5 % am Leben erhalten. Doch warum hat er dann ...

»Ich möchte sagen etwas«, sagte Kuimba und bewahrte mich vor weiterer Hirnakrobatik. Sie hatte sich ihren neuen Tier-Seidenschal umgebunden, der mit den fröhlichen Farben überhaupt nicht zu ihrer Melancholie passte. Oder vielleicht sogar gerade besonders gut, weil der Kontrast beides extrem betonte.

»Ich habe gedacht. Über Theater. Über alles. Ich will ... singen. Liebeslied aus Afrika. Geht?«

»Ja. Natürlich«, sagte ich spontan. Sie summte die ganze Zeit. Die Vorstellung, eine ihrer vielen Melodien mal laut zu hören, fand ich super.

»Weißt du schon, welches?«, fragte Darius.

Kuimba nickte. »Ich zeigen, okay?«

Und dann stand sie auf und fing an zu singen. Einfach so. Es war unglaublich. Noch nie in meinem Leben habe ich so etwas Schönes gehört. Am Anfang sang sie zaghaft. Schüchtern. Doch dann entfaltete ihre Stimme sich und war so kraftvoll ... wirklich unbeschreiblich. Es war, als würde das ganze afrikanische Volk aus ihr singen. Wir saßen alle bewegungslos da. Ich hätte wetten können, dass nicht einmal geatmet wurde. Ein ungewohnter Anblick bei dieser Truppe, in der sonst ständig irgendwer in Bewegung war. In der letzten Strophe schloss Kuimba die Augen und war so in ihrem Element, dass ihre Stimme einmal kurz in der Höhe brach. Doch sie fing sich sofort wieder und sang noch kraftvoller weiter, was eigentlich gar nicht mehr möglich schien.

Als sie fertig war, setzte sie sich und lächelte verlegen. Langsam wagten wir anderen, wieder zu atmen. Rike nahm die Flechtarbeit an ihrem Zopf auf, den sie während des Liedes wie versteinert festgehalten hatte, und Darius wippte wieder mit den Füßen.

»Das ... das war wunderschön, Kuimba«, brach Sofia die Stille.

»Aphrodite kann nicht schöner gewesen sein und auch nicht schöner gesungen haben«, sagte Darius.

Spontan überfiel mich der Gedanke, dass ich nun eigentlich auch noch auf Kuimba eifersüchtig sein müsste.

Sie konnte nicht nur wundervoll singen, sie war auch tausendmal schöner als wir anderen Mädchen alle zusammen. Komisch, bei ihr klappte es irgendwie nicht mit der Eifersucht. Wahrscheinlich, weil Kuimba über uns allen schwebte. Sie lebte in ihrer eigenen Welt und war dadurch ungefährlich für mich. Das war zumindest meine Hoffnung.

»Ich würde mich sehr freuen, wenn du dieses Lied singst. Es wird sicher der Höhepunkt des Stücks«, sagte ich.

Anschließend verteilten wir die wichtigen Stellen von Amor und verpassten dem Engel zwei schöne schwule Textpassagen. Ich erntete große Lacher, als ich sie zum Besten gab. Danach machten wir für jede Rolle eine kurze Leseprobe. Eddi, der trommelnde Gott, klagte stotternd über den Untergang seiner Königsspezies und war dabei unglaublich komisch. Darius und Sofia lasen einen Dialog, zum Glück nicht die Kussszene, sondern die, in der sie sich darüber unterhalten, wie sie rein technisch die Liebe unter die Menschen bringen könnten. Die Regieanweisung im Text forderte eine *verführerische Geste* und Sofia-Julia zog spontan ihre schlabbrige Sommerhose bis zum Knie hoch und zeigte ihr entblößtes Bein. Das glich eher dem dünnen Stöckchen, das Hänsel der Hexe durch das Gitter reicht, um zu beweisen, dass er noch zu mager für einen Braten ist, als einem verführerischen Frauenbein. Ihr Augenaufschlag machte es nicht besser, aber dafür umso komischer.

»Hey, du denkst immer nur an das eine«, rezitierte Darius-Romeo den Text. Er kannte ihn natürlich schon auswendig. »Wir sollen nicht die Erotik unter die Menschen bringen, sondern die Liebe.«

»Und wie willst du das machen?«, fragte Sofia-Julia.

»Natürlich mit Gedichten.« Er stellte sich auf einen Stuhl und fing an, übertrieben theatralisch ein Liebesgedicht von Erich Fried zu rezitieren.

»Es ist Unsinn, sagt die Vernunft.

Es ist, was es ist, sagt die Liebe.

Es ist Unglück, sagt die Berechnung.«

»Romeo, damit hast du zu unserer Zeit punkten können, aber doch nicht mehr heute«, unterbrach Sofia-Julia ihn.

»So?«, fragte Darius-Romeo eingeschnappt und stieg vom Stuhl. »Hast du einen besseren Vorschlag?«

»Na klar!« Sofia-Julia rollte ihren Theatertext zusammen, hielt sich die Rolle wie ein Mikrofon vor den Mund und legte los:

»Yeah, Baby nimm meine Hand!
Ich hab alles schon gepackt.
Komm, wir beide gehen weg von hier.
Sieh, der Jet ist getankt.
Ich hab Geld auf der Bank
und noch jede Menge Plätze hier ...«

Sie sang den Rap von *Cro* noch ein bisschen schüchtern und leise, aber mit Regiewürze und Selbstbewusstsein würde die Szene der Hammer.

An diesem Abend hielt ich mich mit Korrekturen und Vorschlägen noch zurück, denn alle sollten erst einmal ein vages Gefühl für den Text bekommen. Das klappte hervorragend.

Anschließend klärten wir noch ein paar Requisitenfragen. Rike wollte die Erdenmenschen aus Pappe im Werkraum anfertigen und Kuimba und Eddi erklärten sich bereit, ihr dabei zu helfen. Rike zeigte uns eine Liste, auf der sie alle notwendigen Requisiten zusammengestellt hatte. Sie hatte sogar schon manche davon organisiert und zeigte uns stolz die Leiter, auf deren oberster Sprosse eine Gießkanne stand.

»Die Gießkanne ist für Gottes Tränen, das ist klar, aber wozu brauchen wir eine Leiter?«, fragte ich, woraufhin Rike verlegen aussah. Das tat mir leid, ich hatte vergessen, dass sie nur sprach, wenn wir allein waren.

»Natürlich!«, kam Darius ihr zu Hilfe. »Gott sitzt oben auf der Leiter und schaut auf uns herab. Rike, du bist genial!« Rike nickte und mir wurde flau im Magen.

»Aber ich geh da nicht rauf«, sagte ich.

Rike schaute mich fragend an, schließlich vermittelte der Engel zwischen Himmel und Erde, also in dem Fall zwischen Bühnenboden und oberster Leitersprosse.

Ich zuckte schnell mit den Schultern und tat so, als sei mir nur was Dummes rausgerutscht, weil ich, nachdem diese Probe im Vergleich zur ersten so extrem gut verlaufen war, das Ende nicht verkorksen wollte. Und wer weiß, vielleicht würde sich ja mein Höhenangstproblem an Ort und Stelle in Luft auflösen, ich war schließlich in einer Klapse.

# 21

Abends im Bett sprach Rike mich dann auf die Leiter an. Sie hatte meine Reaktion natürlich auf sich bezogen. So tickt sie nun mal, denkt immer, dass sie einen Fehler macht. Deshalb habe ich ihr meine Gruselgeschichte vom Kölner Dom erzählt.

Mein Vater und ich hatten uns nach unserem Auszug ein halbes Jahr lang nicht gesehen, ich war knapp acht Jahre alt. Dann hat er mich für ein Wochenende nach Köln in seine neue Wohnung geholt. Unsere alten Möbel, die Bilder, sein Bücherregal ... all die vertrauten Dinge waren in dieser fremden Wohnung. Sie gehörten da nicht hin. Er gehörte da nicht hin. Und ich auch nicht. Es war alles falsch und ich fühlte mich, als hätte man mich mitten im Dschungel allein und orientierungslos zurückgelassen. Ohne Navi!

Am Sonntagmorgen schlug er einen Ausflug zum Kölner Dom vor.

»Es ist mein absoluter Lieblingsort«, hat er gesagt und erzählt, dass er oft als Kind mit Oma und Opa auf dem Turm gewesen war, und welch Skandal es wäre, dass er ihn mir noch nie gezeigt hätte.

»Bei dem Wetter kann man vielleicht bis zu deinem neuen Zuhause sehen«, schwärmte er.

»Ostfriesland ist nicht mein neues Zuhause«, antwortete ich trotzig, weil ich wusste, dass ich ihm damit eine Freude machte.

Wir kraxelten dann im Gleichschritt hintereinander den Turm hoch und zählten dabei laut die Stufen. Alle Menschen, die uns entgegenkamen, mussten gedacht haben, dass wir ein glückliches Team wären. Nach 386 Stufen kamen wir zu der Plattform, wo die neue Treppe anfängt. Sie besteht aus Eisengitter und man kann durch die Stufen nach unten schauen. Je höher man geht, desto tiefer blickt man. Und gleich bei der zweiten oder dritten Stufe merkte ich, dass etwas nicht stimmte. Mein Herz begann zu klopfen, mein Atem ging schneller und irgendwie drehte sich plötzlich alles in meinem Kopf.

»Papa?«

Er war nicht mehr neben mir. Ich hielt mich am Geländer fest, schloss die Augen und versuchte, mich Stufe für Stufe nach oben zu ziehen. Aber irgendwann ging es einfach nicht weiter. Allein die Vorstellung, dass ich in die Tiefe blicken *könnte,* trieb mir den Schweiß auf die Stirn. Plötzlich legte sich eine Hand auf meine Schulter und eine weibliche Stimme fragte mich, ob es mir gut ginge.

Ich schüttelte den Kopf.

»Kind, du zitterst ja. Wo sind deine Eltern?«

Ich schüttelte wieder den Kopf oder immer noch, keine Ahnung. Ich wollte einfach nur noch von dieser Treppe runter.

»Hat sie einen epileptischen Anfall?«, fragte jemand.

Eine andere Stimme sagte: »Wir müssen einen Arzt rufen.«

»Sie hat Höhenangst. Komm, Mädchen«, ging ein anderer Mann dazwischen. Zwei kräftige Arme packten mich, jemand löste meine Finger vom Geländer, was nicht einfach war, weil ich mich mit ganzer Kraft festgekrallt hatte, und trug mich runter auf die Plattform. Ich kriegte das alles nur verschwommen mit. Erst als ich auf dem Steinvorsprung saß, fing ich wieder an, die Außenwelt wahrzunehmen. Mein Herz hörte auf zu rasen und mein Atem wurde ruhiger.

»Danke«, stammelte ich.

»Da nich für«, sagte der Mann. Er war etwa so alt wie mein Vater und drei Kinder standen um ihn herum und betrachteten mich mit großen Augen.

»Papa, was hat das Mädchen?«

»Sie hat Höhenangst.«

»Was ist das?«

»Das erkläre ich dir später.« Und an mich gewandt: »Bist du allein?«

»Nein, mit meinem Papa. Er ist wahrscheinlich schon oben.«

»Soll ich hier unten mit dir warten?«

»Nein, nein, der kommt bestimmt gleich. Vielen Dank.« Und dann ging der Mann mit seinen drei Kindern die Gittertreppe nach oben. Eins an jeder Hand und das kleinste hing wie ein Rucksack auf seinem Rücken. Was für ein Bild! Wenn da nicht die entsetzliche Treppe gewesen wäre, hätte ich mich einfach hinten drangeklemmt und mich für immer zum Mitglied dieser Familie erklärt.

Ich wartete bestimmt eine halbe Stunde auf meinen Vater. Dabei stellte ich mir vor, wie er die von ihm so sehr geliebte Sicht in sich aufsog und es ihn gar nicht störte, dass ich nicht neben ihm war, es ihm womöglich noch nicht einmal aufgefallen war. Auf den Gesichtern der Rückkehrer sah ich die Freude über den gerade genossenen Ausblick. Sie alle waren diese verdammte Gittertreppe hoch- und wieder runtergelaufen, als wäre es das Normalste auf der Welt. Groß, klein, dick, dünn, deutsch, italienisch, amerikanisch, doof, nett, intelligent, dumm ... die ganze Welt lief diese scheiß Gittertreppe hoch und wieder runter, nur ich nicht. Und da kam es mir auf einmal so logisch vor, dass mein Vater nicht mehr mit uns zusammenwohnte. Ich war einfach eine Enttäuschung. Hätte ich die Wahl gehabt, hätte ich auch gerne weit weg von mir gewohnt.

Als er dann kam, mit einem Strahlen im Gesicht, und mich auf dem Vorsprung sitzen sah, rief er schon von oben: »Clara! Da bist du ja. Ich habe dich gesucht!«

Wirklich? Eine halbe Stunde lang? So richtig glauben konnte ich das nicht, sagte aber nichts.

»Und? War das nicht umwerfend?«, fragte er mich, als er bei mir angekommen war.

»Ja«, sagte ich nur.

So endete unser erstes Wochenende mit einer Lüge. Er hatte tatsächlich geglaubt, dass ich auch oben gewesen war.

Nachdem ich Rike die Geschichte erzählt hatte, setzte sie sich auf meinen Bettrand und legte ihre Hand auf meinen Oberschenkel. Sie sagte nichts, saß nur ruhig da und schaute aus dem Fenster in die Nacht. Die unzähligen Zöpfe hingen kreuz und quer von ihrem Kopf herunter. Sie waren ungleichmäßig dick und auch nicht alle gleich fest geflochten, sodass sie aussah wie ein Punk.

»Lebst du immer noch in Ostfriesland?«

»Nein, meine Mama und ich sind nach drei Jahren zurück nach Köln gezogen.«

»Und dein Vater? Lebt der auch noch in Köln?«

Kurz zögerte ich, weil ich nicht wusste, was ich darauf antworten sollte, und sagte dann: »In der Nähe.«

»Siehst du ihn jetzt öfter?«

»Nein.« Da mir das Thema unangenehm war, wechselte ich es schnell: »Sag mal, warum sprichst du ausgerechnet mit mir und mit all den anderen nicht?«

Als Antwort bekam ich nur ein Achselzucken. Ob sie es wirklich nicht wusste oder nicht sagen wollte, habe ich an diesem Abend nicht mehr erfahren, denn sie hat sich wieder komplett in sich selbst zurückgezogen und ins Bett gelegt. So ist sie. Schonungslos ehrlich.

# 22

Am nächsten Morgen traf ich meinen Vater nach der Visite.

»Magst du nachher mal zu mir raufkommen? Ich habe was für dich.«

Ein Handy!, schoss es mir sofort durch den Kopf und gleichzeitig wunderte ich mich, wie wenig mir das Teil gefehlt hatte. Mama würde sich ein zweites Loch in den Bauch darüber freuen, dass ich endlich von der Handyabhängigkeit geheilt war. Obwohl, dann würde sie erfahren, dass ich die Handy- gegen die Magersucht getauscht hatte. Nicht gut!

Trotzdem hätte ich mich über eins gefreut, schon allein, weil es ein Geschenk von meinem Vater gewesen wäre, das er mir außerhalb von Weihnachten oder Geburtstag machte, und vor allem zur Abwechslung mal eins, das mir gefallen hätte.

Ich wollte gleich nach der Laufgruppe zu ihm gehen. Während ich mich durch die Vormittagshitze plagte, ließ ich die Geschenke vor meinem inneren Auge Revue passieren, die mir mein Vater im Laufe der Zeit hatte zukommen lassen. Unangefochtener Sieger der schlimmste-Geschenke-aller-Zeiten-Medaille war eindeutig der Wollpulli, der so sehr kratzte, dass im Vergleich dazu ein

Nickerchen auf einer ausgekippten Packung Reißzwecken kuscheliger gewesen wäre. Den zweiten Platz teilten sich sämtliche Bücher, die, wie er auf den beiliegenden Karten jeweils bekundet hatte, in meinem Alter zu seiner Lieblingslektüre gezählt hatten: *Wilhelm Meisters Lehrjahre* von Goethe oder Gedichte von Gottfried Benn. Da klappten mir allein schon beim Lesen der Klappentexte die Augen zu. Ich entwickelte richtig Angst davor, seine Geschenke zu öffnen. Gibt es einen Namen für die Phobie vor pädagogisch wertvollen Geschenken? Aber wenn er mir jetzt wirklich ein Handy schenken sollte, wäre das der Hit und ich wäre durchaus bereit, die jahrelange Piesackerei mit Goethe und seinen Freunden zu vergessen.

Nachdem ich geduscht hatte, fuhr ich zu ihm rauf.

Sein Arbeitszimmer war so verraucht, dass ich erst einmal ausgiebig husten musste.

»Hier bin ich«, sagte ich, als der Hustenanfall vorüber war und ich ihn hinter all dem Qualm ausgemacht hatte. Mein Vater stand auf und holte eine Tüte aus seiner alten Ledertasche.

»Hier. Ich war gestern in der Stadt und da habe ich das für dich gefunden. Ich hoffe, es gefällt dir.«

Das war kein Handy! Sowohl Form als auch Gewicht deuteten darauf hin, dass sich darin mal wieder mindestens zwei, wenn nicht drei Bücher befanden. Noch gab ich die Hoffnung nicht auf. Konnte ja immerhin Literatur über sinnvolle Handynutzung sein und das Handy kam dann ein paar Minuten später aus einer anderen Tüte. Man wird ja wohl noch träumen dürfen.

Ich holte die Bücher aus der Tasche und las die Titel:

*Geschichten aus dem Hungerland – Magersüchtige berichten*
*Mathematik – Fit fürs Abi*

»Freust du dich nicht?«, fragte er.

Scheinbar waren mir meine Gesichtszüge entglitten.

Freuen? Über ein Mathe- und ein Magersuchtsbuch? Vielleicht würde mein Matheabi ja tatsächlich irgendwann noch stattfinden – vermutlich aber erst in einer Zukunft, deren Entfernung ich derzeit nicht abschätzen konnte. Hier und jetzt war Mathe so weit von mir entfernt wie die Steinzeitmenschen von einem Handy. Und meine Magersucht? Die war eine Lüge, geboren aus einer in Camembertgestank und Langeweile getränkten Laune heraus! Wie sehr hätte ich mich über ein Handy gefreut oder über irgendetwas, das aus Professorensicht eine sinnfreie Freude gewesen wäre.

Doch anstatt zu wüten, zu heulen, meinem Vater meine Enttäuschung vor die Füße zu kotzen, hörte ich mich sagen: »Doch, ich freu mich.«

Mein Vater nahm seine Pfeife und klemmte sie sich in seinen rechten Mundwinkel. Wenn er daran zog, zischte es leise.

»Wenn du Fragen hast, kannst du jederzeit kommen«, nuschelte er.

Das Telefon klingelte.

Er legte seine Pfeife zurück auf ihr Holzbänkchen und schaute auf das Display.

»Aaaah, sehr gut! Du, Clara, entschuldige mich bitte. Auf den Anruf warte ich.« Mit der rechten Hand deutete er ein Winken an und griff mit der linken zum Telefon.

»Meisner ... Ja, danke, dass Sie zurückrufen ...«

Meine Audienz war beendet. Um zwei Bücher und eine Enttäuschung reicher verließ ich das Zimmer. Erst draußen merkte ich, wie meine Augen von dem Rauch brannten. Ich ging ins Gästezimmer und schmiss die Bücher unter das Bett.

Trotz und Wut kamen in mir auf. Ich fand es plötzlich geradezu lachhaft, dass ich, achtzehnjährig, noch immer um die Zuneigung meines Vaters buhlte. Wie bescheuert war das eigentlich? Und warum war das übrigens umgekehrt nicht der Fall?

Auf dem Weg zurück zur Station beschloss ich, meinem Vater zu zeigen, was in mir steckte. Er sollte endlich erkennen, wie viel reicher sein Leben gewesen wäre, wenn er es mit mir geteilt hätte. Die anstehende Regiearbeit war die perfekte Gelegenheit dafür.

# 23

Am nächsten Tag wurde ich Zeugin einer legendären Gruppenstunde. Wir saßen wie immer im Kreis und Frau Moniak fragte Darius, ob er heute von sich erzählen wollte, er hätte das letzte Mal etwas angedeutet.

»Ich bin bereit«, sagte er.

»Soll ich Fragen stellen oder magst du einfach anfangen?«, fragte Frau Moniak.

»Ich erzähl einfach«, sagte Darius und räusperte sich.

»Vor sechs Wochen habe ich mich freiwillig in die Geschlossene eingewiesen. Vorher hatte ich mir eine Flasche Rum und Rasierklingen gekauft und bin damit in den Wald gegangen. Das schien mir der beste Ort, weil ich da keinen Dreck hinterlassen würde, den jemand hätte wegwischen müssen.«

Er sprach ruhig und flüssig und schaute dabei auf seine Hände, die in seinem Schoss lagen und hin und her ruckelten, weil er, wie so oft, mit seinem rechten Bein wippte.

»Ich saß im Wald, die Flasche schon offen, die Rasierklinge in der Hand, das war ... ich kann es schlecht beschreiben. Es war eigenartig, plötzlich das zu tun, wonach ich schon so lange Sehnsucht hatte. Und dann hatte ich plötzlich einen komischen Gedanken: Der Tod ist so schrecklich endgültig. Was, wenn das Leben doch noch etwas Schönes für mich bereithielt? Ich würde es nicht mehr erleben.«

Er schaute unsicher in die Runde, um sich zu vergewissern, dass wir auch alle zuhörten. Das taten wir.

»Ich hätte etwas getan, das für immer gewesen wäre. Nicht mehr rückgängig zu machen. Das hat mich plötzlich total eingeschüchtert. Na ja. Ich hab dann so eine Art Quiz gemacht: Wenn ich drei Dinge finde, für die es sich zu leben lohnt, habe ich mir gesagt, dann würde ich es nicht tun.«

Ausgerechnet jetzt machte er eine Pause. Das war schlimmer als jeder Cliffhanger, den ich aus Serien kannte. Wie ich das hasse! Alle hingen an seinen Lippen, sogar Manu schien aus Versehen interessiert zu sein.

»Ich hab sie gefunden. Es hat gedauert, aber ich habe sie gefunden. Also habe ich den Deckel wieder auf die Rumflasche gedreht, die Rasierklinge zurück in die Packung gesteckt und bin mit dem Bus direkt hierhergefahren. Eine Woche war ich auf der Geschlossenen, seitdem bin ich hier.«

Er schwieg wieder und ich biss mir fast die Zunge ab, um nicht nach den drei Antworten zu fragen.

»Kannst du dich an den Moment erinnern, als deine Traurigkeit anfing?«, fragte Frau Moniak.

Und dann ging's erst richtig los. Unglaublich. Er fing an, von seiner Vergangenheit zu erzählen, als hätte sich ein Pfropfen gelöst, wodurch alles rausfloss, was sich in ihm angestaut hatte. Er sprach von der Zurückweisung durch Nina. Sie sei der Auslöser für die Krise gewesen, aber nicht die Wurzel. Die war seine Mutter. Sie hatte Depressionen und sich wie eine Nichtschwimmerin an ihn geklammert. Am Morgen brachte sie ihn zur Schule und mittags stand sie immer schon davor, kurbelte ungeachtet der Temperaturen das Fenster ihres Wagens runter und rief über das ganze Schulgelände seinen Namen, sobald sie ihn am Eingang entdeckte. Oft stellte er sich vor, mal einen anderen Ausgang zu nehmen und einfach für einen ganzen Nachmittag abzuhauen, im besten Fall sogar mit Klassenkameraden rumzuhängen, was in seiner Vorstellung dem Himmelreich gleichkam. Doch dann wäre sein Wissen um die Mutter, die nach ihm Ausschau gehalten und sich gewundert hätte, wo er blieb, und dann immer verzweifelter nach ihm gerufen hätte, so unerträglich gewesen, dass er täglich aufs Neue die Schmähungen, den Gang über den Schulhof unter den Blicken der feixenden Klassenkameraden, über sich ergehen ließ, tapfer und unglücklich.

»Ich war ihre einzige Verbindung zum Leben. Hätte ich sie enttäuscht, wäre sie in die nächste Depression gerutscht. Und das war die Hölle!«

Seine Stimme ist im Laufe der Erzählung immer leiser geworden. Jetzt beugte er sich so weit vor, dass er sich mit den Ellbogen auf seinen Oberschenkeln abstützen musste.

»Und dann passierte es«, flüsterte er fast. Wir alle beugten uns wie auf Kommando auch nach vorne, um ihn besser hören zu können.

»Ich war zehn Jahre alt und habe meine Mutter bekniet, ins Landschulheim mitfahren zu dürfen. Fünf

Tage Landschulheim! Für sie ein Albtraum! Aber mein Vater unterstützte mich zum ersten Mal und unterschrieb und zahlte alles. Am Morgen der Abfahrt war meine Mutter ungewöhnlich fröhlich, herzte mich und wünschte mir viel Glück. Auf meine Frage, ob sie ohne mich auskommen würde, drückte sie mich an ihre Brust und beteuerte, dass sie glücklich sei, wenn ich es bin. Ich glaubte ihr und hab's getan, habe sie zurückgelassen. Ich fühlte mich frei wie nie. Während ich auf der Klassenfahrt einfach mal ein ganz normaler Junge war, auf dem Bolzplatz, am See und abends am Lagerfeuer das Leben genossen habe, nahm sich meine Mutter mit einer Überdosis Schlaftabletten das Leben. Als ich am nächsten Morgen beim Frühstück saß, holte mich mein Vater ab.«

»Darius«, sagte Frau Moniak vorsichtig, als von Darius nichts mehr kam. »Du weißt schon, dass du am Selbstmord deiner Mutter keine Schuld hast, oder?«

»Ja, theoretisch weiß ich das, nur das Herz und die Psyche sind davon noch nicht so ganz überzeugt.«

»Das ist nachvollziehbar. Aber auch die beiden werden das irgendwann verstehen.«

In der nun herrschenden Stille wurde mir klar, dass ich gerade den Ursprung vom Ende des Theaterstücks gehört hatte. Seine Mutter war seine erste große Liebe gewesen, sie hatte ihn erst erdrückt und dann auf eine Weise bestraft, wie es wohl schlimmer nicht ging. Wenn er mit Nina Ähnliches erlebt hatte, war für ihn ein Happy End so weit entfernt wie für eine Magersüchtige eine entspannte Tortenschlacht.

# 24

Beim Abendessen herrschte eine eigenartige Stimmung. Sofia starrte die ganze Zeit auf ihren Teller und mied jeden Blickkontakt mit mir, Manu war ein personifizierter Eisblock und Darius entwickelte sich in genau die andere Richtung. Er schien regelrecht aufzublühen. Einmal hörte ich ihn sogar lachen. Als ich zu ihm rüberschaute, sah ich, wie er Eddi ausgelassen auf die Schulter klopfte und auf ihn einredete.

Und als wir uns dann im Probenraum versammelten, fehlte Sofia. Kuimba hatte Sofias Niedergeschlagenheit während des Essens auch bemerkt. »Sie nicht gute Laune. Was passiert?«, fragte sie.

»Vielleicht kommt sie einfach nur ein bisschen später«, sagte ich, befürchtete aber, dass Manu sie erfolgreich auf ihre Antiseite gezogen hatte.

Während wir noch ein wenig warteten, wurde Darius immer nervöser. Ich konnte ihn verstehen. Wenn das so weiterging, hätten wir zwar eine super Lektion in Sachen Irrenhaus gelernt, würden das Stück aber nie zur Aufführung bringen.

»Ich geh sie holen«, sagte ich, stand auf und verließ den Probenraum. Entschlossen lief ich durch den Gang zum Zimmer von Manu und Sofia und klopfte. Es kam keine Antwort. Vorsichtig öffnete ich die Tür. Manu lag auf dem Bett und Sofia saß neben ihr auf der Bettkante. Sie wollte gerade damit anfangen, Manus Handgelenk zu verbinden, das mit frischen Schnitten übersät war.

»Darf ich reinkommen?«

Sofia sah Manu an. Manu sah mich an.

»Was willst du?«, fragte sie, entriss Sofia die Hand, setzte sich auf und versteckte ihren Arm, so gut es ging, unter der Bettdecke.

Ich betrat das Zimmer. Es sah genauso aus wie unseres. Die gleichen Möbel, die gleiche beige Wandfarbe und das gleiche Kruzifix in der Ecke. Nur rund um Manus Bett herrschte Chaos. Klamotten lagen auf dem Boden und ihr Nachttisch war übersät mit Zeitschriften, zusammengeknüllten blutigen Taschentüchern und diversen Tuben und Flaschen.

Ich fragte vorsichtig Sofias Rücken: »Kommst du nicht zur Probe?«

Sie schüttelte den Kopf.

»Warum nicht?«

»Ich muss mich um Manu kümmern. Es geht ihr nicht gut.«

»Die Probe dauert höchstens zwei Stunden, dann bist du wieder zurück.«

»Ich will aber nicht.« Mit diesen Worten holte sie Manus Arm unter der Bettdecke hervor und fing mit dem Verbinden an. Währenddessen schaute Manu mich mit einem kaum wahrnehmbaren Lächeln an, das sich lediglich in ihren Mundwinkeln abspielte. Ihre Augen blieben dabei kalt.

»Gut«, sagte ich. »Kommst du dann, wenn du fertig bist? Ich kann ja auf dich warten.«

Geschickt wickelte Sofia den Verband um Manus Arm, einmal, zweimal, monoton, ruhig.

»Du hast doch gehört, was sie gesagt hat. Sie wird heute nicht zur Probe kommen«, sagte Manu, »und morgen und übermorgen auch nicht. Macht euer scheiß Stück allein.«

»Aber du wolltest doch so gerne, Sofia«, sagte ich und starrte auf Sofias Rücken, als könnte ich mit meinem Blick einen Angelhaken auswerfen und sie damit ködern. »Du warst total begeistert von dem Stück. Das hast du doch gestern noch gesagt. Was ist denn passiert?«

»Ich habe es mir anders überlegt«, sagte Sofia, ohne mit dem Verbinden aufzuhören.

Ich gab mir einen Ruck und benutzte die einzige Waffe, die ich hatte, obwohl sie auch auf mich selbst gerichtet war: »Aber du wolltest doch Julia spielen. Darius spielt Romeo. Ich meine, bist du nicht in ihn verliebt? Was könnte dir Besseres passieren? Und er hat gerade eben noch mal betont, dass du die ideale Julia bist.«

Kurz hielt sie inne und hob leicht den Kopf. Ich hatte getroffen, aber nicht mitten ins Schwarze. Der Moment des Zögerns dauerte nicht viel länger als ein Blinzeln. Sofort fuhr sie mit ihrer Wickelbewegung fort und wiederholte: »Ich habe es mir anders überlegt.«

Sofia war tatsächlich Manus Schoßhündchen. Nicht nur, weil sie ihr dabei half, Kontakt mit ihrem Bruder zu halten, sondern auch, weil Sofia den Charakter eines Schoßhündchens hatte. Wie hatte Manu sich in der

Werkstatt ausgedrückt? *Sofia leidet lieber selber, als anderen Leid zuzufügen.* Die Schlange Manu wusste das bestens auszunutzen.

Mir war klar, dass ich hier nichts ausrichten konnte, blieb aber trotzdem wie gefesselt stehen.

»Noch was?«, fragte Manu scharf. »Du hast doch gehört, was sie gesagt hat.«

»Ja, aber ich kann's nicht glauben.«

»Dann glaub es eben nicht. Egal. Hauptsache, du verpisst dich.«

Ich wollte nicht ohne Sofia zurückkommen, wollte mir diesen Misserfolg nicht eingestehen. Außerdem würde es dann heute keine Probe geben, Darius' Stimmung – und nicht nur das –, das ganze Projekt wäre gefährdet. Stocksteif blieb ich in der Tür stehen.

Sofia war fertig und Manu strich mit ihrer linken Hand über den schneeweißen, ordentlich angelegten Verband.

»Zu fest?«, fragte Sofia.

»Nein, ist prima. Danke, dass du das gemacht hast.« Manu umarmte Sofia, indem sie sanft ihre Arme um ihre Schulter legte und sie zu sich zog. Auf die Weise konnte sie mich ungehindert an Sofias Kopf vorbei mit einem Blick bombardieren, der den Sieg in sich trug. Zeitgleich flüsterte sie mit Engelsstimme in Sofias Ohr, was einmal mehr deutlich machte, was für eine manipulative Hexe sie ist: »Gott meint es endlich einmal gut mit mir, weil er dich an meine Seite gestellt hat.«

Hier brodelte die Psychosuppe auf derart hoher Temperatur, dass ich keine Chance hatte. Das sah ich endlich ein und verpisste mich.

Im Probenraum waren Darius und Eddi gerade damit beschäftigt, den ersten Gottmonolog zu proben, und Rike und Kuimba sahen ihnen gebannt zu. Hier schienen also alle noch an das Projekt zu glauben.

»Sofia ist ausgestiegen«, sagte ich. Daraufhin setzten wir uns in unseren Stuhlkreis und ich erzählte ihnen von der eigenartigen Stimmung, in die ich gerade reingeplatzt war, und von der Aussichtslosigkeit, Sofia wieder für uns zurückzugewinnen.

»Nicht gut«, sagte Kuimba.

Eddi fing an zu klopfen und sagte kurz darauf: »Warum spielst du nicht die Julia, Clara? Für den Engel f-f-f-finden wir vielleicht jemanden auf einer anderen S-s-s-station.«

»Nein!«, sagte Darius und wirkte selber erschrocken über seinen scharfen Ton. Etwas weicher schickte er hinterher: »Clara muss sich auf die Regie konzentrieren, sie kann nicht so eine große Rolle übernehmen.«

Danke, Darius, du hättest mir auch gleich deine Faust in den Magen rammen können. Instinktiv umschlang ich meinen Bauch mit meinen Armen, beugte mich leicht nach vorne und schaute auf den Boden, damit die anderen meine Enttäuschung nicht sehen konnten. Sie diskutierten über die Möglichkeit, auf den anderen Stationen eine Julia zu suchen. Ich hörte nicht zu, sondern surfte auf meiner Frustwelle noch mal zurück in Sofias Zimmer und stellte mir ihren schmächtigen Rücken mit den langen Haaren vor, ihre Bewegungen beim Verbinden, ihre tiefe Stimme, mit der sie mir die Absage erteilt hatte. Sofia war nett. Lieber kümmerte sie sich um andere als um sich selbst. Wahrscheinlich war das ihre Hauptklatsche, abgesehen von ihrer Magersucht. Ansonsten war sie ein verschüchtertes blasses Mädchen, das einem die Ohren blutig plappern konnte, wenn sie nicht gerade von Manus Diktatorengehabe kleingehalten wurde. Was fand Darius an ihr? Was hatte sie, was ich nicht hatte?

»Clara?«

Darius' Stimme holte mich zurück in den Probenraum. »Geht's dir gut?«

»Jaja, alles gut. Bin nur traurig, dass wir heute nicht proben können.«

»Ja, ich auch«, sagte Kuimba und sogar Rike nickte. Das brachte mich auf eine Idee. Um die Tatsache, dass ich in Darius' Augen eine schlechte Julia war, konnte ich mich später kümmern, jetzt musste ich erst einmal das Theaterstück retten!

»Sag mal, Rike, was ist mit dir? Magst du nicht die Julia übernehmen?«

Rike schaute mich an, als hätte ich eine Waffe auf sie gerichtet. Sie hob sogar kurz ihre Arme wie in einem Western und schüttelte heftig den Kopf.

Und dann ging der Gaul mit mir durch. Der Gaul, der allen beweisen sollte, wie toll ich bin. Vor allem Darius und meinem Vater. Ich wollte, nein: Ich musste die Situation mit aller Gewalt retten. Jetzt. Sofort. Ohne Rücksicht auf Verluste.

»Aber warum denn nicht, Rike? Du siehst doch, dass wir hier ein Problem haben. Du hast gerade genickt, findest es also auch schade, dass wir nicht proben können.«

Sie schaute und flocht hektisch Haarsträhnen. Ich konnte den Schrei »Hör auf!« in ihren Augen lesen. Aber ich war mitten im Galopp.

»Mit mir sprichst du doch auch!«

»Sie will nicht«, sagte Kuimba.

Doch ich hörte nicht auf sie. Im Gegenteil, ich gab dem Gaul noch die Sporen: »Dann spricht Julia eben nicht. Sie könnte doch im Himmel stumm geworden sein. Ist ja sicher ziemlich traumatisch, so ein Tod. Da fällt dir doch bestimmt was ein, Darius, oder?«

»Äääh, ja, also ...« Darius fühlte sich überrumpelt. Kuimba summte und Rike flocht ihre Zöpfe, was mich schier wahnsinnig machte.

»Rike, komm, überwinde dich!«

In dem Moment verließ Rike den Raum. Nach einer kurzen Pause gingen auch Kuimba und Eddi. Mein Gaul machte eine Vollbremsung und ich landete unsanft auf dem steinernen Boden. Völlig benommen wartete ich darauf, dass Darius auch gehen würde. Aber er blieb.

»Da waren es nur noch zwei«, sagte er. »Was war das gerade?«

Ich zuckte mit den Schultern, konnte ihm ja schlecht sagen, dass er und Sofia meinem Gaul die Peitsche gegeben hatten.

»Ich ...«, sagte er, sprach aber nicht weiter.

»Du was?«

»Ach nichts. Ich will nur unbedingt dieses Theaterstück aufführen.«

»Ich auch«, flüsterte ich. In zwei von drei Proben hatte ich Mist gebaut. Eine stolze Bilanz! Ich sollte vielleicht langsam mal kapieren, dass ich nicht Darius' Spott, sondern seine Liebe wollte. Warum gab es noch keine Funktion, mit der man sich einfach umprogrammieren konnte? Einfach ein paar Tasten und Hebel bedienen und schon war man ein anderer Mensch. Traumvorstellung! Tja, so weit war die Menschheit noch nicht, also musste ich mit den beschränkten Mitteln weitermachen, die ich zur Verfügung hatte: Ich fing an zu heulen.

Darius setzte sich neben mich. Mein Blut, mein Herz, mein gesamter Organismus gerieten in Wallung. In meinen Ohren tobte ein Orkan. Dann legte er seine Hand auf meinen Rücken.

Die Tatsache, dass Darius mich zum ersten Mal in einer Klinik und nicht an einem romantischen Ort anfasste, nachdem ich Scheiße gebaut und nicht etwas Geniales gemacht hatte, während ich heulte und nichts Tiefsinniges sagte oder ihn verliebt anlächelte ... das alles hatte so dermaßen nichts mit dem zu tun, wie ich es mir Jahr für Jahr vorgestellt hatte, dass mein Heulkrampf sich noch verschlimmerte. Ich klang wie ein kleines Mädchen, dem man die Schippe weggenommen hatte und das zudem auch noch hungrig, vollgepieselt und völlig übermüdet war. Quasi die Totalkatastrophe!

»Magst du erzählen?« Oh Mann, der Typ schaffte es sogar, über meinen wirklich beeindruckend lauten Heulkrampf hinweg zärtlich zu klingen.

»Ach, es ist ...«, schniefte ich.

»Jetzt wirst du verdammt noch mal ehrlich sein. Sonst beiße ich dir ein Loch in den Bauch und posaune alles raus«, drohte mein Gewissen. Es hatte sich direkt in mein linkes Ohr gesetzt, sodass ich regelrecht zusammenzuckte.

»Untersteh dich!«

»Ich tu's, das ist mein letztes Wort!«

Mir fiepte das Ohr, als hätt ich drei Stunden neben der Box in einem Technoclub gestanden. Scheiße, ich drohte, die Chance meines Lebens in den Sand zu setzen.

»Jetzt hör auf mit dem Selbstmitleid und mach ausnahmsweise mal was richtig.«

»Was denn? Wie denn?«

»Sei ehrlich!«

Also gut. »Ich bin so doof«, schluchzte ich. »Ich bin eine so verdammt große, saudoofe, superblöde, dumme Kuh.«

»Wow, das war mal ehrlich«, sagte mein Gewissen.

»Hey, das stimmt doch gar nicht«, sagte Darius. »Du warst heute mit Rike nicht besonders geschickt, aber das kriegen wir wieder hin. Jetzt komm.«

Er nahm mich in die Arme. HALLO???? ER NAHM MICH IN DIE ARME!!!

Ich hörte augenblicklich mit dem Heulen auf. Ich spürte seinen Atem an meinem Hals und musste mich darauf konzentrieren, nicht in Ohnmacht zu fallen. Ich atmete ein paarmal tief ein und aus. Er roch so gut, so verdammt gut!

Ein.

Aus.

Er hielt mich einfach nur fest. Mein Gott, noch nie hatte sich ein Heulkrampf so gelohnt!

Nachdem ich den Ohnmachtsanfall weggeatmet und

mein Hirn wieder eingesetzt hatte, stand ich vor dem nächsten Problem: Ich musste etwas sagen, meinen Rike-Auftritt und meine Heulerei irgendwie erklären.

»Ich hatte heute Therapie und seitdem ist mein Leben ein bisschen durcheinander«, flüsterte ich leise in sein Ohr, das jetzt direkt neben meinem Mund war.

Das war immerhin die Wahrheit, wenn auch etwas übertrieben, denn wenn mich etwas durcheinanderbrachte, dann diese Umarmung. Dagegen war die Entdeckung der Zärtlichkeit bei meinem Vater ein Fliegenschiss.

»Clara, du bist ein besonderes Mädchen. Das darfst du niemals vergessen, hörst du?«

Totalblockade!

Er ließ mich los und wischte mit seiner Handfläche die Tränen aus meinem Gesicht, was meine Blockade nur noch mehr blockierte.

»Hast du das verstanden, Clara?«, hakte er nach.

Ich nickte und sah ihn durch meine verheulten Augen an.

»Magst du erzählen, was passiert ist in der Therapie?«

Ich schüttelte den Kopf. Denn egal, was ich erzählen würde, es war alles irgendwie auf Lügen gebaut. Und diesmal wollte ich auf mein Gewissen hören. Dieses eine Mal wollte ich ehrlich sein.

»Kannst du dich erinnern, was ich erzählt habe über die drei Dinge, für die es sich zu leben lohnt?«

Ich nickte.

Wir saßen uns gegenüber und hatten beide unsere Hände in den Schoß gelegt. Er gefaltet, ich die Handflächen auf den Oberschenkeln. Ich drückte meine Hände fest gegen meine Beine, um dem Impuls zu widerstehen, sie in seine zu legen.

»Da ist einmal das Schreiben. Das habe ich erst im letzten Jahr entdeckt und es wäre schade, wenn ich das nicht weiter verfolgen würde.«

»Das wäre es wirklich.« Ich hatte meine Stimme wiedergefunden, wenn sie auch etwas kläglich klang. »Und was noch?«

»Mein Vater ist zwei Jahre nach dem Tod meiner Mutter nach Amerika ausgewandert. Er hat sich neu verliebt. Ich lebe seitdem bei seinem Bruder und dessen Frau. Das ist okay. Aber ich habe nie mit meinem Vater über den Selbstmord meiner Mutter gesprochen. Eigentlich habe ich mit ihm nie über irgendetwas gesprochen. Und das möchte ich gerne noch tun.«

»Versteh ich.« Kurz überlegte ich, ob ich ihm von meinem Vater erzählen sollte. Vielleicht könnte ich damit so eine Art Seelenverwandtschaft heraufbeschwören. Aber ich ließ es bleiben, weil ich Angst hatte, mich zu verplappern und mein Lügengebäude zum Einstürzen zu bringen.

»Das dritte Thema ist ein bisschen albern.«

»Sag schon.«

»Das Theaterstück. Ich hatte das meiste davon schon vor der Klinik geschrieben. Und als ich da im Wald saß, mit dem Rum und der Rasierklinge, fand ich es plötzlich so vergeudet, es nicht aufzuführen.«

»Es hat dich gerettet?«

»Ja, sozusagen.«

»Und wenn wir es aufgeführt haben, bringst du dich dann danach um?«

Er hat zum Glück verstanden, dass ich einen Witz machen wollte, und lachte.

»Nein, erst, wenn ich mit meinem Vater gesprochen und noch einen Roman geschrieben habe.«

»Cool, das dauert dann ja noch ewig«, sagte ich und lachte auch.

»Clara«, sagte er zärtlich und beugte sich zu mir vor. Er zauderte kurz in seiner Bewegung, das spürte ich, als kämpfte er gegen eine innere Sperre an.

Und dann hat er es einfach getan. Er hat mich geküsst! Vorsichtig, zaghaft und nur ganz kurz ...

Viel zu kurz!

Viel zu schnell rückte er von mir ab und seine Augen hatten ihren sanften Ausdruck verloren. Er saß kerzengerade auf dem Stuhl. Sein Mund war zusammengekniffen, als wehrte er sich gegen den Geschmack unseres Kusses.

Ich berührte seinen Arm. »Was ist mit dir?«

Er schüttelte den Kopf und presste die Lippen noch fester aufeinander.

»'tschuldigung«, sagte er, stand auf und ging.

Ich starrte fassungslos auf die Tür und beobachtete, wie er sie langsam, sehr langsam schloss, als sei er sich selber nicht ganz sicher, ob dieser Abgang wirklich angebracht war.

Da war es nur noch eine.

Ich saß da wie ein verkrüppeltes Fragezeichen und hatte wirklich absolut keine Ahnung, was da gerade passiert war.

Ich blickte auf die Gottesleiter, die Eddi und Darius für die Probe gegen die Wand gelehnt hatten, und fragte mich, wieso Gott diese verdammte Liebe nur so entsetzlich kompliziert gemacht hat. In der Tierwelt paart man sich und aus die Maus. Und wir Menschen? Wir machten daraus ein solches Affentheater, dass einem echt schlecht werden konnte!

# 25

Irgendwann erwachte ich aus der Starre und machte mich auf den Weg in mein Zimmer – zu Rike. Ich hatte mich ihr gegenüber mies verhalten und musste mich entschuldigen. Ich hatte zwar überhaupt keine Lust, an irgendetwas anderes zu denken als an den Kuss und den eigenartigen Abgang, aber ich konnte ja schlecht im Probenraum schlafen, also musste ich da jetzt durch. Als ich mich durch den Gang schleppte, begegnete ich niemandem, nicht einmal einer Krankenschwester. Als hätte sich die bleischwere Stimmung über das ganze Haus gelegt. Bei unserer Tür angekommen, öffnete ich sie vorsichtig. Rike lag wie immer auf ihrem Bett und schaute sich ihr Fotobuch an. Sie hatte die Beine aufgestellt und das schwere Buch gegen ihre Oberschenkel gelehnt. Auf ihrem Leuchtwecker sah ich, dass es erst halb zehn war, dabei fühlte es sich an wie Mitternacht, so erschöpft war ich. Draußen tauchte das Abendlicht den Himmel in ein sanftes Orange, das so gar nicht zu meiner Stimmung passte. Ich schloss die Tür leise hinter mir und blieb dagegengelehnt stehen. Rike tat so, als bemerkte sie mich nicht. Mir wollten einfach keine Worte für eine gute Entschuldigung einfallen. Ich starrte ihren Buchrücken an und hoffte, dass sie vielleicht zuerst etwas sagen würde. Aber das passierte nicht. Schließlich setzte ich mich auf mein Bett, zog die Beine zu mir ran und schaute aus dem Fenster. Tausend Gesprächsanfänge, der Geschmack des Kusses, das Bild von Darius' Abgang, alles zusammen schwirrte wie unzählige Flummis durch meinen Kopf, die überall anstießen und kreuz und quer schossen.

Als Rike plötzlich umblätterte, erschrak ich. Das hatte sie bisher noch nie getan. Ich schaute zu ihr rüber und sie betrachtete seelenruhig die neue Seite.

»Rike«, sagte ich endlich, aber wie erwartet kam keine Reaktion. »Ich möchte mich bei dir entschuldigen. Es war nicht richtig, was ich vorhin getan habe.«

Rike schloss ihre Augen etwas länger, als man für ein gewöhnliches Blinzeln brauchte. Dann heftete sie sie wieder auf ihre Buchseite. Das war für ihre Verhältnisse schon eine komplexe Folge an Reaktionen und ermutigte mich dazu weiterzusprechen.

»Ich war einfach nicht gut drauf, weißt du. Diese ganze Theatergeschichte, die Absage von Manu und Sofia. Das stresst mich total.«

Ihr Schweigen fühlte sich nicht gut an. Rike war die Einzige, die mir geblieben war, und ich brauchte sie an meiner Seite. Ich wollte, dass sie mir verzieh. Jetzt. Sofort. Und da war er wieder, dieser Lügenreflex. Ich konnte gar nichts dagegen tun. Die Lüge drängte nach oben, als wäre sie ein eigenes Lebewesen, das nicht zu kontrollieren war.

»Klappe halten!«, rief mein Gewissen.

»Und deshalb hab ich vorhin das Essen wieder ausgekotzt«, sagte ich etwas zu laut, um mein Gewissen niederzubügeln. »Das erzähle ich aber nur dir. Bitte verpetz mich nicht.«

Ich spürte, wie mein Gewissen in meiner Magengrube vor Wut kochte. Kein Wunder. Dachte es doch eben noch, das Unmögliche erreicht und mich endlich im Griff zu haben.

Wieder einmal hat mich eine Lüge direkt ins Ziel gebracht. Das ist es, was Lügen so verführerisch macht.

Rike klappte das Buch zu und legte es im Zeitlupentempo an das Fußende ihres Bettes. Dann setzte sie sich auch auf, sodass wir uns gegenübersaßen. Allerdings ohne einander anzusehen, denn sie schaute auf den Schrank.

Sie räusperte sich, als würde sie ihre unterforderten Stimmbänder wachrütteln. Dann sagte sie: »Warum hast du das gemacht?«

»Ich wollte das Theaterstück retten, hatte Angst, dass es den Bach runtergeht, was jetzt wahrscheinlich der Fall sein wird. Nach dir sind alle anderen auch gegangen.«

Sie nickte. Die Versöhnung schien zum Greifen nah. Doch dann legte sie sich hin und drehte mir den Rücken zu. Das Gespräch wird doch wohl noch nicht beendet sein! Am liebsten wäre ich zu ihr gegangen, um sie zu schütteln, zu provozieren, bis irgendwas aus ihr rauskam. Selbst Wut wäre mir lieber gewesen als dieses Nichts.

Doch dann fing sie plötzlich an zu sprechen: »Ich will ja helfen. Wirklich. Aber ich kann nicht. Selbst wenn Julia stumm wäre, könnte ich das nicht.«

Sie stoppte wieder. Durch das T-Shirt zeichneten sich

ihre Wirbel ab und ihr Beckenknochen ragte hervor. Sie war viel zu dünn. Ihr schmächtiger Körper lag da wie ein schutzloser Embryo und ich stand auf, setzte mich an ihren Bettrand und legte meine Hand auf ihren Oberschenkel, so wie sie es bei mir schon mal gemacht hatte. So saßen wir eine Weile da.

Draußen verschwand das Orange langsam. Von Rikes Bett aus konnte ich den Mond sehen, der hell und groß am Himmel stand. Ich blickte auf das Buch, das jetzt zugeklappt an ihrem Fußende lag.

»Warum schaust du dir immer dieses Buch an?«, fragte ich.

»Ich liebe Vögel.«

Stünde Rike eine Reinkarnation bevor, würde sie tatsächlich als Vogel wiedergeboren, da war ich mir sicher. Natürlich nicht als Schwarmvogel, sondern als einer, der allein seine Kreise zog und alles aus der Ferne beobachtete.

»Ich würde gerne fliegen können, die Welt von oben sehen«, sagte sie.

»Ja, das wäre schön«, sagte ich. »Einen Überblick haben.«

»Schön weit weg sein von allem.«

»Die anderen Menschen ganz klein unter uns.«

»Wie Ameisen.«

»Und unsere Probleme lassen wir auch unten.«

»Klar, die sind eh viel zu schwer zum Fliegen.«

Wir lachten und Rike drehte sich auf den Rücken.

»Komm«, sagte sie plötzlich und stand auf. »Ich zeig dir was.«

Und mit diesen Worten nahm sie meine Hand und zog mich hinaus auf den Gang. Wir liefen durchs Treppenhaus nach oben, an der Wohnung meines Vaters vorbei und noch ein Stockwerk höher zum Dachboden. Die Tür war verschlossen, aber Rike zog eine EC-Karte durch den Schlitz und öffnete sie.

Der Dachboden war riesig und komplett leer. Durch die vielen kleinen Dachluken schien der helle Mond und hüllte den leeren, von Balken durchzogenen Raum in ein kaltes Graublau. Unglaublich, die Klinik hatte sogar ihr eigenes Gruselkabinett. Der ideale Ort für Monster, Geister oder eben Irre. Mir schauderte und ich fragte mich, ob mein Vater von diesem Dachboden wusste und vor allem von der Tatsache, wie leicht man hineinkam.

In der hintersten Ecke führten vier Stufen zu einer weiteren Tür. Während ich mich noch völlig berauscht von diesem Ort überall umsah, ging Rike zu der kleinen Treppe. Die Stufen knarzten, als wehrten sie sich gegen ihre Füße. Ich folgte ihr. Rike öffnete auch diese Tür im Handumdrehen mit der EC-Karte. Als ich über die Schwelle trat, verschlug es mir den Atem. Der Blick von hier oben war unglaublich. Wir standen auf dem Dach der Klinik und hatten einen Rundumblick in die Nacht. Lediglich die Lichter des Hauses und die Laternen der kleinen Zufahrtsstraße funkelten von unten zu uns herauf. Ansonsten herrschte auf allen übrigen Seiten tiefe Finsternis, als schwebten wir Psychos in unserer Klinik ganz allein auf einem Lichtplaneten durch das All.

Rike breitete ihre Arme aus und drehte sich im Wind. Leise, ganz leise fing sie an zu lachen und wurde immer lauter und drehte sich immer schneller. Irgendwann bestand sie nur noch aus wild umherfliegenden Haaren, die von der vielen Flechterei kleine Wellen hatten. Schwankend blieb sie plötzlich stehen und lächelte mich an. Mir fiel auf, wie wunderschön sie sein könnte, wenn sie nicht so entsetzlich dürr wäre. Ihr Lachen hatte, wie ihre Worte, aufgrund der Seltenheit etwas Magisches.

»Es ist schön hier«, sagte sie und ging zum Rand des Daches. Mir wurde allein beim Zuschauen schon schwindelig. »Geh nicht zu dicht ran!«, rief ich.

Doch sie ging immer weiter. Ich folgte ihr ein paar Schritte, aber weit kam ich nicht. Die Angst lähmte meine Beine. Von hier sah es aus, als würde Rike bereits mit den Fußspitzen über dem Abgrund schweben, und ich bekam Panik.

»Es ist schön hier!«, rief sie noch einmal, diesmal viel lauter. Dabei breitete sie die Arme aus.

»Rike! Bitte komm zurück.«

Sie drehte sich zu mir um, allerdings nur mit dem Oberkörper.

»Komm her. Wenn man ganz nah an der Kante steht, ist es, als würde man fliegen.« Sie drehte sich wieder zurück und ich hielt die Luft an. Meine Höhenangst nagelte mich fest. Ich hätte keine Chance, sie am Fliegen zu hindern. Ich könnte nur zusehen.

»Was ist?«, hörte ich sie rufen. »Kommst du?«

Ich schüttelte den Kopf, wissend, dass sie es nicht sah, aber die Panik hatte meine Kehle zugeschnürt.

Plötzlich nahm Rike ihre Arme runter und drehte sich zu mir.

Ich hielt die Luft an. Jetzt lässt sie sich fallen und ich stehe hier wie festgewurzelt. Unfähig. Tatenlos.

»Stimmt ja. Deine Höhenangst. Die hatte ich völlig vergessen«, sagte sie irritierend locker. Nach diesen Worten kam sie auf mich zu.

Ich atmete aus, und als sie vor mir stand, drückte ich sie an mich, als wollte ich sie für immer festhalten. »Ich hatte Angst, dass du springen würdest.«

»Ich springen? Nein. Mein Leben ist schwierig. Aber ich glaube daran, dass es mal weniger schwierig wird.«

Ich ließ sie los. Wir standen uns gegenüber und der Wind verwebte unsere Haare miteinander.

»Was an deinem Leben ist schwierig?«

Sofort fing sie wieder mit dem Flechten an. Es war unglaublich, mit welcher Geschicklichkeit sie trotz des Windes einen Zopf anfertigte. Dabei presste sie die Lippen aufeinander und schaute auf ihre flinken Finger. Vorsichtig griff ich nach einer Hand und löste sie von dem gerade fertig geflochtenen Zopf. Sie wehrte sich, weil sie noch die wenigen Haare, die am Ende übrig geblieben waren, mit den Fingern zwirbeln wollte, wie sie es immer tat, damit der Zopf nicht wieder aufging. Eine Filztechnik, die ich noch nie bei jemandem gesehen hatte. Als sie damit fertig war, gab sie mir ihre Hand und ich führte sie zu dem Schornstein, der einzigen Erhöhung auf dem riesigen Flachdach. Dort setzten wir uns in den Windschatten.

Unser Blick ging über die Wälder, die unsere Irreninsel umschloss. Dunkler Wald bis zum Horizont, der im Mondschein wie ein sanfter Teppich aussah. Der

Schornstein gab die gespeicherte Wärme der Sonne ab und wärmte unsere Rücken.

»Was ist an deinem Leben schwierig?«, wiederholte ich meine Frage.

Rike flocht ihr Haar, allerdings auffällig langsam wie in Zeitlupe, und fing an zu erzählen:

»Ich war ein Moppelchen, wie meine Oma mich immer nannte. Ich war elf oder zwölf. Da haben mich zwei Klassenkameradinnen gefragt, ob ich mit ihnen zum Shoppen gehen würde. Ich bräuchte mal einen BH, haben sie gesagt. Alles in mir sträubte sich. Aber ich wollte nicht Nein sagen. Fühlte mich auserwählt. Konnte es nicht glauben, dass sie mich gefragt haben. Ich hab meine Ängste und meine Scham weggedrückt und bin mit. In der Umkleide war ich nicht in der Lage, mich auszuziehen.

›Willst du den BH über dem Pulli anprobieren oder was?‹, machte sich die eine über mich lustig.

Es war erniedrigend. Ich schwitzte. Ich stank. Ich starb.

›Nun mach schon‹, drängelte die andere.

Angeekelt von mir selber zog ich mich aus und probierte die BHs an, die sie mir gaben. Die Dinger sahen alle schrecklich aus an mir. Viel zu klein. Überall quoll das Fett hervor und ich fühlte mich eingezwängt. Nach gefühlten hundert BHs habe ich dann einen gekauft, damit Schluss war. Er war hässlich und zu eng. Ich wollte einfach nur noch nach Hause und mich unter meiner Bettdecke verkriechen.

Am nächsten Morgen in der Schule lachten alle eigenartig. Und in der Pause zeigten Schüler mit dem Finger auf mich. Dabei kannte ich viele gar nicht. Erst zu Hause habe ich den Grund entdeckt. Sie hatten ein Foto von mir aus der Umkleide ins Netz gestellt.«

Rike machte eine Pause und ich sah ein dickes Mädchen mit einem viel zu kleinen BH im grellen Licht einer Kaufhausumkleide vor mir. Grauenvoll.

»Ich war tagelang die Lachnummer der Schule. Das war schlimm, aber noch schlimmer war das Gefühl, zwei Freundinnen verloren zu haben, die ich nie hatte.«

»Hast du danach mit dem Sprechen und dem Essen aufgehört?«

Sie nickte.

»Was ist aus den beiden Mädchen geworden?«

»Sie gehen noch in meine Schule. Allerdings sind sie mittlerweile eine Klasse über mir. Ich bin sitzen geblieben.«

Wir saßen eine Weile schweigend nebeneinander und betrachteten den Himmel. Der Wind hatte sich etwas gelegt und der Mond war hinter den Bäumen verschwunden, wodurch die Sterne noch heller leuchteten.

»Da! Eine Sternschnuppe!«, rief Rike. »Wir dürfen uns was wünschen!«

Ich will mit Darius ein Happy End im realen Leben, dachte ich.

»Was hast du dir gewünscht?«, fragte Rike.

»Das darf man doch nicht verraten, sonst geht es nicht in Erfüllung.«

»Manchmal geht ein Wunsch erst in Erfüllung, wenn man ihn ausspricht«, sagte Rike. »Soll ich dir meinen sagen?«

»Na gut.«

»Ich habe mir gewünscht, deine Freundin zu sein.«

»Ich auch«, log ich völlig selbstverständlich.

»Du lügst.«

»Nein, Ehrenwort. Das habe ich mir gewünscht«, behauptete ich.

»Cool. Ein Doppelwunsch geht bestimmt in Erfüllung.«

»Ganz sicher«, sagte ich und war gerührt von dieser kindlichen Vorstellung.

»Du bist unverbesserlich«, mischte sich mal wieder mein Gewissen ein.

»Sie rutschen einfach immer raus, diese Lügen.«

»Schluck sie halt vorher runter.«

»Geht nicht. Und außerdem machen Lügen das Leben oft so viel einfacher. Haste ja grad gesehen.«

»Wird sich alles rächen.«

»Oh Mann. Dann mach du halt was dagegen.«

»Ach, jetzt soll ich auch noch dran schuld sein.«

»Hab ich nicht gesagt. Aber du bist doch mein Gewissen. Du schimpfst immer erst hinterher.«

»Und wie soll ich das deiner Meinung nach tun?«

»Vorher abfangen und aufessen. Weiß auch nicht. Denk dir was aus.«

»Du bist gut. Dann wäre ich nach spätestens drei Tagen fett wie ein Mastschwein.«

»Du bist fies.«

»Nein, nur ehrlich.«

»Streber.«

»Immer das letzte Wort haben, was?«

»Du doch auch.«

»Nein du.«

Der Klügere gibt nach, dachte ich mir und schwieg.

Nachdem Rike und ich eine Weile den Himmel nach Sternschnuppen abgesucht hatten, vertraute ich ihr meine Liebe zu Darius an. Quasi als Freundschaftsbeweis, um meinen fehlenden Wunsch auszugleichen. Den Kuss verschwieg ich ihr noch, weil ich Angst hatte, ihm durch Worte den Minirest an Zauber zu nehmen, den mir Darius' eigenartiger Abgang gelassen hatte.

»Hab ich mir gedacht«, sagte Rike, als ich fertig war.

»Warum?«

»Jeder, der nicht blind ist, denkt sich das.«

»Scheiße!«

Wir mussten beide lachen.

»Ich mag das Ende vom Theaterstück auch nicht«, sagte Rike.

»Echt? Warum sagst du es dann nicht?«

»Warum wohl?«

»Schreib es auf einen Zettel, wenn du nicht sprechen willst.«

»Nein, es ist sein Stück.«

»Schon, aber ich hab mir trotzdem mal ein anderes Ende ausgedacht. Vielleicht zeig ich's ihm und er lässt sich überzeugen.«

»Erzähl.«

»Wirklich?«

»Na klar!«

»Also gut, pass auf. Wenn Gott sich von der Menschheit abwendet, sich seinem Burn-out hingibt und das kleine Planschbecken vollweint, kommt Kuimba auf die Bühne. Allerdings diesmal nicht als Aphrodite, sondern ganz normal, wie Gott sie geschaffen hat.«

»Und dann?« Rike sah mich aufmerksam an.

»Dann singt sie ihr Lied, woraufhin Gott mit dem Weinen aufhört und zu ihr runterkommt. Nicht Gott, nicht seine Liebesboten und auch keine Gelehrten retten die Welt, sondern ein ganz normales Mädchen, mit der Kraft seiner Sehnsucht.«

»Clara, das ist genial. Das wird Darius gefallen, da wette ich.«

In dem Moment hörten wir das Knarzen der Tür. Instinktiv rutschten wir näher zusammen. Zum Glück saßen wir im Schutz des Schornsteins, sodass man uns von der Tür aus nicht sehen konnte. Schritte näherten sich.

Dann hörten wir eine Stimme: »Mama, hier ist Manu.«

Rike und ich sahen einander an. Ausgerechnet Manu! Den Geräuschen nach zu urteilen, setzte sie sich direkt hinter uns, an die andere Seite des Schornsteins.

»Wie geht es dir?«

Manus Stimme überraschte mich. Von der Härte, mit der sie ihre Attacken auf uns niederschmetterte, war nichts zu hören.

»Wirklich, Mama? Bitte ... nein ... pass auf. Du musst ihn ... Mama, jetzt hör mir doch mal zu. Du musst ihn rausschmeißen. Wenn er dich wieder geschlagen hat, dann musst du ... Mama, bitte ... nein ... nicht weinen.«

Da sprach eine total andere Manu. Warm, fürsorglich, empathisch. Unglaublich!

»Schütte das Zeug in den Abfluss ... nein, ich kann hier

nicht weg ... aber wenn ich's dir doch sage. Ich muss hierbleiben, Mama. Ich kann nicht ... Doch, doch, nein, mach dir keine Sorgen. Mir geht es gut. Wirklich ... Ja, ich schwör's dir. Kümmere dich lieber um dich! Schütte die Flaschen ... bitte ... nicht weinen, Mama. Ich hab dich ... ja, ich dich auch ... schließ von innen ab. Bitte Mama, versprichst du mir das? ... Mama ...«

So ging das noch eine Weile. Eine tröstende, absolut liebenswerte Manu versuchte, ihre Mutter zu beruhigen. Das war doch mal ein großartiger Beweis dafür, dass ein böser Mensch niemals nur böse und wahrscheinlich ein guter Mensch auch niemals nur gut ist.

Als das Gespräch beendet war, hörten wir Manu weinen. Per Handzeichen fragte ich Rike, ob wir sie trösten gehen sollten. Doch Rike schüttelte den Kopf und hatte damit wahrscheinlich recht. Womöglich hätte sie sich sofort wieder in die alte Manu verwandelt und das wollte ich hier oben auf dem Dach wirklich nicht erleben.

Sie blieb nicht mehr lange. Als wir ihre Schritte und kurz darauf die Tür hörten, ließ sie Rike und mich stumm und bewegt zurück.

Wir gaben uns unseren Gedanken hin und sprachen nur miteinander, wenn wir eine Sternschnuppe sahen. Logisch, dass ich mir gleich bei der zweiten eine Freundschaft mit Rike wünschte.

»Bist du jetzt zufrieden?«, fragte ich mein Gewissen.

»Na gut, ich streich die Lüge von der Liste. Obwohl eine weniger ehrlich gesagt nicht auffällt.«

Rike und ich saßen einfach nur da. Ich hatte noch

nie mit einem Menschen so lange Zeit schweigend verbracht. Wenn eine Freundin bei mir übernachtet hatte oder umgekehrt, hatten wir immer bis zum Morgengrauen geschwätzt, als wäre ein schweigendes Miteinander eine Niederlage gewesen, sogar der Schlaf. Nicht so in dieser Nacht. Im Gegenteil. Es war, als hätte das Schweigen unsere Freundschaft besiegelt.

Der Versuch, die Stille zu nutzen, um das Chaos in meinem Kopf zu ordnen, war erfolglos. Ich war immer noch voller Fragezeichen. Dicke, fette, knallrote Fragezeichen.

»Rike, was meinst du?«, brach ich die Stille. »Warum tun Menschen oft das Gegenteil von dem, was sie fühlen?«

»Schwierig. Gib mal ein Beispiel.« Jetzt flocht sie drei dünne Zöpfe zu einem dicken Zopf, eine Variante, die ich noch nicht kannte.

»Zum Beispiel Darius. Er hat mich geküsst. Spontan. Ist einfach so passiert. Kurz. Dann ist er abgehauen, ganz schnell, als hätte er den Kuss bereut.«

»Wann war das?«

»Vorhin, als ihr alle aus der Probe gegangen seid.«

»Da hat er wohl kurz seinen Schutzmantel geöffnet.«

»Wie meinst du das?«

»Darius darf nicht lieben. Das erzählt er in seinem Stück. Aber er tut es.«

»Du meinst ...« Ich machte eine Pause. »... er liebt mich?«

»Wieso sonst sollte er so vehement dagegen sein, dass du Julia spielst?«

Wow! Okay! Echt jetzt? Ich meine, natürlich hatte ich

den Gedanken auch schon, aber immer gleich wieder verworfen. Er kam mir einfach zu absurd vor. Aber jetzt, von Rike ausgesprochen, hörte er sich direkt logisch an.

»Warum ist alles nur so verdammt kompliziert?«, fragte ich.

»Wie sagt Gott im Anfangsmonolog? Bei den Menschen hab ich verdammt viel Mist gebaut!« Rike lachte. »Ein guter Satz.«

»Das stimmt. Und bei dir? Das ist doch auch absurd. Du bist so schlau und schweigst die ganze Zeit.«

»Wir sind hier im Irrenhaus. Vergessen?«

Es war weit nach Mitternacht, als wir uns auf den Rückweg machten. Im Treppenhaus zogen wir unsere Schuhe aus, um möglichst geräuschlos zur zweiten Etage zu kommen. Plötzlich hörten wir eigenartige Geräusche. Klacken, Quietschen, dann aufgeregtes Flüstern. Wir erstarrten. Ab zweiundzwanzig Uhr hätten wir in den Betten sein müssen und wir hatten absolut keine Lust, erwischt zu werden.

»Warum bist du heute so spät?«, hörten wir eine Stimme flüstern.

»'tschuldigung, 'tschuldigung. Es war ... Er wollte mich nicht gehen lassen.«

»Schon gut.«

Manu und Sofia. Wir lehnten uns vorsichtig über das Geländer, doch wegen der schwachen Notbeleuchtung konnten wir lediglich ihre Umrisse erkennen.

»Meinem Bruder geht's schlecht. Irgendwas muss passieren.«

War das ein Schluchzen? Rike und ich schauten uns an.

»Jetzt komm, ich bin müde«, hörten wir Manu antworten. Sie war wieder ganz die Alte.

»Wie geht es dir? Was macht dein Arm? Soll ich ihn noch mal verbinden?«

»Nein, passt schon.«

Wir hörten Manu und Sofia nach oben schleichen. Nicht so leise wie wir, weil sie wahrscheinlich des Öfteren die Erfahrung gemacht hatten, das sich hier um diese Uhrzeit niemand aufhielt.

»Lässt du mich nächste Woche wieder rein?«

»Vielleicht.«

Mit diesen Worten verschwanden die beiden auf Station 2.

»Diese Schlange!«, flüsterte Rike.

# 26

Am nächsten Morgen hatte Rike einen Termin beim Arzt, wo sie nüchtern hingehen musste. Deshalb ging ich ohne sie zum Speiseraum. Ein mieses Gefühl nach der gestrigen Nichtprobe und dem Halbkuss. Beim Eintreten schielte ich möglichst unauffällig rüber zum Jungstisch. Darius war nicht da, auch nicht am Büfett. Eddi saß allein am Tisch und ich überlegte kurz, ob ich mich zu ihm setzen sollte, ließ es dann aber. Wenn Darius später käme, würde er sich womöglich woanders hinsetzen müssen, weil mein Kuss der ekligste Kuss war, den er jemals erlebt hat. Vielleicht hatte er nach ranziger Liebe oder abgestandenen Gefühlen geschmeckt.

Ich setzte mich zu Kuimba, Sofia und Manu. Das war zwar auch eine Herausforderung, allerdings überschaubarer. Außerdem hatte ich heute Morgen beim Aufwachen beschlossen, Sofia irgendwie dazu zu bewegen, wieder die Julia zu spielen. Wie auch immer ich das anstellen würde. Ich hatte so viel kaputt geschlagen, da musste mir zur Abwechslung auch mal was gelingen.

»Guten Morgen«, sagte ich so unbefangen wie möglich.

»Guten Morgen«, erwiderte Kuimba relativ freundlich.

Sofia schenkte mir ein klitzekleines Mundwinkelzucken und Manu beachtete mich so wenig, dass es schon wieder beachtenswert war.

Ich holte mir vom Büfett die üblichen Kleinigkeiten, die niemals meinen Hunger stillten. Gierig schielte ich auf die Nutella und die Butter, die in ihrer Kombination der höchste aller Gaumengenüsse für mich sind, aber ich blieb standhaft und kehrte mit einem Vollkornbrötchen und einer Scheibe Käse zurück an den Tisch.

In dem Moment kam Eddi zu uns.

»D-d-d-darius ist krank«, sagte er.

»Oh, was hat er denn?«, fragte Sofia.

»Ich g-g-glaube, d-d-d-dass er wieder in eine D-d-d-d-dep-p-p-pression rutscht. Er war g-g-g-ganz still heute M-m-m-m–m-morgen.«

»Darius Depression?«, fragte Kuimba.

Eddi nickte.

»Er nicht aufstehen?«

Eddi nickte wieder und sagte: »D-d-d-das Theaterstück. Wir müssen es aufführen. Sonst ...«

»Sonst was?«, fragte ich, als er nichts mehr sagte.

Eddi zuckte mit den Schultern.

»Ich m-m-m-muss. Hab Therapie. D-d-denkt euch was aus.«

Ich schaute zu Sofia, auf deren Stirn sich Sorgenfalten gebildet hatten. Da wusste ich, dass meine Chance gekommen war.

»Ich glaube, dass das Theaterstück für Darius überlebenswichtig ist«, fing ich an.

»Seit wann kann ein Theaterstück überlebenswichtig sein?«, fragte Manu abfällig.

»Für dich mag das nicht zutreffen. Ich dagegen kann das verstehen«, konterte ich, bereit, die Messer zu wetzen. Manu wollte den Kampf? Sie konnte ihn haben. »Ich liebe Theater schon, seit ich denken kann. Für mich gibt es keinen Ort, an dem Emotionen erlebbarer sind als auf der Bühne.«

»Aha! Mir reichen die Emotionen im wahren Leben. Da brauche ich keine Bühne.«

»Das verstehe ich«, sagte ich freundlich. »Aber im Leben kannst du sie dir nicht aussuchen. Im Theater schon.«

»Das stimmt«, sagte Sofia.

»Und?«, fragte Manu.

Sie hatte Lunte gerochen und ebenfalls ihre Messer gewetzt. Wir saßen uns gegenüber und unsere Augen verhakten sich ineinander. Ich kam mir vor wie bei einem Duell. Objekt der Begierde war Sofia. Und es gab nur eine Lösung: Eine von uns musste sterben. Oder, um es weniger dramatisch zu sagen: Nur eine von uns konnte Sofia haben. Ich ging zum nächsten Angriff über, auch auf die Gefahr hin, dass ich Darius verriet. Ich tat es schließlich für eine gute Sache.

»Mach ruhig, ist wenigstens keine Lüge«, sagte mein Gewissen.

»Wie nett von dir.«

Also legte ich los: »Erinnert ihr euch noch an die drei Dinge, die Darius für sich gesucht hat, um sich nicht umzubringen?«

»Ja«, sagte Sofia und verriet mit ihrer Stimme, wie sehnsüchtig sie nach mehr Informationen gierte. Es lief gut.

»Eines davon war die Uraufführung seines Theaterstücks.«

Sofia stöhnte dramatisch auf, als hätte ich eine große Weisheit verkündet.

»So ein Bullshit! Das denkst du dir doch aus«, sagte Manu.

»Nein, er hat es mir gestern selber erzählt.« Ein ganz neues Gefühl, die Wahrheit zu sagen. Das hatte was.

Sofias Augen begannen zu glänzen.

»Wie rührselig«, entgegnete Manu. In ihren Augen sah ich die Säbel glitzern. Sie fing an, sich mit ihren unechten Fingernägeln ihr kaputtes Handgelenk oberhalb des Verbands zu kratzen. Ich versuchte, sie nicht zu beachten, sondern schnitt mein Brötchen auf, legte den Käse auf eine Hälfte, klappte es zu und biss rein. Anscheinend zu genüsslich, denn sofort sagte Manu: »Was bist du eigentlich für eine Essgestörte? Isst den ganzen weißen Schwabbel mit. Weißt du, wie viel Kohlehydrate dadrin sind?«

Um die Bösartigkeit der Kohlehydrate zu unterstreichen, kratzte sie so fest an ihrem Handgelenk, dass einer ihrer Fingernägel unter dem Verband hängen blieb und abbrach. Scheinbar hatte er sich ins Fleisch gebohrt, denn es strömte hellrotes Blut unter dem weißen Verband hervor und tropfte auf Manus rausgezupften Brötchenschwabbel.

»Scheiße! Sofia, hilfst du mir? Haben wir noch einen Verband im Zimmer?«

»Äääh, ja ...« Ich konnte förmlich sehen, wie sich Sofias Gefühlswelt in zwei Hälften teilte und sie so sehr dazwischen feststeckte, dass sie sich nicht bewegen konnte. Anstatt der Aufforderung ihrer Chefin nachzukommen, starrte sie hilflos auf die Blutstropfen, die Manus Teller eine dramatische Aura verliehen.

In dem Moment kam Schwester Andrea angerannt. »Ach Manu, was hast du wieder gemacht?« Sie packte Manu unter den Achseln und zog sie nach draußen. Bevor die beiden durch die Tür verschwanden, warf mir Manu einen hasserfüllten Blick zu. Der Kampf war noch nicht zu Ende. Aber diese Runde ging an mich. Und jetzt konnte ich Sofia ungestört in die richtige Richtung ziehen.

»Sofia, was meinst du, magst du nicht mal bei Darius vorbeischauen und fragen, ob du helfen kannst? Ich glaube, es hat ihm ziemlich zugesetzt, dass du gestern nicht auf der Probe warst.«

Es brauchte nur noch diese eine Bemerkung. Als hätte ich die Boxentür eines ungeduldigen Rennpferdes geöffnet, stürzte sie aus dem Zimmer.

Während ich mein Brötchen aß, lauschte ich Kuimbas Summen.

»Kommst du heute Abend zur Probe?«, fragte ich vorsichtig.

»Rike kommt?«, fragte Kuimba.

»Ich denke, ja.«

Kuimba erwiderte daraufhin nichts mehr, sondern summte weiter. Ich ließ sie in Afrika, denn sie war nicht das Problem. Sie würde kommen, wenn wir probten, davon war ich überzeugt.

Bis zur Einzeltherapie hatte ich noch eine Stunde Zeit. Also ging ich zurück ins Zimmer, blieb aber auf dem Weg kurz vor Darius' Tür stehen. Ob Sofia noch drin war? Was sie wohl machten? Womöglich hatte ich in all dem Chaos dem Jungen meines Begehrens das Mädchen seines Begehrens in die Arme getrieben. Auch eine Leistung!

Ich ging schnell weiter. Rike war noch nicht zurück. Sie hatte heute ihre große Untersuchung mit Blutabnahme, EKG und dem ganzen Kram. Das dauerte.

Ich setzte mich an den kleinen Tisch vor dem Fenster, nahm mein zerfleddertes Matheheft und einen Stift. Meine neuen Lügen mussten in den Kummerkasten, also schrieb ich:

»Ich habe Rike gegenüber behauptet, dass ich gekotzt hätte, um Mitleid bzw. ihre Aufmerksamkeit zu bekommen.«

»Ich habe eine Kotzattacke in der öffentlichen Toilette simuliert, um zu beweisen, dass ich psychisch gestört bin.«

Während ich mir meine neuen Lügen so aufgeschrieben betrachtete, erkannte ich zum ersten Mal ein Motiv für meine Lügerei. Muss wohl die Psycholuft hier sein, die einen derart tief blicken lässt. Ich schrieb meine Erkenntnis gleich auf den nächsten Zettel:

»Lügen sind für mich eine Währung, mit der ich mir Aufmerksamkeit und Anerkennung erkaufe.«

Ich stopfte alle Zettel in den Kummerkasten. Und da traf mich gleich die nächste Erkenntnis: Meine Mutter log mindestens so erstklassig wie ich. Sie hatte es mir vorgelebt, schon immer. Gäbe es ein Lügenland, wäre sie dort Königin und ich Prinzessin.

# 27

In der nächsten Einzeltherapie war es dann so weit.

»Wie fing deine Magersucht an, Clara? Kannst du dich an etwas Bestimmtes erinnern?«, fragte mich Frau Dr. Rausch.

Okay, ruhig bleiben. Ich war natürlich darauf gefasst, dass diese Frage irgendwann einmal kommen würde, und hatte mir eine Antwort zurechtgelegt. Trotzdem hatte ich Angst, dass ich jetzt aufflog. Frau Dr. Rausch war eine erfahrene Therapeutin und ich eine leidenschaftliche Esserin. Blieb mir also nur die Hoffnung, dass meine Schauspielkunst ausreichen würde, um nicht aufzufliegen. Ich kramte das vorbereitete Fallbeispiel, das ich in einem Buch meines Vaters entdeckt hatte, aus meinem Gedächtnis und änderte die Buttermilch in Grießbrei und die Oliven in Speck, damit wenigstens ein bisschen was von mir in der Geschichte steckte.

»Wenn ich nicht artig gewesen bin, hat mich meine Mutter vor einen Teller Grießbrei oder einen Berg schwabbeligen Speck gesetzt und gewartet, bis ich alles aufgegessen habe.«

»Warum ausgerechnet Grießbrei und Speck?«, fragte Frau Dr. Rausch.

»Weil ich das eklig finde, schon immer. Speck mag ich

nur, wenn er kross gebraten ist. Das Weiße vom Schinken schneide ich zum Beispiel immer ab. Und genau den hat mir meine Mutter dann aufgetischt oder Grießbrei, falls kein Schinken im Haus war.«

»Einfach so? Um dich zu ärgern?«

»Nein, als Strafe. Wenn ich was ausgefressen hatte. Und sie hat immer aufgepasst, dass ich besonders gut kaute. Da musste ich dann brechen. So fing alles an.«

Frau Dr. Rauschs Reaktion war umwerfend. Sie überschüttete mich eimerweise mit Mitgefühl und empathischen Fragen, die ich alle parierte. Das konnte ich natürlich nicht wirklich genießen und ich hoffte inständig, dass Gott mit seinem Burn-out beschäftigt war und mich nicht auf der Stelle der Blitz erschlug.

Mein Gewissen schien mich aufgegeben zu haben, denn es blieb besorgniserregend still.

# 28

Darius habe ich den ganzen Tag nicht gesehen. Nicht einmal zur Gruppentherapie kam er. Aber wenigstens Sofia konnte ich während des Mittagessens ungestört über ihren Besuch bei ihm ausfragen, weil Manu eine extra Psychosession wegen ihrer Ritzerei aufgedrückt bekommen hatte.

»Ich war ganz schön aufgeregt, als ich zu ihm gegangen bin«, erzählte sie und nahm einen halben Löffel Gemüseeintopf zu sich.

Als sie ihn gekaut und runtergeschluckt hatte, fuhr sie fort: »Hab erst bestimmt fünf Minuten vor seiner Tür gestanden und mich nicht reingetraut. Als dann Schwester Kathy vorbeikam, dachte die wahrscheinlich, dass ich horchen würde. Total peinlich. Na ja. Ich hab dann schnell geklopft und bin rein. Will ja schließlich nicht als Stalkerin abgestempelt werden. Wie sieht das denn aus, wenn ich ...«

»Und Darius? Wie hat er reagiert?«, versuchte ich, ihren Redeschwall in gehaltvollere Bahnen zu lenken.

»Als ich reinkam, hat er in seinem Bett gelegen und gar nichts gemacht. Nicht mal gelesen hat er, einfach nur dagelegen und an die Decke gestarrt. Das fand ich unheimlich.«

»Hat er denn auch nicht reagiert, als er dich gesehen hat?«

»Doch, doch, er hat sich dann langsam aufgesetzt und gefragt, was ich wollte. Ich bin dann gleich mit meinem Anliegen rausgeplatzt und hab gesagt, dass es mir leidtäte, weil es ihm nicht gut ginge, und hab gefragt, ob ich irgendwas für ihn tun könne.«

Sie nahm einen Löffel Gemüseeintopf und Kuimba, die mittlerweile aufgegessen hatte, fing an zu summen.

»Er hat mir dann ungefähr das Gleiche erzählt, was du gestern auch schon gesagt hast«, sagte Sofia mit vollem Mund. Ein ungewöhnlicher Anblick. Mit so viel Appetit hatte ich sie noch nie essen sehen.

»Dass ihm das Theaterstück sehr wichtig sei. Und dann noch, dass er keine Gefühle mehr hätte, sich irgendwie tot fühle. Ganz schön düster. Ich meine, nichts mehr zu fühlen, wie soll das gehen? Klingt wirklich schrecklich.«

Jetzt schnell Thema wechseln und offensiv in Sofias Psychoküche rein. Das war die einzige Chance.

»Sofia, darf ich dich mal was fragen?«

In dem Moment ging Kuimba in leisen Gesang über. Aber es störte nicht. Im Gegenteil. Es passte zur Situation. Wäre das hier ein Film, wäre die Musik jetzt auch lauter geworden.

»Hmmm.« Sofia nahm einen weiteren Löffel.

»Also, ich weiß das mit deinem Bruder und ...«

»Was?« Sie erschrak so sehr, dass ihr der Löffel aus der Hand fiel und der Eintopf zu allen Seiten spritzte.

»'tschuldigung«, sagte sie, obwohl ich gar nichts abbekommen hatte. Während sie hektisch mit der Serviette die Spritzer wegwischte, fragte sie: »Hat Manu dir davon erzählt?«

»Nein, ich weiß es nicht von Manu. Ich habe Manu und dich gestern gesehen und gehört. Zufällig. Ich war gerade im Treppenhaus, als Manu dich reingelassen hat.«

»Im Treppenhaus? Was machst du da mitten in der Nacht?«

»Ich war mit Rike auf dem Dach. Als wir runtergingen, haben wir euch gehört.«

»Auf dem Dach?«

»Ja, zeig ich dir auch mal, später.«

Sie nickte und ich fuhr fort: »Ich werde der Klinikleitung nichts sagen. Ehrenwort. Ich möchte dich nur wissen lassen, dass ich dir auch die Tür öffnen kann, wenn du nachts von deinem Bruder zurückkommst.«

»Das würdest du tun?«

»Ja, warum denn nicht? Sehr gerne sogar. Allerdings hätte ich dann auch eine Bitte.«

»Und was?«

»Dass du wieder beim Theater mitmachst. Ich glaube, dass du genau die richtige Julia für unseren komplizierten Romeo bist. Wirklich.«

»Mehr nicht?«

»Mehr nicht.«

»Deal«, sagte sie und streckte mir ihre Hand hin.

»Deal«, sagte ich und schlug ein.

# 29

Am Abend teilte uns Eddi mit, dass Darius nicht zur Probe käme, weil er einen Termin mit seinem Onkel hätte.

»Kommt er denn morgen wieder?«, fragte ich.

»J-j-j-j-ja.«

»Geht es ihm wieder besser?«

»J-j-j-j-ja.«

Ich lächelte Sofia zu. Das hatten wir gut hingekriegt.

Ich habe trotzdem eine Probe angesetzt, zu der erstaunlicherweise sogar Manu kam. Sie trug einen schneeweißen neuen Verband um ihr Handgelenk und musste sich diesmal nicht bemühen, mit ihrem Ärmel alles zu vertuschen. Betont entspannt saß sie da, die Beine wie immer weit ausgestreckt und die Hände vor der Brust verschränkt.

»Hallo, Manu«, sagte ich und bemühte mich um einen freundlichen Ton.

»Hallo, Clara«, antwortete sie, als hätte sie Weichspüler geschluckt.

»Ich dachte, dich interessiert das Theaterstück nicht.«

»Ich habe es mir anders überlegt und wollte fragen, ob ich nun doch mitspielen darf«, sagte sie, noch immer superfreundlich. Ich war skeptisch. Sie sprach weder mit der authentischen, warmen Stimme von gestern Abend noch im Kämpfermodus. Ich ahnte nichts Gutes. Sofia sah mich wie ein schwanzwedelnder Pudel an, der wusste, dass er mit seinem Blick das unerbittlichste Hundehasserherz erweichen konnte. Ich kam mir bescheuert vor. Wieso sollte ich darüber entscheiden, ob Manu mitmachen durfte oder nicht? Und die noch viel wichtigere Frage war: Wieso war es ausgerechnet Manu, die mir diese Stellung zuwies? Manu, die sich aus Angst um ihren Thron bis zur Pulsader durchritzte. Ihre Psychospielchen waren mir eindeutig eine Spur zu psycho.

»Okay«, sagte ich nur. Ich wollte die Abwesenheit von Darius nutzen und mein Happy End proben. Als ich meine Pläne den anderen mitteilte, erwartete ich eigentlich sofort ein Veto von Manu, die ja anfangs verkündet hatte, dass sie das frustrierende Ende für das einzig Gute an dem Theaterstück hielt.

»Wie sieht aus, dein Happy End?«, fragte Kuimba und ich erzählte es ihnen.

»Das Mädchen badet in den Gottestränen und rettet die Welt mit seinem Gesang. Ist das nicht schön?«, fügte Rike noch hinzu, als ich fertig war.

Alle schauten Rike fassungslos an. Nicht wegen des Inhalts, sondern weil sie gerade zum ersten Mal ihre Stimme gehört hatten. Ich freute mich riesig darüber, aber auch über das, was sie gesagt hatte, denn von ihr ausgesprochen, bekam die Idee wieder einmal eine noch tiefere Dimension.

Kuimba war natürlich überglücklich über die ihr zugewiesene Rolle der singenden Weltretterin.

Sofia war auch sehr angetan, äußerte aber, wie Eddi, Bedenken, dass Darius das nicht gefallen könnte.

»Wir können es ja heute einfach mal proben«, schlug Manu vor. »Und morgen zeigen wir es Darius und werden sehen, wie er reagiert. Oder?«

Sie schaute in die Runde und erntete rundum Kopfnicken. Keine Ahnung, was mit Manu passiert war. Vielleicht hatte sich ein Wunderheiler ihrer erbarmt, als man ihr heute Mittag einen Zusatzpsychotermin verordnet hatte. Mir konnte es nur recht sein.

Im Happy End brauchten wir Gott, das Mädchen und den Engel. Rike hatte auf der Kinderstation ein geeignetes Planschbecken gefunden, allerdings keine Pumpe, sodass sie den halben Abend mit Aufblasen beschäftigt war.

Manu schlug selber vor, nun doch den Engel zu übernehmen.

»Dann kannst du dich voll und ganz auf die Regiearbeit konzentrieren.« Echt unheimlich. Wer ist dieses Mädchen und wo ist die dauergenervte Manu abgeblieben? Die freundliche Manu-Version war uns allen natürlich tausendmal lieber, deshalb drückte ich mein Misstrauen über ihre wundersame Wandlung beiseite.

Der Abend war ein voller Erfolg. Alle waren hoch motiviert. Rike und Sofia organisierten Eddi etwas zum Trommeln, das nicht so laut war, damit man den wichtigen Schlussmonolog verstehen konnte. Er kannte ihn sogar schon auswendig. Ich schlug vor, es mal ohne trommeln zu versuchen, und fand es viel besser! Er stotterte Gottes Worte über sein Burn-out, das Scheitern seiner Schöpfung und die Enttäuschung von der Spezies Mensch und vor allem von sich selber auf derart authentische Weise, dass nicht eine Sekunde Langeweile aufkam. Durch das Stottern wirkte die Verzweiflung noch greifbarer. Als Eddi anfing zu weinen und die Gießkanne zunächst leise tröpfeln ließ, kam Manus Auftritt. Sie schob das Planschbecken unter die Gottesleiter und Eddi ließ das Wasser hineinplätschern. Manu nutzte spontan die Gottestränen für eine Dusche. Sie war fantastisch, hatte eine geradezu umwerfende Bühnenpräsenz.

In Darius' Text kommen nun an dieser Stelle Aphrodite, Romeo und Julia auf die Bühne und erkennen, dass Gott die Menschen aufgegeben hat. Anstatt zu rebellieren, sind sie froh, vom lästigen Auftrag befreit zu sein und sich den Verlockungen der Erde hingeben zu können. Am Ende sitzt Gott alleine einsam auf seiner Leiter und weint, bis das Wasser über das Planschbecken tritt. Die zweite Sintflut kommt, das Ende der Welt.

In meinem Ende tritt nun Kuimba auf, nicht als Aphrodite, sondern als das, was sie ist: ein afrikanisches Mädchen. Sie setzt sich in das gefüllte Planschbecken, wäscht sich und fängt an, ihr Liebeslied aus der Heimat zu singen. Irgendwann hört Gott auf zu weinen. Um den Gesang besser hören und das Mädchen besser sehen zu können, kommt er von seiner Leiter runter und setzt sich an den Beckenrand. Dies ist der Moment, wo er sich mit seiner Spezies versöhnt.

Kuimba und Eddi spielten die Szene, als hätten wir sie schon hundertmal geprobt. Mich überflutete eine Gänsehaut nach der anderen, vor allem bei Kuimbas Lied. Und ich las in den Gesichtern der anderen, dass es ihnen genauso ging. Sogar Manu schien berührt.

Nachdem wir die Szene dreimal mit jeweils kleinen Änderungen durchgespielt hatten, diskutierten wir darüber, ob die anderen Figuren ganz am Ende noch mal auftreten und die Rettung der Welt verkünden sollten.

»Schauen wir mal, was Darius dazu sagt. Dann entscheiden wir«, schlug ich vor und damit waren alle einverstanden.

# 30

Am nächsten Tag traf ich meinen Vater im Gang. Da dort gerade nicht viel Betrieb herrschte, konnten wir ein bisschen über dies und das plaudern und ich erzählte, dass wir mit den Proben gut vorankämen und der Vortragssaal super sei, da rückte er plötzlich ganz beiläufig mit einer äußerst beunruhigenden Information heraus: »Morgen früh besprechen wir deinen Fall in der Teamsitzung.«

»Warum?«, fragte ich.

»Frau Dr. Rausch hatte darum gebeten.«

»Aha«, sagte ich und ging im Kopf die letzte Einzelsitzung im Zeitraffer durch.

»Clara? Alles gut?«, fragte mein Vater und legte seine Hand auf meine Schulter.

»Jaja, alles gut«, sagte ich, obwohl Panik in mir aufkam. Meine Erzählungen über Mama, die unsäglichen Strafen mit dem Speck-und-Grießbrei-Horror. Mein Vater wird das niemals glauben. Und wenn, wird er Mama … Ich hatte ein Problem.

»Los, sag ihm die Wahrheit!« Mein Gewissen hatte mich anscheinend doch nicht aufgegeben.

»Hier? Jetzt? Im Gang?«

»Scheißegal. Geh mit ihm hoch in seine Wohnung, wenn dir der Gang zu gangig ist.«

»Oh Gott. Dann ist womöglich alles vorbei.«

»Vielleicht auch nicht. Er ist dein Vater. Wenn du nicht nur ein bisschen, sondern so richtig superdupermegaehrlich bist, versteht er dich vielleicht.«

»Und dann?«

»Keine Ahnung. Er ist ein großer Psychologe. Im besten Fall findet er eine Lösung, die nicht wehtut und die keiner mitkriegt.«

»Träum weiter.«

»Im schlechtesten Fall fliegt alles auf und dann Gute Nacht.«

Scheiße, mein Gewissen hatte recht. Die Sache wurde zu heiß.

»Papa«, fing ich tatsächlich an. Einfach so. »Ich habe richtig Mist gebaut. Das mit der Magersucht, das ist gar nicht so, wie es scheint, ich habe ...« Mitten im Satz stockte ich, weil ich merkte, dass er mir gar nicht zuhörte, sondern in seinen Unterlagen blätterte, die er auf einem kleinen Wagen vor sich herschob und gleichzeitig auf seine Armbanduhr schaute.

»Verzeihung Clara, was hast du gerade gesagt?«

Super, da will ich einmal ehrlich sein und dann interessiert es kein Schwein.

»Ach, es war eigentlich nichts. Viel Spaß dann morgen«, sagte ich matt.

»Feigling!«, sagte mein Gewissen.

»Meinetwegen. Ich kann es nicht mehr aufhalten. Es sei denn, es geschieht ein Wunder.«

# 31

Dann kam die nächste Probe. Mein Gott, war ich aufgeregt. Alle waren da und Darius hatte keinerlei Anzeichen einer Depression. Im Gegenteil, er war voller Tatendrang. Ich hatte ja wenig Ahnung von Depressiven, eigentlich gar keine. Das eine Buch, in das ich reingelesen hatte, half mir jetzt kein Stück, Darius zu verstehen. Zwischen uns hingen einfach zu viele ungeklärte Fragen. Entsprechend groß war meine Angst, ihm jetzt meinen Schluss zu zeigen. Aber es gab kein Zurück mehr.

»Womit fangen wir an?«, fragte Darius.

»Mit dem Schluss«, sagte Sofia. In ihrer Stimme schwangen Stolz und Vorfreude mit. »Da haben wir uns gestern was überlegt.«

»Aha, da bin ich neugierig!«, sagte Darius und machte es sich auf seinem Stuhl bequem.

Es dauerte natürlich, bis Eddi die Leiter und die Gießkanne keimfrei gewischt hatte, dann kletterte er auf die oberste Sprosse und Rike, von Eddi mit Handschuhen ausgestattet, reichte ihm die gefüllte Gießkanne. Manu stellte sich mit dem kleinen Planschbecken an den Rand der Bühne. Alle waren auf Position.

Während Eddis Monolog hätte ich zu gerne Darius' Reaktion beobachtet, aber das ging nicht, weil ich noch immer hinter ihm stand. Eddi war super und erneut begeisterte mich die Idee, ihn stottern zu lassen. Als er anfing, das Wasser aus der Gießkanne tröpfeln zu lassen, stellte Manu das Planschbecken darunter und wusch sich in dem kleinen Tränenwasserfall. Ihre Bewegungen waren zum Brüllen komisch und alle lachten, sogar Eddi-Gott auf seiner Leiter, was natürlich nicht so gedacht war.

Darius lachte auch.

Schließlich ging Manu ab und Eddi endete seinen Monolog mit den Worten: »Ich k-k-k-kann nicht mehr. Ich w-w-will nicht mehr. Ich erschaffe jetzt eine himmlische P-p-p-p-psychiatrie und ziehe mich dorthin z-z-z-zurück.«

»Super!« Darius applaudierte, stand auf und blickte anerkennend zu mir. Er dachte wohl, das Duschbad des Engels wäre der große Einfall gewesen. Und ich wollte gerade etwas sagen, damit wir ihn in dem Glauben ließen, weil meine Angst in den letzten Minuten ins Unerträgliche gewachsen war. Doch ich hatte Sofias Begeisterung vergessen.

»Warte! Wir sind noch nicht fertig. Bleib noch mal sitzen«, rief sie.

»Okay«, sagte Darius und setzte sich wieder.

Und dann nahm das neue Ende seinen Lauf. Ganz langsam, als hätte sie alle Zeit der Welt, trat Kuimba auf die Bühne, untersuchte das Becken, tauchte ihre Hand in das Wasser, schaute sich um und setzte sich dann in voller Montur hinein. Das leise Plätschern der Gottestränen unterstrich die Spannung, die in ihrem Auftritt lag.

Dann fing sie an zu singen. Sie sang das ganze Lied, laut, selbstsicher und einfach wunderbar. Ich schaute immer abwechselnd auf die Szene und auf Darius. Er saß ganz still da. Im Gegensatz zu mir atmete er. Seine Schultern hoben und senkten sich.

Nach Kuimbas letztem Ton stieg Eddi-Gott die Leiter runter, setzte sich an den Beckenrand und fragte: »W-w-w-wer bist du?«

»Kuimba. Und wer bist du?«

»Dein Fan. So einen schönen G-g-g-gesang habe ich noch nie gehört.«

»Das ist ein Liebeslied.«

»Ein L-l-l-liebesl-l-l-lied«, stotterte Eddi-Gott und lächelte verliebt.

»Was ist mit dir?«

»Nichts. Bringst du mir das Lied bei?«

»Na klar. Aber erst muss ich mich abtrocknen.«

Kuimba stieg aus dem Planschbecken und die beiden gingen ab.

Und dann passierte es! Darius sprang auf und drehte sich zu mir um. »Das war deine Idee!« Er fragte es nicht, er stellte es fest. Ich erschrak, als ich die Wut in seinen Augen sah. »Stimmt's?«, hakte er nach.

Und da ich vor Schockstarre nicht gleich antworten konnte, erledigte Manu das für mich: »Ja, das war Claras Idee. Sie konnte deinen Schluss ja von Anfang an nicht leiden.«

Genau auf diesen Moment hatte sie gewartet, die ganze Zeit. Deshalb hatte sie gestern so enthusiastisch mitgearbeitet. Sie wusste, wie er reagieren würde. Warum auch immer. Vielleicht, weil Psychos einander besser verstehen, wenn nicht gar seelenverwandt sind.

Darius hatte seine Hände in die Stuhllehne gekrallt, als würde er sie anstelle meiner würgen.

»Ich habe von Anfang an gesagt, dass ich meinen Schluss gut finde, Clara. *Meinen* Schluss, verstehst du?«, schrie er fast und seine Stimme überschlug sich. Ich war fassungslos. Mit so einer heftigen Reaktion hatte ich nicht gerechnet. Wenn Depression bedeutete, keine Gefühle mehr zu spüren, erklärte ich ihn hiermit für geheilt! Ich hätte mir zwar das andere Ende der Gefühlsskala gewünscht, aber in letzter Zeit lief ja für mich nichts mehr nach Wunsch. Kuimba fing an zu weinen. Die Arme verstand natürlich kein Wort und nahm Darius' Ausbruch persönlich.

»Nein, du verstehst es nicht!«, folgerte Darius aus meinem Schweigen und verließ türenknallend den Probenraum. Mittlerweile war ich mir sicher, dass Psychokliniken eine spezielle Türversicherung hatten. Manu folgte ihm. Und das war auch gut so, denn ich weiß nicht, was ich mit ihr gemacht hätte, nachdem ich aus meiner Starre erwacht und sie noch im Raum gewesen wäre.

»Was war das denn?«, fragte Sofia in die laute Stille hinein.

»Ein Anfall«, sagte Eddi stotterfrei.

Ich ging zu Kuimba, die sich, immer noch schluchzend, in der Zwischenzeit einen Bademantel angezogen hatte, nahm sie in die Arme und drückte sie wortlos an mich. Nein, ich habe mich an sie gekrallt, um selber Trost zu finden. Sie legte ihrerseits ihre Arme um mich und so hielten wir uns gegenseitig fest. Von Ferne hörten wir Eddis Stimme, der Kuimba auf rührende Art erklärte, dass Darius' Wut nichts mit ihr zu tun hatte.

»Manu ist ein böser Mensch«, sagte Sofia plötzlich. So hatte dieser Abend wenigstens ein Gutes: Sofia ist endgültig aus ihrer Manutrance erwacht.

In dem Moment öffnete sich die Tür und Darius kam zurück. Leise, fast schüchtern. Er blieb in der Nähe der Tür stehen und vergrub seine Hände tief in seinen Jeanstaschen.

Kuimba und ich lösten unsere Umarmung und schauten gebannt auf den unbeweglichen Darius.

»Ich ...«, fing er an und blickte zu Kuimba und mir. »Kuimba, du hast wunderschön gesungen. Wirklich. Ich wollte, ich könnte den Schluss so machen. Aber ...«

Stille.

Rike nahm einen Stuhl und stellte ihn hinter Darius. Er setzte sich.

»Wenn ihr euren Schluss spielen wollt, müsst ihr ein anderes Theaterstück nehmen. Bitte. Meins muss so bleiben, wie ich es geschrieben habe. Für mich ... wie soll ich es erklären?« Wir schauten ihm eine Weile schweigend dabei zu, wie er sich unruhig auf seinem Stuhl wand und keine angenehme Sitzposition fand.

»Ich bin hier in dieser Klinik, weil es mir nicht gut geht«, sagte er schließlich. Er sah keinen von uns an, sondern hielt den Blick auf seine Füße gerichtet. Die Hände hatte er auf seinem Hinterkopf platziert, als würde er sich selbst umarmen.

»Ich möchte gerne gesund werden. Bis dahin bin ich

der, der ich bin. Darius, der seinen Gefühlen nicht traut und der nicht an die Liebe glaubt.« Er strich mit den Handflächen langsam seinen Hinterkopf auf und ab.

Die Sätze verließen seinen Mund wie Nebelwolken, die sich nun über den ganzen Raum ausbreiteten und das Licht und die Farben schluckten.

»Glaubst du wirklich nicht an die Liebe oder musst du dich vor ihr schützen?«, fragte Sofia.

Er schüttelte den Kopf. Langsam. Und lange. Dann sagte er: »Ich weiß es nicht, Sofia, ich weiß es nicht.«

Er wirkte unfassbar verletzlich. Er blickte lange auf die Bühne. Schließlich sagte er: »Die Liebe ist wie der Stöpsel eines Planschbeckens. Geht er verloren, ist das ganze Becken zu nichts mehr zu gebrauchen.«

»D-d-d-das stimmt nicht«, sagte Eddi. »Mir ist das mal p-p-p-passiert. Und d-d-d-da hab ich ganz viel K-k-k-kaugummi gekaut und den ins Loch ges-s-stopft. Das hält p-p-p-prima.«

Wir lachten alle. Sogar Darius lächelte.

»Ja, Eddi, so einfach kann das Leben sein. Nur warum sind wir dann hier?«

Er schaute mich an. Traurig. Er war enttäuscht von mir und ich kam mir vor wie der letzte Idiot. Das Theaterstück war seine Art, mit seiner Krankheit umzugehen, und ich hatte mir eingebildet, zu wissen, wie es besser geht. Was für eine Selbstüberschätzung!

Darius stand auf und verließ den Probenraum. Es schien das Besondere dieser Produktion zu sein, dass immer jemand zu früh ging. Die Probe war für heute beendet.

Ich fühlte mich beschissen und hatte noch keine Lust, ins Zimmer zurückzugehen. Es war erst einundzwanzig Uhr und der Sommerabend draußen verlangte nach Party, Lagerfeuer und guter Stimmung, aber nicht nach dem, was mir blühte: Selbstvorwürfe und Hirnzermarterung. Ich dachte an meine Freunde in Kroatien und bat Rike, mir ihr Handy zu leihen. Damit setzte ich mich auf die Stufen vor dem Haupteingang, weil mir der Patientengarten zu bevölkert war. Ich gab auf Rikes Handy mein Login für Facebook ein. Und da waren sie. Grillen am Strand, Cocktails in einer Bar, surfen, schlafen im Sand ... Ich hörte sie schreien, lachen, singen, schließlich kannte ich die Stimmung nur zu gut. Ich hatte erwartet, jetzt vor Neid, Verzweiflung, Einsamkeit oder irgendeiner anderen Gefühlsregung endgültig zusammenzubrechen, doch nichts geschah. Im Gegenteil, die Fotos machten mir erstaunlich wenig aus. Sie fühlten sich ein bisschen an wie die Lackschuhe, die Mama mir zum sechsten Geburtstag geschenkt hatte und die irgendwann zu klein geworden waren.

Die Tür knarrte.

Schritte. Jemand kam die Treppe runter.

»Hallo, Clara«, sagte Darius. Die Worte trafen mich trotz seiner warmen Stimme wie eine kalte Dusche. »Was machst du hier?«

Ich zuckte nur mit den Achseln.

»Ich geh ein bisschen spazieren«, sagte er und trat auf den Kies. »Bis später. Oder morgen«, fügte er fast schüchtern hinzu und ging Richtung Wald. Bei jedem Schritt knirschte der Kies unter seinen Schuhen, als riefe er etwas. Zum Beispiel: »Komm mit!«

»Kann ich mit?«, rief ich, vom Kies motiviert.

Darius blieb stehen, drehte sich um und fragte: »Warum nicht?«

Es gab enthusiastischere Antworten, aber in Anbetracht der Situation war wohl nicht mehr zu erwarten.

Und wir gingen. Darius und ich. Nebeneinander. In den Wald. In einer lauen Sommernacht. Ich fasste es nicht! Wenn nur nicht dieses verdammt unübersichtliche Chaos zwischen uns stünde, das unser Schweigen unerträglich laut machte. Während wir nebeneinander herliefen, glaubte ich, das Rattern unserer Gehirnwindungen zu hören.

Wir kamen zu einem Hochstand an einer Lichtung.

»Gehen wir da rauf?«, fragte er.

»Nein.«

»Warum nicht?«

»Die Leiter. Die schaffe ich nicht. Ich hab Höhenangst.«

»Echt? Komm, wir versuchen's mal.«

Er kletterte die Leiter nach oben. Sie ächzte unter seinen Füßen, als hätte sie ihre besten Zeiten im vorletzten Jahrhundert erlebt.

»Keine Chance«, sagte ich und blieb unten stehen.

»Na gut.« Er kam wieder runter und wir setzten uns auf einen großen Stein.

»Schön hier.«

»Ja, ich war schon oft hier.«

»Echt? Wann denn?«

»Zwischen den Terminen. Und auch mal abends.«

»Allein?«

»Ja. Ich bin gern allein.«

»Hmmm.«

»Du nicht so, oder?«

»Na ja, nee, eigentlich nicht.«

Wir redeten über unwichtiges Zeug gegen das bedrückende Schweigen an.

»Um diese Zeit kommen die Rehe. Hab ich schon oft gesehen.«

»Ich auch. Also nicht hier, aber woanders.«

Uns war klar, dass dieses Geplänkel bald ein Ende haben musste.

Und dann fing er an: »Ich ... mir ...«

Er fuhr sich mit der Hand durch die schwarzen Locken. Da wir nebeneinandersaßen, konnte ich ihn nur aus den Augenwinkeln sehen, aber ich spürte seine Wärme an Beinen und Schultern. »Mir ist sehr viel durch den Kopf gegangen, seitdem du hier bist. Ich habe mich gefreut, als ich dich zum ersten Mal gesehen habe. Es war seltsam. Du warst für mich immer eine Lichtgestalt. Eine, die auf der Gewinnerseite des Lebens stand, die jeder mochte. Und dann warst du plötzlich hier. In dieser Klinik. Das war, als wären eins plus eins nicht zwei, sondern irgendeine krumme Zahl. Das passte nicht.«

Schweigen. Er erwartete sicher, dass ich was sagte, aber mittlerweile war ich so weit, dass ich nicht mal mehr die Stimme meines Gewissens brauchte, um zu kapieren, dass mich alles, was ich jetzt gesagt hätte, nur noch tiefer in den Lügenwald gebracht hätte.

»Und dann heute«, unterbrach Darius meine Gedanken. »Du hast alles richtig gemacht. Wirklich. Das möchte ich dir sagen. Aber eben nicht richtig für mich.«

»Das habe ich verstanden. Und das tut mir wirklich unendlich leid.«

»Muss es nicht. Mein bisheriges Leben verlief im Schleudergang. Meine Mutter, sie ist ... sie hat am Morgen bei meiner Abfahrt gelächelt und mich sogar fest an sich gedrückt wie eine normale Mutter, die sich von ihrem Kind verabschiedet. Wirklich ganz normal. Ich weiß noch, wie wunderbar ich mich gefühlt habe, weil sie mir tatsächlich das Gefühl gegeben hat, dass ich fahren konnte.«

Er machte eine Pause, weil in dem Moment zwei Rehe auf die Lichtung traten und gleich darauf fröhlich hintereinanderher durch das hohe Gras sprangen.

»Diese ganze Abschiedszeremonie war ein Lüge gewesen«, fuhr er fort. »Sie hat mich belogen, um mich los zu sein und sich endlich umbringen zu können.«

Es war verrückt, diese tragischen Worte zu hören und dabei parallel das unbeschwerte Spiel der Tiere zu beobachten. Sie hüpften und sprangen, als hätten sie keine Vergangenheit, keine Sorgen, sondern einfach nur das Hier und Jetzt, den Sommer, das Gras und sich. Gott hat definitiv zu tief in die Psychokiste gegriffen, als er uns Menschen geschaffen hat.

»Ich habe lange nichts gefühlt danach. Jahrelang nicht. Und dann kam Nina. Ich weiß nicht, ob ich sie wirklich geliebt habe. Aber ich wollte sie lieben. Wir haben Pläne gemacht für die Zukunft, wollten nach München zum Studieren. Plötzlich sagte sie mir, dass sie nach New York gehen würde. Sie hatte sich beworben, einfach so. Ohne es mir zu sagen. Feige! Zwei Frauen. Zwei Lügen.«

Und hier sitzt die dritte! Scheiße. Ich fühlte mich elend, niederträchtig, böse, schlecht, abscheulich ...

»Und dann wolltest du dich umbringen?«

Er nickte. »Als ich es tun wollte, spürte ich plötzlich, dass es ein Leben gibt, aber ich weiß nicht, wo. Ich finde es nicht.«

Die Rehe verschwanden wieder im Dickicht des Waldes. Es war mittlerweile fast dunkel geworden. Darius strich sich wieder durch sein Haar und streifte mich dabei mit seinem Arm. Meine ganze linke Seite war elektrisiert.

»Und dann kamst du.«

Jetzt stand auch der Rest von mir unter Strom.

»Wo du bist, ist Leben, Clara. So war es schon immer. Und eigentlich finde ich das toll. Du wirkst immer so fröhlich, so unbefangen und aufrichtig.«

»Oh mein Gott, macht Liebe blind. Der arme, verlorene Kerl!«, rief mein Gewissen und lachte laut auf. »Wenn du aufrichtig bist, bin ich die neue Mutter Teresa!«

Ich verzog gequält den Mund. Mein Gewissen hatte mal wieder absolut recht. Zum Glück sah Darius es nicht, denn er blickte immer noch zu der Stelle, an der die Rehe im Wald verschwunden waren.

»Aber manchmal ...«, sprach er weiter, »... so wie heute, da ist es ... wie soll ich sagen?«

»Zu viel?«

»Ja. Vielleicht zu viel. Zumindest für mich.« Und nach einer kurzen Pause fügte er hinzu: »Noch.«

OMG!!! Ich musste mich zusammenreißen, nicht mit einem irren Grinsen aufzuspringen und ein freudiges Tänzchen aufzuführen. *Noch!* Das bedeutete, dass es ihm vielleicht *bald* nicht mehr zu viel sein würde! Doch dank der penetranten Ermahnungen meines Gewissens war mir klar, dass ich Darius reinen Wein einschenken musste. Anders würde es nicht funktionieren.

»Du, Darius«, fing ich an und holte tief Luft. Für das, was ich jetzt auspacken wollte, brauchte ich einen langen Atem.

Doch Darius griff nach meiner Hand und drückte sie. »Clara, sag jetzt einfach nichts. Bitte. Ich wollte nur, dass du das alles weißt. Mehr nicht. Ein andermal, ja?«

»Okay.« Nichts lieber als das. Ich schluckte mein Outing runter und schaltete auf Genuss. Das gelang mir mit dem, was mir im Magen lag, leider nur halb.

Wir blieben noch eine Weile sitzen und schauten zu, wie der laue Sommerwind über das Gras strich.

»Oh weh«, sagte ich plötzlich, nachdem ich auf Rikes Handy geschaut hatte. »Es ist schon nach zehn. Verdammt. Jetzt kommen wir nicht mehr rein.«

Schnell liefen wir zurück zur Klinik. Der Haupteingang war tatsächlich verschlossen.

»Kannst du Eddi anrufen? Die Tür dort hinten kann man von innen öffnen.« Ich zeigte auf den Notausgang, durch den Manu Sofia immer reinließ.

»Eddi? Ein Handy? Niemals! Zu viele schmutzige Wellen.«

Ich lachte. »Gut, dann schmeißen wir Steinchen an Rikes Fenster. Sie kennt die Tür auch.«

Es war nicht ganz einfach herauszufinden, welches der vielen Fenster unseres war.

»Ähm ... Vielleicht das dritte von links«, sagte ich.

»Wär schon gut, wenn du es genauer wüsstest, nicht dass wir jetzt das Schwesternzimmer erwischen.«

»Nee, das müsste viel weiter rechts sein. Oh Mann, ich weiß es doch auch nicht.« Ich überlegte. Neben uns lag noch das Zimmer von Manu und Sofia und am Ende des Gangs war ein Raum, in dem keiner von uns wohnte, der aber sicher auch ein Fenster hatte.

»Das dritte«, wiederholte ich und wir sammelten kleine Steinchen und schmissen sie hoch. Nach etwa zehn Steinchen und fünf Treffern sahen wir Bewegung hinter dem Fenster und kurz darauf öffnete sich der Notausgang. Allerdings begegneten wir dort nicht Rike, sondern Manu.

»Ihr wollt doch nicht etwa hier rein, oder?«

»Doch, bitte, Manu«, sagte Darius.

Sie hatte die Tür fest im Griff und verstellte uns den Weg.

»Manu, bitte lass uns rein«, insistierte ich.

Sie lächelte mir so angriffsfreudig ins Gesicht, dass es mir kalt den Rücken runterlief. Dann plötzlich stieß sie die Tür weiter auf und ließ uns rein.

»Danke«, sagten Darius und ich wie aus einem Munde.

»Und verrat uns bitte nicht«, fügte Darius hinzu. Super, jetzt hatte uns Manu in der Hand. Ich konnte mir nichts Schöneres vorstellen.

Als wir drin waren, rannte Manu an uns vorbei nach oben und wir blieben unten im Treppenhaus stehen. »Hast du ihren Blick gesehen? Der steckt mir jetzt noch in den Knochen.«

»Ja. Sie hasst dich.«

»Das glaube ich auch.«

»Aber Manu hat zwei Gesichter.« Ich erzählte ihm von dem Telefonat mit ihrer Mutter, und als ich fertig war, sagte Darius: »Ja, niemand wird böse geboren, davon bin ich überzeugt.«

Dann gingen wir auch die Treppe nach oben.

»Clara«, sagte er, als wir den zweiten Stock erreicht hatten.

»Ja?« Ich drehte mich zu ihm um.

»Proben wir morgen wieder? Ich will das Stück wirklich machen. Es ist mir sehr wichtig.«

»Ja, natürlich. Und wir machen dein Ende.«

Er stieg noch eine Stufe höher. Unsere Gesichter befanden sich jetzt auf einer Höhe. Wir standen so dicht voreinander, dass ich seinen Atem auf meinem Gesicht spürte. Mein Herz raste. Ich spürte es in meinem Hals so sehr klopfen, dass er es bestimmt sehen, auf jeden Fall aber hören konnte.

Jetzt küsst er mich wieder, dachte ich.

Aber es passierte nicht. Es war nicht so, dass nichts passierte. In meinem Körper tobte ein ganzes Festival: Im Bauch flatterte es, im Nacken prickelte es, in der Brust trommelte es ... alles war vorbereitet ... Doch der Kuss blieb aus!

Dann verstand ich, dass er gar nicht kommen konnte. Zu viel war passiert und gesagt und nicht gesagt worden. Von allem zu viel. Und genau das wäre ein Kuss jetzt auch. Aber vielleicht ging die kleine Version. Ein Versuch war es wert.

»Lass mich der Stöpsel deines Planschbeckens sein.

Später, wenn das *Noch* weg ist.« Dann küsste ich ihn auf seine rechte Wange und raste vor meinem eigenen Mut davon in mein Zimmer.

Ich schwebte auf mein Bett zu. Rike schlief schon und das war gut so. Den heutigen Abend in Worte zu fassen, hätte mich jetzt komplett überfordert. Ich nahm mein Matheheft und schrieb:

»Darius denkt, dass ich ein ehrlicher Mensch bin. Das will ich ab jetzt sein. Schluss mit der Lügerei!«

Ich steckte den Zettel durch den Schlitz meines mittlerweile gut gefüllten Kummerkastens. Kurz hielt ich ihn an mein Ohr und schüttelte ihn. Die vielen kleinen Zettel raschelten wie ein Schwarm aufgescheuchter Hornissen. Nur gut, dass Zettel nicht sprechen können, dachte ich und stellte den Kasten zurück in mein Nachttischschränkchen. Möge er seine Arbeit tun und die Lügen aus der Welt schaffen.

# 32

Als Rike und ich in den Speiseraum kamen, waren alle anderen schon da. Auf dem Weg zum Frühstücksbüfett ging ich am Tisch der Mädels vorbei und sagte ihnen, dass Darius und ich uns gestern versöhnt hätten und heute Abend endlich die Proberei richtig losgehen würde.

»Gut«, sagte Sofia.

»Schön«, sagte Kuimba.

»Wer's glaubt«, sagte Manu.

Ich habe mir nichts weiter gedacht, schließlich kommentierte Manu alles und jeden negativ, da war diese kleine Bemerkung nichts Besonderes. Doch kaum hatte ich mich gesetzt und das erste Mal in mein butterloses und mit einer Scheibe Käse spärlich belegtes Brötchen gebissen, stand Manu auf und stellte sich in die Mitte des Raums. Eigentlich war auch das noch nichts Besonderes, wenn da nicht der genüssliche Blick gewesen wäre, den sie mir zuwarf, gepaart mit diesem Lächeln von gestern Abend, das an Bösartigkeit nicht zu überbieten war. Wäre es ein Film gewesen, hätte die dramatische Musik zur Vorankündigung des Unheils in diesem Moment eingesetzt. Ich war plötzlich sehr angespannt.

Sie hat es perfekt inszeniert. Gerade war Schwester Andrea rausgegangen, um ein paar Unterlagen wegzubringen. Manu holte diverse Papiere aus ihrer hinteren Jeanstasche und faltete eins davon auseinander. Quälend langsam. Dann sagte sie so laut, dass es alle hören konnten: »Hört mal her. Ich habe hier etwas für unser Theaterstück gefunden. Es ist Dramatik at it's best. Wir sollten es unbedingt einbauen. Soll ich es vorlesen?«

In dem Moment erkannte ich die Zettel und wusste, was kommen würde.

Von Weitem hörte ich Darius rufen: »Bitte nicht noch eine neue Idee!«

»Hast recht«, meinte Manu überfreundlich. »Vielleicht können wir ein Quiz draus machen. Noch besser!«

Ich sprang auf, rannte auf sie zu und wollte ihr die Zettel aus der Hand reißen.

»Aber, aber, wer wird denn gleich in die Luft gehen?«, fragte sie spöttisch und hielt die Zettel weit über meinem Kopf. Sie war leider viel größer als ich.

»Untersteh dich!«, raunzte ich sie an.

»Weißt du was?« Ihre Worte purzelten wie Eiswürfel aus ihrem Mund. »Hier, nimm sie zurück. Ich hab sie gestern Abend gegen leere Zettel ausgetauscht und diese hier auswendig gelernt. Du bist ja so poetisch!« Mit den Worten schmiss sie die Zettel vor meine Füße und ich kniete mich hin und sammelte sie ein.

»Das mit dem Quiz ist jetzt wohl hinfällig. Miss Kerngesund hat sich ja bereits geoutet. Machen wir einfach eine Lesung. Achtung, hier kommt das erste Gedicht: ›Darius wird mich niemals lieben. Er findet mich viel zu laut und dumm und oberflächlich.‹ Ist das nicht niedlich?«

»Hör auf, du Schlange!« Als ich aufspringen wollte, stellte sie einen Fuß auf meinen Rücken und hielt mich mit ihrem ganzen Körpergewicht unten.

»Aber jetzt doch noch nicht. Das Beste kommt doch erst.«

Ich wollte schreien, damit die Schwestern kamen, aber der Druck auf meinem Brustkorb war zu heftig. Ich kriegte kaum Luft.

»›Ich habe gelogen, indem ich mich in diese Klinik eingeschmuggelt habe, um Darius nah zu sein. Ich bin weder essgestört noch sonst irgendwie psychisch krank.‹ Eine Gesunde! Huuuhuuuu!«

Manu stieß einen Ton aus, als wäre Geisterstunde. Ich drehte unter höchstem Kraftaufwand meinen Kopf, um den anderen zu signalisieren, dass ich Hilfe brauchte. Doch die regten sich nicht. Sie blickten alle wie vom Blitz getroffen auf Manu.

»Warte, wie ging noch mal der nächste?« Sie beugte sich zu mir runter, ohne den Druck auf mich zu verringern, und riss mir die Zettel aus der Hand.

»Ach ja, der gefällt mir auch gut. Achtung, Frau Stimmbandkrebs, der ist für dich: ›Ich habe Rike gegenüber behauptet, dass ich gekotzt hätte, um Mitleid bzw. ihre Aufmerksamkeit zu bekommen.‹ Und der hier ist wieder für Mister Universum: ›Ich habe Darius gegenüber behauptet, sein Theaterstück aus Versehen eingesteckt zu haben. Das war eine Lüge! Ich bin extra zu Eddi gegangen, als Darius nicht da war, um das Theaterstück zu finden und ihn zu einer Aufführung zu überreden. WEIL ICH ZEIT MIT IHM VERBRINGEN WILL.‹

Huuuhuuuu, der letzte Satz ist sogar mit Großbuchstaben geschrieben. Kannste dir was drauf einbilden, Mister Universum, schließlich ist sie eine *Gesunde*. Huuuhuuuu!«

Ich versuchte mich aufzubäumen, irgendwie freizukommen, aber es war unglaublich, was für eine Monsterpower in ihren abgemagerten Beinen steckte. Während sie über mir die Zettel durchsah, gab ich auf. Obwohl ich schon lag, fiel ich erst jetzt richtig in mich zusammen und ließ die Verlesung des nächsten Kummerkastenzettels wie einen Hagelsturm auf mich niederprasseln.

»›Lügen sind für mich eine Währung, mit der ich mir Aufmerksamkeit und Anerkennung erkaufe!‹«

Sie ließ von mir ab und setzte sich auf ihren Platz. Auch ich stand auf und setzte mich auf den nächstbesten Stuhl. Ich hätte gerne geheult, aber nicht mal dazu war ich in der Lage. Ich spürte die Blicke der anderen wie glühende Eisen auf mir. Wäre Scham ein Unwetter, hätte in dem Moment eine Sintflut eingesetzt. Und wäre Wut Musik, hätte eine ganze Armee Blechbläser Manu das Gehirn weggeblasen.

Nichts dergleichen geschah. Aber in mir passierte etwas. Es war komisch, plötzlich bekam alles eine gewisse Klarheit. Darius wird mich verstoßen, Rike wird nicht mehr meine Freundin sein, mein Vater wird mich endgültig aus seinem Leben verbannen. Ich musste nichts mehr tun, es würde passieren, es lag nicht mehr in meiner Hand. Eine eigenartige Erleichterung machte sich in mir breit. Nun musste ich nur noch diese Richtstätte überstehen, dann war es vorbei. So oder so ähnlich musste sich jemand fühlen, der zur Guillotine geführt wird.

Aber es war nicht die Guillotine, die der Szene ein Ende setzte, sondern mein Vater. Ich hatte ihn nicht reinkommen sehen. Seine Stimme rief plötzlich meinen Namen. Etwas zu laut, denn er stand direkt neben mir.

»Clara!« Wie ein Felsbrocken landete der Name auf meinem Kopf, obwohl er ihn ganz freundlich gesagt hatte.

»Kannst du bitte mal mit mir kommen? Ich möchte gerne mit dir reden.«

Natürlich. Die Teamsitzung. Es war also kein Wunder geschehen. Wie von Marionettenfäden gezogen richtete ich mich auf und verließ den Saal, ohne nach rechts oder links zu blicken.

# 33

Er fuhr schweigend mit mir ins Dachgeschoss und erklärte mir dort mit kurzen Worten, was er in der Teamsitzung erfahren hatte und wie schockiert er über die Schilderungen meines Lebens sei.

»Stimmt das alles, Clara? Zwingt deine Mutter dich zum Essen?«

Ich schüttelte vehement den Kopf. »Nein, nein, nein. Es ist ... Ich habe ... Papa, es ist alles so furchtbar!«

Ich fing an zu heulen und ließ mich auf sein Sofa fallen. Alles brach in mir zusammen, ich spürte nichts mehr außer Verzweiflung und Scham. Mein Vater setzte sich neben mich. »Ich habe vorhin mit deiner Mutter gesprochen. Sie meinte, dass das alles gar nicht stimme, mit dem Speck und dem Grießbrei und dass du Magersucht hättest.«

Ich schluchzte einfach weiter, konnte nichts sagen.

»Sie hat ihren Urlaub abgebrochen und kommt zurück.«

»Was? Nein! Um Gottes willen. Nein, sag ihr bitte, dass sie nicht kommen muss. Ich erkläre dir alles.«

»Sie hat schon umgebucht und ist unterwegs, Clara. Sie macht sich natürlich große Sorgen.«

Supergau! Totalkatastrophe! Jetzt hatte ich auch noch

Mamas Urlaub versaut. Ich bin die weltgrößte Versauerin! Ein Totalausfall! Ich heulte und heulte und heulte ...

»Schatz, ich muss jetzt gleich noch mal nach Köln. Habe dort einen Termin. Der dauert aber nicht lange.«

»Papa, nein, fahr jetzt bitte nicht weg. Bitte. Ich kann hier nicht bleiben. Nicht allein. Es ist ...«

»Dann komm mit. Mein Termin findet in der Nähe vom Dom statt. Dort kannst du dich in ein Café setzen.«

Es war mir egal, wo ich mich hinsetzen würde. Alles war besser, als hierzubleiben. Der Hass der anderen würde durch den Aufzugsschacht und den Türschlitz in die Wohnung kriechen und mich langsam vergiften.

Schweigend folgte ich meinem Vater zu seinem Auto. Ich fühlte mich wie ein Zombie. Hatte keinen Plan mehr, was ich eigentlich wollte. Die letzten Wochen verschwammen vor meinem inneren Auge. Was war eigentlich geschehen?

»Dir ist schon klar, dass es jetzt nur noch einen einzigen Weg gibt, oder?«, fragte mein Gewissen leise. Es schien wohl Mitleid zu haben, denn es hatte einen ungewöhnlich sanften Ton angeschlagen.

»Ja, das weiß ich selbst. Aber wo soll ich anfangen? In meinem Kopf herrscht das reinste Chaos.«

»Leg einfach los.«

Und das machte ich dann, als wir im Auto saßen. Zuerst erzählte ich von Darius. Wie ich ihn in der Klinik getroffen hatte und dass dann die Magersuchtslüge passiert ist, weil ich lieber bei den anderen Jugendlichen als bei meinem Vater sein wollte. Ich erzählte wirklich alles. Bis zu Manus Zettelverlesung. Und mein Vater hörte zu, stellte, wenn ich allzu wirr wurde, nur ein paar Verständnisfragen. Und als ich mit den Ereignissen in der Klinik fertig war, machte ich einfach weiter. Wahrscheinlich war mein Gewissen in die Tiefen meines Bewusstseins abgetaucht und jetzt damit beschäftigt, wie ein Leichengräber den ganzen Kram, den ich schon so lange mit mir herumtrug, nach oben zu hieven. Und ich ließ es raus. Alles. Ungebremst. Ich hielt ihm sein Desinteresse an meinem Leben vor, unsere Fremdheit, die unpassenden Geschenke, seine Irren, die er viel interessanter findet als mich. Er sagte nichts, nickte nur hin und wieder.

Dann kamen wir am Kölner Dom an, wo wir ins Parkhaus fuhren, wie damals, als ich mit ihm zum ersten Mal hier war.

»Papa, gehst du mit mir auf den Turm?«

Er schaute auf seine Uhr. »Jetzt?«

»Wenn du noch Zeit hast.«

»Gut. Dann los.« Wir zahlten und kraxelten die Stufen hoch.

Als wir den kleinen Vorraum mit der Sitzmauer erreicht hatten, kam mir die Gittertreppe vor wie ein zähnebleckendes Monster.

Konzentriert nahm ich die erste Stufe. Und da kam sie, die Höhenangst. Volle Breitseite. Diese Treppe nahm mir auch noch den letzten Rest Verstand. Wenn da überhaupt noch was von übrig war. Auf der dritten Stufe griff ich nach der Hand meines Vaters und fing an zu zittern.

»Was ist los?«, fragte er.

»Höhenangst«, sagte ich und hielt mich mit der anderen Hand am Geländer fest.

»Echt? Seit wann? Beim letzten Mal bist du doch auch rauf.«

»Können wir uns setzen?«

»Na klar.«

Wir setzten uns auf den Steinvorsprung. Es war verrückt und gleichzeitig auch schön, hier mit meinem Vater zu sitzen.

»Ich war noch nie da oben.«

»Doch, weißt du noch, vor wie viel Jahren war das? Vor zehn, oder?«

»Nein, Papa, ich habe dich damals angelogen. Diese Höhenangst hat mich auf der Treppe überfallen. Grässlich. Alle haben geschaut, auf mich eingeredet und du warst weg.«

»Wirklich? Wieso hast du mich denn nicht gerufen?«

»Du warst einfach nicht mehr da, hast bestimmt eine halbe Stunde lang deine Aussicht genossen, ohne überhaupt zu merken, dass ich es gar nicht bis oben geschafft habe.«

Auf einmal erkannte ich Unsicherheit bei ihm. Er hielt meinem Blick nicht mehr stand, seine Augen irrten ziellos umher und er knetete nervös seine Finger. Da saß nicht mehr der große Psychologe neben mir, der seine Patienten und seine Arbeit über alles liebte. Da saß plötzlich ein kleiner, alter Mann, der mich an den erinnerte, dem ich bei unserer Abfahrt in die angeblichen Weihnachtsferien aus dem vereisten Autofenster zum

Abschied gewunken hatte: einsam, frierend und innerlich so zerschlissen wie seine Weste.

Um uns herum tobte das Kölner Touristenleben. Stimmen, Lachen, Stöhnen derjenigen, die sich mit wenig Kondition die vielen Stufen hochgeschleppt hatten und sich nun auf die letzten Meter zur großen Aussicht vorbereiteten.

»Du hast recht«, sagte mein Vater nach einer Weile. »Ich habe es versäumt, dir ein Vater zu sein, und keiner macht sich deswegen mehr Vorwürfe als ich selbst.« Er schaute auf seine Hände. Die Generalentschuldigung! Da war sie!

»Es gibt dafür keine Entschuldigung außer die, dass ich das Vatersein von meinem Vater nie gelernt habe.« Er bewegte seine Hände, als würde er einen Teig kneten. Ob man Probleme auf die Weise geschmeidig kriegte wie einen Hefeteig?

»So ist es leider«, sprach er weiter. »Jeder hat einen Rucksack mit Erlebnissen und Gefühlen. Sowohl gute als auch schlechte. Und die gibt man weiter an seine Kinder und Kindeskinder. Das ist nicht schön. Das tut mir sehr leid.« Es war, als ob mein Vater ein Patientengespräch zwischen einem hadernden Mann und seinem Psychologen führte. Derartige Selbstgespräche scheinen in der Familie zu liegen.

»Weißt du was, Papa? Lass uns da raufgehen.« Ja, ich wollte eine Generalentschuldigung von ihm hören und auch gerne seine Gedanken zu seinem Vater, aber nicht jetzt.

Er löste den Blick von seinen Händen und sah mich an.

»Ich denke, du kannst nicht?«

»Vielleicht klappt es, wenn du mich huckepack nimmst.«

Er lächelte. »Was für eine wunderbare Idee!« Er stellte sich vor die Gittertreppe, bückte sich und ich nahm Anlauf und hüpfte auf seinen Rücken. Jetzt war ich sein Rucksack und nicht seine Erlebnisse, die ihm das Vatersein so schwer gemacht haben. Das gefiel mir.

»Bereit?«

»Bereit«, sagte ich, kniff die Augen fest zusammen und klammerte mich an seinen Hals wie ein kleines Pavianäffchen. Ich spürte, wie er Stufe für Stufe diese verdammte Treppe hochging, und als ich mir vorstellte, dass wir uns mit jedem Schritt weiter vom festen Boden fortbewegten, überkam mich wieder dieser Schwindel. In dem Moment fing ich an zu summen. Keine Ahnung, warum, aber mir kam in meiner aufkeimenden Panik lediglich ein Weihnachtslied in den Sinn. Ich hing wie ein Äffchen auf dem Rücken meines Vaters und summte im Hochsommer, so laut ich konnte, »Oh Tannenbaum«. Ein Wunder, dass uns keiner eingeliefert hat.

Auf diese Weise sind wir tatsächlich oben angekommen. Die Aussicht war atemberaubend. Mein Vater hatte nicht zu viel versprochen. Er zeigte mir alles: wo wir früher zusammen gewohnt haben, wo Mama und ich jetzt wohnen und auch die Richtung, in der seine Klinik liegt. Das versetzte mir natürlich einen mächtigen Stich.

»Papa. Was mache ich jetzt? Ich habe in der Klinik so viele Menschen verletzt.«

»Das besprechen wir später«, antwortete er. »Jetzt muss

ich zu meinem Termin und auf dem Rückweg denken wir uns was aus, okay?«

Ich nickte.

Auch für den Abstieg nahm er mich wieder huckepack.

»Hepp!«, rief mein Vater und ich sprang auf. Diesmal summte ich »Kling, Glöckchen«, weil auf unserem Weg nach unten die Domglocken anfingen zu läuten. Und zwar zum Glück so ohrenbetäubend laut, dass keiner mein Weihnachtslied hören konnte.

Während mein Vater zu seinem Termin ging, setzte ich mich in ein Café und dachte über mein Leben nach. Zumindest versuchte ich es, aber es kam nichts dabei raus. Ich kam mir vor wie ein total zugemüllter Messi, der beschlossen hatte aufzuräumen. Wo anfangen? Was war das Wichtigste? Ist es überhaupt jemals zu schaffen?

Ich war froh, als mein Vater mich aus dem Martyrium befreite und ich nicht mehr allein war. Auf dem Rückweg betonte er, wie wichtig es sei, dass ich mich entschuldigte. Bei allen. Das wäre auf jeden Fall ein guter Anfang.

»Und wenn sie die Entschuldigung nicht annehmen?«

»Dann hast du es wenigstens versucht.«

# 34

Zurück in der Klinik schleppte ich mich auf Station 2. So müssen sich Hummer fühlen, deren Scheren zusammengebunden sind, bevor sie ins kochende Wasser geschmissen werden: handlungsunfähig und auf den Exitus gefasst. Auf dem Gang zog mich Schwester Andrea sofort ins Schwesternzimmer.

»Das war keine glorreiche Show, oder?«

Ich schüttelte den Kopf und forschte in ihrem Gesicht nach Anzeichen von Missmut oder Abscheu, aber da war nichts, was vor allem daran lag, dass ihre Ausstrahlung und ihr Blick stets von dieser nordischen Frische überzogen sind. Freundlich, aber bestimmt teilte sie mir ihre Meinung über Manus und mein Verhalten mit, die logischerweise für uns beide nicht gut ausfiel.

Ihr Telefon klingelte. Ich wusste nicht, ob sie mit mir fertig war, deshalb blieb ich einfach neben dem Schreibtisch stehen. Da dieser hinter der Tür stand, konnte mich vom Gang aus zum Glück niemand sehen. Ich hörte jedes Wort von dem Telefonat mit und sah, wie sich Schwester Andreas Gesichtsausdruck plötzlich verdunkelte.

»Was? Ist er in Lebensgefahr?«, stieß sie plötzlich hervor und umklammerte den Telefonhörer so sehr, dass sich ihre Knöchel weiß färbten.

Ich lauschte und wartete mit angehaltenem Atem. Ich ahnte nichts Gutes.

»Ja … verstanden … Danke für den Anruf … Ja. Melden Sie sich bitte, wenn Sie Näheres wissen, ja? … Gut. Auf Wiederhören.«

Sie legte auf. »Darius ist auf der Intensivstation in Mühlheim.«

»Was ist passiert?«

»Ich weiß es nicht.«

Ich rannte sofort hoch zu meinem Vater. Doch der war nicht da, also musste ich irgendwie anders nach Mühlheim kommen. Kopflos lief ich nach draußen. Mühlheim. Das lag am Hintern der Welt. Ich hatte keine Ahnung, wie ich da hinkommen sollte. Mir fiel nur der Bus ein. Ich rannte, so schnell ich konnte, zur Bushaltestelle.

Plötzlich hielt ein Wagen neben mir und die Beifahrertür öffnete sich.

»Was tust du hier?«, hörte ich Rike barsch fragen.

»Ich …« Oh mein Gott. Hasst sie mich? Was soll ich sagen? Weiß sie von Darius? Statt Antworten kamen mir nur Fragen in den Kopf.

Sie knallte die Tür wieder zu und ich hörte, wie der Fahrer geräuschvoll den Gang einlegte, um weiterzufahren.

»Nein!«, rief ich und öffnete die Tür wieder.

»Ich will zu Darius. Er ist …«

»Wissen wir schon. Wir sind auf dem Weg zu ihm.«

Obwohl mir klar war, dass ich so ziemlich der letzte Mensch auf der Welt war, mit dem sie ein Auto teilen wollte, fragte ich: »Nehmt ihr mich mit?«

Sie besprach sich mit dem Fahrer, den ich nicht erkennen konnte. Schließlich nickte sie zur hinteren Tür. Das sollte wohl ein *Ja* sein. Ich stieg ein.

Erst jetzt sah ich, dass Eddi am Steuer saß. Das überraschte mich. Eddi am Steuer. Wie sollte das funktionieren?

»Wehe, ich h-h-h-höre einen K-k-k-kommentar zu meinem Fahrs-s-s-s-stil!«, sagte er und fuhr los.

Sofort wusste ich, dass ich meine ganze Willenskraft würde aufbringen müssen, um seiner Bitte nachzukommen und seinen Fahrstil nicht zu kommentieren. Er war wirklich eine Katastrophe. Ich glaube, er hat die ganze Fahrt im ersten Gang zurückgelegt. Sobald er eine Spur wechseln musste, drohte jedes Mal ein Panikausbruch. Ruckartig und fast immer zum falschen Zeitpunkt riss er das Lenkrad herum. Es war ein Wunder, dass wir überhaupt heil zur Klinik gekommen sind.

»Seit wann hast du den Führerschein?«, fragte ich vorsichtig, als er mal wieder gefühlt eine Stunde brauchte, um bei Grün loszufahren, und ein Hupkonzert hinter uns ertönte.

»S-s-s-s-s-s...« Er sprach nicht weiter. Das Fahren erforderte seine ganze Aufmerksamkeit. Daher antwortete Rike für ihn: »Seit vier Jahren, aber vor zwei Jahren wurde ihm der Führerschein abgenommen, wegen Fahruntauglichkeit.«

*Und wieso sitzen wir dann in diesem Auto?*, wollte ich fragen, tat es aber nicht, denn ich befürchtete, dass es schlicht und ergreifend meinetwegen war. Weil Darius womöglich meinetwegen auf der Intensivstation lag.

Bis zur Autobahn sprachen wir kein Wort. Aber als Eddi sich auf der rechten Spur eingerichtet hatte und stur mit atemberaubenden dreißig Stundenkilometern geradeaus fuhr, ging es los.

»Das hast du nicht verdient!«, sagte Rike.

Ich wusste nicht, was sie meinte. Meinte sie es freundlich, weil sie meine Not hinter den Lügen erkannt hatte, weshalb ich Manus Bösartigkeit nicht verdient hatte? Oder hatte ich es nicht verdient, von ihnen mitgenommen zu werden? Ich wollte antworten, aber was? Rike saß auf dem Beifahrersitz und ich hinten. So konnte ich ihr Gesicht nicht sehen, aus dem ich vielleicht die Richtung ihrer Bemerkung hätte ablesen können. Lediglich Eddis Gesicht sah ich bis zur Hälfte im Rückspiegel. Aber darin war ausschließlich Konzentration zu erkennen. Seine Hände krallte er so fest um das Lenkrad, dass seine Knöchel ganz weiß waren.

»Ich bin enttäuscht«, sagte Rike und beantwortete dadurch meine Frage. »Nein, ich bin sauer. Stinksauer!«

Ihre Art zu reden, ihr völliges Auslassen von Füllwörtern wie zum Beispiel »eigentlich« oder »irgendwie« gab ihren Sätzen diese bewundernswerte Klarheit.

»Es tut mir so leid. Ich habe ... ich wollte eigentlich ... es war ...«, stammelte ich. »Es ist irgendwie ...«

»S-s-s-stotter nicht so rum. S-s-sag lieb-b-b-b-er, was d-d-d-du dir dabei ged-d-d-dacht hast!«

»Es ist passiert. Eins nach dem anderen. Ich war bei meinem Vater, oben unter dem Dach der Psychiatrie. Total einsam. Ohne Abi. Ohne Freunde. Die ganzen Sommerferien ...« Ich erzählte ihnen die Geschichte, erklärte und rechtfertigte mich, als ginge es um Leben und Tod. Alle Lügen gab ich zu. Alle. Sogar, dass ich mir bei der ersten Sternschnuppe die Liebe von Darius und nicht die Freundschaft mit Rike gewünscht hatte.

Bei diesem Geständnis flippte Rike aus. Es war völlig irre, dieses ruhige Mädchen so explodieren zu sehen. Sie drehte sich so weit zu mir nach hinten, wie es ging, und schrie mich an: »Weißt du, was du bist? Eine gemeine Lügnerin. Nie habe ich eine Freundin gehabt. Du warst die erste. Ich habe mich dir anvertraut. Ich wäre für dich durchs Feuer gegangen. Und nun dieser Verrat!«

»Rike, ich wollte dich nicht verletzen, wirklich nicht, ich ...«

»Das hast du aber!«, unterbrach sie mich.

Ich verstand sie nur zu gut. »Ich wünschte, ich könnte alles rückgängig machen«, sagte ich, nachdem Rike sich wieder nach vorne gedreht hatte. »Noch mal anfangen. Alles besser machen.«

»Ich sag dir was«, sagte Rike jetzt leiser. »Jemand, der sich mit Lügen Aufmerksamkeit holt wie ein Dieb, ist kein bisschen besser als Manu, die ehrlich und offen böse ist.«

Das traf mich tief! Und viel zu laut versuchte ich, mich zu verteidigen: »Das ist gemein! Manu hat nur eines im Sinn. Sie will zerstören. Das will ich nicht, ich will ...«

»Erzähl mir nicht, was du willst. Ich glaube dir eh kein Wort!«, schrie Rike wieder außer sich und in dem Moment lenkte Eddi den Wagen mit einem Ruck auf die Standspur und machte eine Vollbremsung, die in Anbetracht seines Tempos nicht dramatisch ausfiel, uns aber trotzdem zum Schweigen brachte. Während wir auf der Standspur standen und die Autos mit lautem Getöse an uns vorbeisausten, trommelte Eddi auf das Lenkrad und sagte: »Jeder hat ein Recht auf seine Klatschen! Und deshalb bitte ich um etwas mehr Respekt, meine D-d-d-damen.« Nach einer kurzen Pause fügte er hinzu: »Resp-p-p-pekt!«

Den Rest des Weges legten wir schweigend zurück.

»Danke«, sagte ich irgendwann in die Stille hinein. »Ihr glaubt nicht, wie sehr ich mich darüber freue, dass ich mit euch fahren darf.« Und nach einer kurzen Pause fügte ich hinzu: »Das ist ausnahmsweise mal keine Lüge.«

# 35

In der Klinik angekommen eilten wir sofort auf die Intensivstation, wo man uns zum Glück mitteilte, dass Darius nicht mehr in Lebensgefahr schwebte. Allerdings erfuhren wir nicht, was mit ihm passiert war, weil wir keine Familienmitglieder waren. Man sagte uns nur, dass wir heute nicht mehr zu ihm durften. Er hätte starke Schmerzmittel bekommen und würde bereits schlafen. So ein Reinfall!

Auf dem Rückweg schwiegen Eddi und Rike die ganze Zeit.

Nur mein Gewissen sprach mit mir: »Sieht nicht gut aus, was?«

»Nicht wirklich. Wahrscheinlich war Manus Zettelverlesung für Darius die endgültige Todeserklärung an die Liebe. Was, wenn er nun tatsächlich ...«

»Jetzt mal ganz ruhig bleiben. Noch weißt du nicht, was passiert ist.«

»Ja, aber wenn er sich etwas angetan hat, dann bin ich schuld. Ich und meine verdammten Lügen!«

»Clara, die Vergangenheit kannst du nicht mehr ändern. Aber die Zukunft. Es wird alles gut. Vertrau darauf. Alles wird gut.«

Auf Station 2 war Abendessenszeit und ich ging hinter Rike und Eddi aufrecht durch den Gang zu meiner Hinrichtung. Ich wollte mich stellen. Die Zukunft ändern! Ohne lange zu überlegen, trat ich hinter ihnen in den Speiseraum und blieb in der Tür stehen.

Da stand ich nun. Für jeden sichtbar. Ich sah, wie Kuimba und Sofia von Manu auf mich aufmerksam gemacht wurden. Es dauerte keine zwei Sekunden, da waren alle Blicke auf mich gerichtet und es wurde still. Schwester Andrea legte den Stift hin und schaute auch zu mir.

Ich bestand nur noch aus Herzklopfen und sagte schließlich: »Entschuldigung.« Allerdings zu leise, also wiederholte ich es noch einmal lauter: »Entschuldigung!«

Und dann purzelten die Worte aus mir heraus wie die Gottestränen aus der Gießkanne: »Ich könnte verstehen, wenn ihr meine Entschuldigung nicht annehmen wollt. Ich werde jetzt meine Sachen packen und unters Dach zu meinem Vater ziehen, bis meine Mutter mich abholen kommt.« Ich schaute in die Runde. Keiner reagierte. Alle glotzten mich an wie einen Freak. »Ich wollte Teil eurer Gemeinschaft sein. Ich weiß nicht, warum, aber scheinbar kriege ich Nähe nicht ohne Lügen hin. Wüsste ich den Grund, ich würde ihn euch sagen.« Mir kamen die Tränen. Aber ich schluckte sie runter. Ich wollte kein Mitleid.

»Es war schön, euch kennengelernt zu haben«, sagte ich abschließend und spürte, wie sich die Tränen zu einem Kloß in meinem Hals formierten. Ich drehte mich zur Tür und wollte gehen.

Da hörte ich plötzlich Eddi auf die Tischplatte trommeln und kurz darauf den lieb gewordenen Satz sagen: »Jeder hat ein R-r-r-recht auf seine Kl-l-l-latschen! Clara, bleib. Wir w-w-w-wollen das Theaterstück machen. Mit dir.«

Ich blieb im Türrahmen stehen und kämpfte mit aller Kraft gegen die Tränen an. Kuimbas Summen war zu hören, dann ihre Schritte. Sie nahm meine Hand, sagte: »Bleiben!«, und führte mich an ihren Tisch. Ich setzte mich, fühlte mich aber nicht wohl. Manu saß mir direkt gegenüber. Ohne sie anblicken zu müssen, wusste ich, dass sie mich weit wegwünschte. Wahrscheinlich wäre sogar der Mond noch zu nah dran gewesen. Logisch, sie hatte mit einem ähnlich schlechten Gewissen zu kämpfen. Denn dass sie ein Gewissen hatte, wusste ich seit der Nacht auf dem Dach. Mir tat der Kloß in meinem Hals mittlerweile so weh, dass ich kaum sprechen konnte.

Trotzdem sagte ich: »Manu. Ich weiß, dass du auch eine liebevolle Seite hast. Ich habe ein Telefongespräch mit deiner Mutter mitgehört. Nicht mit Absicht. Rike und ich haben auf der anderen Seite vom Schornstein gesessen, neulich, oben auf dem Dach. Es hat mich tief berührt. Ich weiß nicht, warum du uns nur die Seite von dir zeigst, die verletzen will. Es wird sicher einen Grund dafür geben, so wie ich einen Grund zum Lügen habe.«

Manu antwortete nicht.

Ich stand auf und ging. An der Tür blieb ich stehen und drehte mich noch mal zu den anderen um: »Ich kann bei dem Theaterstück nicht mehr mitmachen. Ich würde gerne, aber ich kann einfach nicht. Entschuldigt bitte.«

Und dann rannte ich in das Zimmer, in dem ich mit Rike gewohnt hatte, schmiss meine Sachen in den Koffer und wollte so schnell wie möglich ins Dachgeschoss gehen. Doch da öffnete sich die Tür und Rike kam rein.

»Eins will ich dir noch sagen, Clara. Bei aller Enttäuschung bin ich dir trotzdem dankbar.«

Ich verstand nicht, was sie meinte, und schaute sie fragend an.

»Ich kann mich nicht erinnern, jemals so wütend auf jemanden gewesen zu sein. Das fühlt sich gut an. Auf jeden Fall viel besser als das Nichts, das mich bisher begleitet hat.«

# 36

Auf dem Weg zum Aufzug kam ich an Frau Dr. Rauschs Vorzimmer vorbei. Die Tür war angelehnt. Obwohl ich mich unendlich schämte, hatte ich das Bedürfnis, mich von ihr zu verabschieden. Das Vorzimmer war leer, aber die Tür zu ihrer Praxis stand offen und ich hörte leise Musik.

»Frau Dr. Rausch?«, fragte ich zaghaft und trat in die Tür. Als sie mich sah, stand sie sofort auf und kam auf mich zu. »Clara! Schön, dass du vorbeischaust.«

Sie legte meine ausgestreckte rechte Hand zwischen ihre Hände und schaute mich mit ihrem umwerfenden Lächeln an.

»Entschuldigung«, flüsterte ich.

»Aber Clara. Du musst dich doch bei mir nicht entschuldigen. Glaub mir, mir ist nichts Menschliches fremd.«

Wieder luden ihre Augen mich dazu ein, in sie hineinzuspringen wie in einen Whirlpool.

»Ich hab so viel Mist gebaut. Was mach ich denn, wenn Darius nicht mehr gesund wird?«

»Er wird wieder gesund.«

»Woher wissen Sie das?«

»Ich habe gerade mit dem Arzt gesprochen.«

»Wirklich?«

Sie nickte und ich umarmte sie spontan, so sehr freute ich mich über diese Nachricht.

»Ich habe Sie auch belogen«, sagte ich, nachdem ich sie wieder losgelassen hatte. »Das tut mir so unendlich leid. Ich weiß eigentlich gar nicht so richtig, warum ich das getan habe.«

Wie ein schuldbewusstes kleines Kind stand ich vor ihr. Doch auch sie bestrafte mich nicht. Was war nur los mit all den Psychos und ihren Ärzten? Wieso kam ich ungeschoren davon?

Stattdessen sagte sie: »Schau mal«, und führte mich in ihr Vorzimmer vor das Gemälde, das mir gleich an meinem ersten Tag aufgefallen war. »Was sagst du zu dem Bild?«

»Ich finde es toll.«

»Was genau gefällt dir daran? Kannst du es beschreiben?«

»Hmmm ...« Ich betrachtete das Bild. Das Mädchen hing wie eine Marionette an verschiedenen Fäden, die am oberen Rand von diversen menschenähnlichen Kreaturen gehalten und gelenkt wurden. Sie hatten verschiedene Gesichtsausdrücke. Ein Typ sah bedrohlich aus, ein anderer eher alt und desinteressiert, eine Frau weinte und eine andere lachte.

»Es ist toll, wie unterschiedlich sie aussehen. Die Figuren da oben ...« Ich zeigte auf die Strippenzieher. »Sie bestimmen über das Mädchen. Jede auf ihre Weise.«

»Und das Mädchen?«

»Es kann sich nicht von selbst bewegen, wegen der Fäden. Dabei würde es gerne weg. Es schaut sehnsüchtig aus dem Fenster, zum einzigen Lichtfleck.«

»Genauso interpretiere ich das Bild auch. Was müsste es denn tun, um wegzukönnen?«

»Hmmm.« Ich betrachtete das Bild und dachte über die Frage nach. »Die Fäden abschneiden?«

»Klingt ganz einfach, oder?«

»Ja. Aber wie kann es das tun, wenn es die Hand nicht selbst bewegen kann?«

»Gute Frage. Es könnte sich Hilfe holen.«

»Jemanden wie Sie?«

»Zum Beispiel.«

»Hat das Bild einer Ihrer Patienten gemalt?«

»Ja. Es ist von Manu. Ich hatte sie gebeten, ihr Lebensgefühl auszudrücken.«

Da wusste ich, warum sie es mir zeigte.

»Wenn man die Hintergründe eines Menschen kennt, kann man ihm fast alles verzeihen, oder?«, fragte ich.

»Es hilft auf jeden Fall ungemein«, sagte Frau Dr. Rausch. Mir kamen die Worte des Predigers aus der Werkstatt in den Sinn. Was war noch mal das Wort, das mich so fasziniert hatte? Während ich weiter das Bild betrachtete, überlegte ich. Dann fiel es mir ein: *Versöhnung*. Versöhne dich mit deiner Vergangenheit und deinem Gegenüber. Das würde Liebe und Frieden bringen. So ähnlich waren seine Worte. Ganz schön pompös, doch plötzlich glaubte ich, sie zu verstehen.

»Und nun geh zu deinem Vater. Er liebt dich sehr. Hab etwas Geduld. Mit dir, mit ihm und mit den anderen. Dann wird alles gut«, sagte Frau Dr. Rausch und umarmte mich zum Abschied.

# 37

Die Nacht war kurz. Ich glaube, dass ich so gut wie gar nicht geschlafen habe. Sobald es hell wurde, schrieb ich Papa einen Zettel und machte mich auf den Weg zu Darius' Klinik. Ich hätte es keine Sekunde länger an irgendeinem anderen Ort der Welt ausgehalten.

Dort angekommen erfuhr ich, dass Darius bereits auf die normale Krankenstation verlegt worden war. Es war furchtbar, vor seiner Tür zu stehen und gefühlte hundert Mal kurz vor dem Klopfen wieder innezuhalten. Mir fehlte der Mut. Doch irgendwann klopfte ich dann doch und trat ein.

Noch nie habe ich eine so geballte Ablehnung gespürt. Sein Blick. Die Art, wie er sich aufsetzte. Wie er wieder auf sein Handy blickte, als er mich erkannt hatte. Sein schwerer Atem, als wollte er die Worte wegatmen, die bei meinem Anblick aus ihm rausdrängten. Ich hatte mich in seinen Augen in ein Nichts verwandelt. Nicht einmal seine Wut war ich ihm mehr wert.

»Darius ...«

»Geh!«

»Ich ... ich wollte.«

»Geh! Jetzt!«

»Bitte, lass mich ...«

»Was an dem Wort ›geh‹ verstehst du nicht?«

Und ich ging. Ich kaufte ein dickes Schreibheft und einen Stift in dem kleinen Laden am Eingang und sitze seitdem neben Darius' Krankenzimmer in dem kargen Warteraum und schreibe die Geschichte auf. Und jetzt ist sie am Ende, ohne ein richtiges Ende zu haben. Das ist noch trauriger als in Darius' Theaterstück, denn da gibt es wenigstens einen Weltuntergang. Hier gibt es nichts. Gar nichts!

# 38

Ich schlage das Heft zu und massiere mein rechtes Handgelenk. Ich kann mich nicht erinnern, jemals so viel geschrieben zu haben. Als wär ich aus einem Albtraum erwacht, blicke ich mich leicht benommen um. Keiner hier. Während der vielen Stunden, in denen ich geschrieben habe, kam immer mal jemand, saß hier, auch Paare, die sich leise unterhielten. Aber jetzt bin ich allein. Vielleicht waren sogar Rike und Eddi hier und haben Darius besucht. Wenn dem so war, habe ich nichts davon mitbekommen. Zweimal bin ich runtergegangen, um mir ein neues Heft zu kaufen. Ansonsten habe ich nur geschrieben.

Etwas in meiner Hose klingelt. Ich erschrecke. Mein Gott! Ich habe noch immer Rikes Handy. Ich gehe ran.

»Hallo?«

»Clara? Bist du das?«

»Ja.«

»Hier ist Papa. Rike meinte, dass du noch ihr Handy hättest. Sag mal, wann wolltest du denn wieder heimkommen?«

»Jetzt.«

»Ich komme dich holen, okay? Deine Mutter ist gerade in Köln gelandet. Sie kommt dann sofort.«

»Gut. Ich warte vor dem Eingang auf dich.«

Ich fühle mich vollkommen leer. So leer, dass ich noch nicht mal Angst vor der Begegnung mit Mama habe. Ich werde ihre Fragen und Schimpftiraden einfach über mich ergehen lassen, mich entschuldigen und darauf hoffen, dass es schnell vorübergeht. Dann werden wir nach Köln zurückfahren, ich werde mich in meinem Zimmer verkriechen und mein Leben neu sortieren. Keine Ahnung, wie das gehen soll, aber es *muss!* Irgendwie.

Ich stehe auf und gehe zu Darius' Krankenzimmer. Soll ich es noch einmal versuchen? Noch einmal bei ihm klopfen? Ich glotze auf die verschlossene Tür, als wäre sie ein Orakel. Aber sie schweigt mich an. Groß, holzig und gemein! Andere Frage: Was ist wichtiger? Mich selbst vor einer weiteren Zurückweisung zu schützen oder Darius zu zeigen, dass ich noch immer warte?

Keine Antwort. Türen können nicht sprechen. Das wäre hiermit bewiesen.

Unter der Zimmernummer 0.14. steht sein Name: Darius Goldstein.

Atmen.

Ein.

Aus.

Ein.

Aus.

Und klopfen. Los. Mach schon!

Ich klopfe.

»Herein.«

Mit angehaltenem Atem nehme ich den Türgriff in die Hand und drücke ihn nach unten. Er lässt sich erstaunlich leicht bewegen. Vorsichtig öffne ich die Tür. Bereits durch einen kleinen Spalt kann ich direkt auf Darius' Bett blicken. Er sitzt aufrecht gegen einen Berg aus Kopfkissen gelehnt und hat ein Buch auf dem Schoß. Sein Kopf ist verbunden. Was, in Gottes Namen, hatte er sich angetan?, frage ich mich. Unsere Blicke treffen sich. Keine Begrüßung. Keine Regung in seinem Gesicht. Ich probiere ein Lächeln, spüre aber selbst, dass es mir nicht gelingt. Zu groß ist die Angst vor der Abweisung. Die kommt dann auch prompt.

»Clara. Bitte geh.«

»Darius. Nur ganz kurz. Bitte. Ich möchte mich bei dir entschuldigen.«

»Gut. Das hast du jetzt getan.«

»Es tut mir alles so leid. Ich ...«

»Clara!«, unterbricht er mich. »Ich bin in die Klinik gekommen, um meinen Hass auf meine Mutter, auf Nina und vor allem auf mich selbst hinter mir zu lassen. Stattdessen hasse ich jetzt noch eine Person mehr.«

Seine Worte treffen mich wie zu hart geformte Schneebälle. Schnell schließe ich die Tür wieder. Ich habe Darius' Liebe bekommen und sofort alles in den Sand gesetzt. Clara, das ist bisher deine größte Glanzleistung! In meinen Ohren rauscht es, als hätte ein Schneeball mein Trommelfell zertrümmert.

Ich stehe im Gang, in der einen Hand noch immer den kalten Türgriff, in der anderen die drei Hefte. Mist! Die wollte ich ihm natürlich geben. Zu nichts, zu gar nichts bin ich in der Lage. Jetzt traue ich mich da nicht noch mal rein.

In dem Moment sehe ich am Ende des Gangs eine ältere Krankenschwester aus einem anderen Zimmer treten. Bevor ich es mir anders überlege und die Hefte womöglich im Affekt in einen Mülleimer schmeiße, gehe ich zu ihr.

»Entschuldigung«, sage ich. »Könnten Sie das bitte Darius Goldstein geben?«

»Ist er denn nicht da?«

»Äh, doch, aber ...« Was soll ich sagen? Dass er mich nicht sehen will?

»Ja. Das wäre mal eine schöne Lektion in Sachen Ehrlichkeit«, meldet sich mein Gewissen. »Eine kleine, einfache, aber wir stehen ja auch ganz am Anfang, Lektion eins, Seite eins.«

»Er will mich nicht sehen«, sage ich also zur Krankenschwester.

»Oh.« Sie streicht mir über den Oberarm. »Du bist das Mädchen, das die ganze Zeit im Aufenthaltsraum sitzt und schreibt, oder?«

Ich nicke.

»Mach dir nichts draus. Der Bursche ist bestimmt nur ein bisschen durcheinander von seinem Sturz.«

»Sturz?«

»So ein Dummerjan. Mit so einem morschen Hochsitz ist nicht zu spaßen. Das hätte auch anders ausgehen können.«

»Hochsitz?«

Sie schaut mich irritiert an. »Weißt du gar nicht, was passiert ist?«

»Nein.« Ich halte die Luft an, weil ich noch immer nicht

weiß, ob ich es wissen will, es aber jetzt nicht mehr aufhalten kann.

»Der Hochsitz ist eingestürzt, als Darius oben war.«

»Was?«

»Ja, was dachtest du denn? Dass er aus einem Storchennest gefallen ist oder was?« Sie lacht. »Zum Glück hat er nur eine kleine Platzwunde und eine Gehirnerschütterung. In ein paar Tagen ist alles vergessen. Der Junge wollte sich einen Überblick verschaffen. Hat er mir selbst gesagt. Die Jugend.« Sie schüttelt tadelnd den Kopf.

»Es war ein Unfall? Darius liegt hier, weil er ... also, er wollte sich nicht ...« Es will mir nicht über die Lippen gehen.

»Umbringen? Na hör mal, wer sich umbringen will, steigt auf einen Turm oder ein Hochhaus, aber nicht auf einen morschen Hochsitz.«

Mir fällt eine derart große Last vom Herzen, dass ich mich nicht wundern würde, wenn gleich ein Erdbeben ausbrechen würde.

»Und das soll ich Darius geben?« Sie zeigt auf meine Hefte und ich gebe sie ihr.

»Ja«, sage ich. »Das wäre nett von Ihnen.«

»Ich bringe sie ihm sofort«, sagt die Schwester und klemmt sie sich unter den Arm.

# 39

Erleichtert warte ich draußen auf meinen Vater. Wir fahren zurück in seine Klinik. Als Erstes gehe ich in Rikes Zimmer. Sie ist leider nicht da. Ich lege ihr das Handy auf ihr Bett und schreibe einen Zettel: »Ab der zweiten Sternschnuppe und für den Rest meines Lebens wünsche ich mir, Deine Freundin sein zu dürfen. Selbst wenn Du es Dir nicht mehr wünschst.

Danke für alles.«

Oben bei meinem Vater packe ich meine restlichen Sachen zusammen. Dann verabschieden wir uns. Wir schaffen sogar eine herzliche Umarmung und ich genieße den vertrauten Geruch des Rasierwassers.

Danach setze ich mich auf die Stufen der Klinik und warte auf Mama. Es ist dunkelgrau und die Luft ist drückend. Sieht aus, als ob gleich ein Gewitter kommt. Das passt. Vor gefühlt tausend Tagen bin ich hier mit großem Widerwillen hochgegangen. Jetzt wäre ich so froh, bleiben und alles wieder gutmachen zu können.

Als Mama vorfährt, laufe ich ihr entgegen. Das versteinerte Gesicht hinter der Windschutzscheibe ähnelt der Gewitterwolke über uns, deren Grollen bereits zu hören ist. Der Wagen hält an und Mama steigt aus. Kein

Lächeln, keine ausgebreiteten Arme. Ein Donner. Ein Blitz. In dem Moment fängt es an zu regnen.

»Mama«, sage ich, während der Gewitterregen auf uns niederprasselt. »Du kannst alles sagen, deine ganze Wut rauslassen. Wirklich. Du kannst es aber auch lassen. Es ist egal. Denn ich weiß jetzt schon, dass du recht haben wirst. Ich habe alles falsch gemacht.«

Mamas Gesicht wird weich und kurz darauf spüre ich, wie ihre kräftigen Arme mich packen und an sich drücken.

»Ich möchte ein anderer Mensch werden«, schluchze ich auf ihre regendurchtränkte Schulter.

»Nein, mein Kind, das sollst du nicht. Lediglich ein bisschen dazulernen. Das reicht.«

Nass, wie wir sind, steigen wir ins Auto und fahren los. Auf der Landstraße öffnet Mama trotz des noch immer anhaltenden Regens ihr Fenster einen Spalt.

»Was machst du?«

»Du riechst nach Papa.«

»Du aber auch.«

»Was? Ich rieche auch nach deinem Vater?«

»Nein, du musst auch noch ein bisschen dazulernen.«

Mama sagt nichts mehr, aber ich glaube zu spüren, dass sie verstanden hat.

# 40

In der ersten Woche verkrieche ich mich in meinem Zimmer, scheitere aber kläglich an dem Vorhaben, mein Leben neu zu sortieren. Mein Kopf gleicht einer Banane, die zu lange auf dem Boden eines Schulranzens vor sich hin gegammelt hat. Totaler Matsch, einfach nur noch zum Wegschmeißen. Lediglich bis zum Briefkasten schaffe ich es. Doch nie ist eine Antwort von Darius drin.

In der zweiten und dritten Woche fahre ich in ein Mathecamp und pauke den Stoff der Oberstufe. Unabhängig davon, dass Mama das Geld auch gleich in den Mülleimer hätte schmeißen können, weil sich in meiner Bananenmatschbirne sicher keine einzige Formel ansiedelt, tut es ganz gut, sich einfach mit irgendwas zu beschäftigen.

Ich habe Mama gebeten, mir Bescheid zu geben, wenn ein Brief von Darius kommt. Doch ich warte vergeblich.

In der vierten Woche treffe ich einige Freunde und spüre, wie fremd sie mir geworden sind. Ich erzähle niemandem von meinem Klinikaufenthalt und auch nicht von Darius.

In der fünften Woche verkrieche ich mich wieder in meinem Zimmer.

Nach fünf Wochen und drei Tagen, am Dienstag vor Schulbeginn, kommt ein Brief ohne Absender. Die Handschrift kenne ich nicht, und als ich den Briefumschlag aufreiße, klopft mir das Herz bis zum Hals.

Einladung zur Uraufführung:

>>Das Ende der Welt<<

am Samstag, den 20.08.2016 um

19 Uhr in der Waldklinik

| | | |
|---|---|---|
| Darsteller: | Eduard Schäfer | Gott |
| | Kuimba Sueli | Aphrodite |
| | Darius Goldstein | Romeo |
| | Sofia Heugenbauer | Julia |
| | Ulrike Limmer | Engel |

Die Tage bis Samstag verbringe ich damit, mir die Einladung anzuschauen und mich unendlich zu freuen. Darüber, dass das Stück tatsächlich uraufgeführt wird, dass Rike den Engel spielt, dass Sofia auch ohne Manu beim Stück mitmacht und dass ich eingeladen wurde. Ich habe keine Ahnung, von wem die Einladung kam, aber das ist auch egal. Man hat an mich gedacht!

In der Nacht zum Samstag kann ich vor Aufregung kaum schlafen. Zum Glück fährt Mama mich hin, weil sie sowieso mal mit ihrem Exmann sprechen will. Die Zeit der Wunder scheint angebrochen zu sein.

# 41

In der Psychiatrie verdrücke ich mich sofort nach oben zu meinem Vater. Es ist komisch, meine Eltern so harmonisch miteinander zu erleben. Sie bemühen sich beide um einen freundlichen, respektvollen Ton. Darüber bin ich zwar sehr dankbar, aber es ist nach all den Jahren der Hass-Funkstille auch irgendwie gewöhnungsbedürftig. Sie machen einen Gesprächstermin unter vier Augen aus und quatschen über dies und das, zum Beispiel über alte gemeinsame Bekannte. Aber ich höre ihnen kaum zu, weil ich viel zu aufgeregt bin.

Erst um kurz vor sieben gehe ich runter zum Vortragssaal. Die Panik, jemandem zu begegnen, ist einfach zu groß. Hier wimmelt es von Menschen. Aus allen Stationen strömen sie herbei, aber auch Externe kommen. Sogar Familien. Am liebsten würde ich die einzelnen Gesichter genau studieren, um Familienmitglieder zu identifizieren. Doch ich lasse es und verkrümele mich nach oben in den Rang. Hier werde ich nicht bemerkt, sehe aber selber alles. Aufgewühlt sitze ich auf dem Platz und betrachte die leere Bühne. Lediglich eine Leiter steht dort und am Bühnenrand entdecke ich das Planschbecken. Ich kann mich nicht erinnern, mich jemals so sehr auf etwas gefreut zu haben.

Langsam füllen sich die letzten Stühle in den Zuschauerreihen. Dann geht endlich das Saallicht aus und der Spot auf die Leiter an. Da sitzt Eddi. Er trägt ein langes schwarzes Gewand und einen grauen Bart. Bucklig sitzt er auf der obersten Sprosse und schaut mit stumpfem Blick ins Publikum.

Schließlich fängt er an, auf seine Oberschenkel zu trommeln, und setzt zu seinem Monolog an: »Was mach ich nur, was mach ich nur? Wo ich auf meinem Lieblingsp-p-p-planeten auch hinschaue, überall herrschen Chaos, Hass und Zers-s-s-störung. Wie konnte es so weit kommen? Ich hätte ...«

Er ist super! Und es ist auch okay, dass er sich nun doch fürs Trommeln entschieden hat. Vielleicht hatte er Angst, dass sich sein Stottern bei der Aufführung verschlechtern würde. Ab und zu rutscht ihm auch ein sympathischer Stotterer rein. Aber gerade das verleiht seiner Rolle einen unfassbaren Charme.

Dann ruft er seinen Engel und Rike tritt auf. Sie ist kein Dornröschen mehr, das während des hundertjährigen Schlafs von Dornen und Schweigen überwuchert wurde. Sie sieht jetzt aus wie Schneewittchen mit Flügeln. Ihre wunderschönen langen Haare glänzen seidig, ihre Lippen sind knallrot geschminkt.

Gott erteilt dem Engel den Auftrag, seine Liebenden zu bringen. Ich mache mir vor Aufregung fast in die Hose. Gleich wird *er* kommen. Rike läuft mit drei Schildern durch den Zuschauerraum und hält sie hoch. Darauf stehen die Namen: Romeo, Julia, Aphrodite. Gut gelöst. Gebannt beobachte ich, wie die einst so schüchterne

Rike durch die Reihen geht und die einzelnen Zuschauer mit ihren Augen und Gesten fragt, ob sie einen der drei gesehen haben. Genial. Schließlich findet sie sie in der hinteren Reihe. Kuimba hat Kopfhörer auf, Sofia feilt sich die Nägel und Darius spielt mit einem Tablet.

Sie gehen zu Gott und der erteilt ihnen den Auftrag: »Geht runter auf die Erde und bringt den M-m-m-menschen wieder die Liebe bei.«

Lustlos machen sie sich auf den Weg. Sie gehen kurz ab und wie von unsichtbaren Händen werden jede Menge Pappmenschen auf die Bühne gestellt. Große, kleine, schwarze, weiße, alte, junge. Menschen allen Alters und jeder Herkunft sind vertreten. Sie sehen toll aus, aber auch irgendwie gruselig, denn alle tragen den gleichen grauen Anzug und ihre Gesichter sind starr. Es ist unglaublich komisch, wie die drei versuchen, die Liebe unter diese Pappmenschen zu bringen. Julia macht einen alten Herrn mit Glatze an, nimmt vermeintlich erotische Posen ein und massiert einem Papp-Opa den Rücken. Aphrodite verteilt Rosen, die natürlich alle auf den Boden fallen, weil die Pappmenschen keine Hände haben, die greifen können. Romeo sagt Gedichte auf und schließlich versucht es Sofia noch mit dem Rap. Die Gags kommen gut an. Das Publikum lacht von Herzen.

Irgendwann ziehen sich die drei frustriert zurück, setzen sich auf den Bühnenrand und machen da weiter, wo sie aufgehört haben: Aphrodite setzt ihre Kopfhörer auf, Julia widmet sich wieder ihren Nägeln und Romeo daddelt auf seinem Tablet rum.

Eddi und Rike treten wieder auf. Gott erteilt seinen

großen Hoffnungsträgern einen ordentlichen Anschiss, woraufhin sie einen zweiten Versuch starten, allerdings getrennt voneinander. Aphrodite versucht ihr Glück in einer Schule, wo sie im Computerraum landet und bei einer amerikanischen Serie versackt. Julia geht in ein Einkaufscenter und ist von den Angeboten so entzückt, dass sie ihren Auftrag aus den Augen verliert und in einer Umkleidekabine unter einem Berg Klamotten zu ersticken droht. Romeo landet in einer Spielhölle und wird aus lauter Gier spielsüchtig.

Als Eddi seinen Schlussmonolog hält, schaue ich ins Publikum und freue mich, wie ergriffen einzelne Leute aussehen. Dann entdecke ich Manu. Sie hat die Kapuze ihres Shirts auf den Kopf gezogen und steht direkt neben der Tür. Wahrscheinlich, um sich gleich zu verdrücken, wenn das Stück zu Ende ist. Und in der ersten Reihe sehe ich meinen Vater sitzen. Neben Mama. Wow! Die zwei werden nie wieder zusammenkommen, das steht fest. Aber sie sitzen ein ganzes Theaterstück lang nebeneinander, ohne einen Krieg zu beginnen. Dieser Sommer hat nicht nur mich verändert.

Eddi schüttet die Gießkanne aus und Rike stellt das Planschbecken unter das Wasser. Die Gottestränen erzeugen ein ergreifendes Geräusch.

Es plätschert.

Und plätschert.

Dazwischen sind kleine Schluchzer von Eddi zu hören.

Kommt jetzt die Sintflut oder die Rettung? Ich halte es kaum aus vor Spannung, schaue an die Seiten, ob sich dort etwas bewegt, ob vielleicht Kuimba ... Oh Mann, für welches Ende haben sie sich entschieden? Bitte, bitte, lieber Herrgott, lass nicht die Sintflut kommen!

Da bewegt sich endlich was.

Ich halte die Luft an.

Rike. Sie kommt mit einem Schild auf die Bühne.

*Die zweite Sintflut.*

Sie hält es vor die Brust und geht von rechts nach links über die Bühne.

Aus dem Off ertönt Sofias Stimme: »Chef! Hören Sie doch bitte auf zu weinen. Mein neues Kleid wird ganz nass!«

»Es g-g-g-gibt kein Zur-r-r-rück mehr«, schluchzt Eddi. »Ich spüle die l-l-l-lieblose Menschheit jetzt w-w-weg und geh in die Pss-s-s-sychiatrie. Ich glaub, ich hab ein B-b-b-burn-out.«

Lachen im Publikum.

Darius aus dem Off: »Neiiiin, bitte keine Sintflut. Ich knack grad den Jackpot!«

Eddi heult endgültig auf und das Plätschern verwandelt sich in einen kleinen Wasserfall.

Das Licht geht aus.

Kurze Stille … Atemlosigkeit …

Dann Applaus. Erst zaghaft, wahrscheinlich, weil so eine Sintflut ja auch erst mal verdaut werden muss, doch dann tost er auf mit Pfiffen und Bravo-Rufen. Ich klatsche mit, bin aber nicht bei der Sache.

Das Saallicht geht an und die Schauspieler kommen zusammen auf die Bühne, halten sich an den Händen und verneigen sich. Sie sind glücklich, sehen regelrecht erlöst aus. Vor allem Sofia strahlt auf eine Weise, dass man meinen könnte ... Ist es nun doch passiert? Na klar. Deshalb die Einladung. Wie Schuppen fällt es mir von den Augen. Sie kam von Sofia! Sie wollte mir zeigen, dass sie mit Darius ... Nein, so ist sie nicht. Aber warum sieht sie so verdammt glücklich aus? Theater. Es könnte einfach nur das Spielen sein. Du weißt selbst, Clara, dass die Euphorie ...

Plötzlich schaut Darius nach oben. Und weil ich viel zu sehr in meinen Gedanken verheddert bin, kann ich nicht früh genug abtauchen. Er erkennt mich. In dem Moment stehe ich auf. Ich muss hier raus. Kriege keine Luft mehr. Da ich wegen der Enge zu keiner Seite fliehen kann, sehe ich, wie Darius einen Schritt vortritt und das Publikum um Ruhe bittet, indem er seine Arme ausstreckt.

Fast erschrocken sieht er zu mir hoch, weil ich nun anfange, mich durch die Zuschauerreihe zum Ausgang zu drängeln.

»Das Stück ist noch nicht zu Ende, verehrtes Publikum«, höre ich ihn sagen. »Es gibt noch einen Epilog, so nennt man das, glaube ich ...« Es wird ruhiger im Saal. Ich bin am Ende der Reihe angekommen und schaue noch mal zu ihm runter. Was mag jetzt noch kommen, nach dieser Enttäuschung?

»Romeo, Julia und Aphrodite haben versagt. Sie haben die Liebe nicht retten können. Gott versinkt in Trauer und mit seinen Tränen spült er all die unnützen Menschen in den Tod. Nur die Liebe hätte sie retten können, doch sie bleibt aus. Aber wenn wir uns umschauen, dann leben wir. Wir sind ja noch nicht einmal nass geworden ...«

Darius klopft sich die Kleidung ab, um zu zeigen, wie trocken er ist. Das Publikum wirkt verunsichert. Hier und da ist ein Lachen zu hören.

»Vielleicht gibt es ja eine Lösung. Vielleicht ist das Leben schlauer als das Stück. Vielleicht müssen wir versuchen, besser zu sein als Romeo, Julia und Aphrodite. Vielleicht sind *wir* ja die Helden. Wir realen Menschen.« Er breitet seine Arme weit aus, als ob er das ganze Publikum umarmen wolle.

Ich halte mich an der Balustrade fest und hänge an seinen Lippen, vor allem, weil er immer wieder verstohlen zu mir hochblickt.

»Vielleicht können wir Gott retten. Ich kann es nicht versprechen. Aber lasst es uns versuchen. Ich will den Anfang machen.«

Er nimmt die Leiter, die am Bühnenrand steht, und lehnt sie an den Balkon direkt unter mir. Er klettert hinauf. Hinauf zu mir. Ich stehe wie versteinert da, kann mich nicht bewegen. Oben angekommen reicht er mir die Hand.

»Lass es uns probieren …«

Ich schüttle ungläubig den Kopf. Doch er streckt nun auch den zweiten Arm aus. »Es braucht dafür nur etwas Mut!«

Ich nehme seine Hand und sehe die Leiter. Ich kann das nicht, schießt es mir durch den Kopf. Es ist zu hoch. Ich werde runterfallen.

»Fürchte dich nicht«, sagt Darius grinsend, »ich komme in Gottes Auftrag.«

Ich muss lachen und gebe mir schließlich einen Ruck.

Mit klopfendem Herzen steige ich über die Balustrade und klettere hinter ihm die Leiter runter. Sprosse für Sprosse. Es ist einfach. Erstaunlich einfach.

Unten angekommen, steht Darius ein paar Meter von mir entfernt. Wir schauen uns an. Ich sehe nichts außer ihm.

Wir lächeln.

Er breitet die Arme aus.

Obwohl ich auf ihn zustürmen und ihn umarmen will, gehe ich ganz langsam, genieße jeden Schritt, der mich ihm näher bringt. Langsam. Sehr langsam. Schritt für Schritt.

ENDE